春趣集

李忠春 著

中华工商联合出版社

图书在版编目(CIP)数据

春趣集 / 李忠春著. -- 北京：中华工商联合出版社，2022.8
ISBN 978-7-5158-3516-7

Ⅰ.①春… Ⅱ.①李… Ⅲ.①散文集-中国-当代 Ⅳ.①I267

中国版本图书馆CIP数据核字（2022）第 132648 号

春趣集

作　　者：李忠春
出 品 人：李　梁
责任编辑：李　瑛
插画作者：刘　新
排版设计：水日方设计
责任审读：付德华
责任印制：迈致红
出版发行：中华工商联合出版社有限责任公司
印　　刷：北京毅峰迅捷印刷有限公司
版　　次：2022 年 10 月第 1 版
印　　次：2022 年 10 月第 1 次印刷
开　　本：710mm×1020mm　1/16
字　　数：260 千字
印　　张：24.25
书　　号：ISBN 978-7-5158-3516-7
定　　价：69.00 元

服务热线：010－58301130－0（前台）
销售热线：010－58302977（网店部）
　　　　　010－58302166（门店部）
　　　　　010－58302837（馆配部、新媒体部）
　　　　　010－58302813（团购部）
地址邮编：北京市西城区西环广场A座
　　　　　19—20层，100044
http://www.chgslcbs.cn
投稿热线：010－58302907（总编室）
投稿邮箱：1621239583@qq.com

工商联版图书
版权所有　侵权必究

凡本社图书出现印装质量问题，请与印务部联系。
联系电话：010－58302915

· 自序 ·

温馨的记忆

人过五十,有一个显著的特点,这就是爱回忆。过去一些美好而深刻的东西,总是时时回放在脑海边,浮现在记忆里,流动在睡梦中。也许和从事新闻工作有关,这些年来,我最爱回忆的,总是与文字有关,而最温暖的记忆,就是自己写的一些作品,尽管有些在今天看来,显得观点如此肤浅,文笔如此粗陋,功夫如此稚嫩!

我的家乡位于沂蒙山区与昌潍大平原交界处,潍河自西向东穿过这里,孕育了无数文化名流。年少时就敬爱作家,敬慕文学,敬惜文字,自小就崇拜从这里走出来的大作家,像王愿坚、臧克家、李存葆等,更是让我敬仰不已。在儿时的思想深处,就有这样一种想法:作家是世界上最伟大的人,是最让人敬爱的人,能成为一个作家,像他们一样用笔来表达自己的情感,就成了少时最强烈的梦想。从读小学时,就不停地到处借书找书看,课余饭后看了不少小说,还有大量的小人书。读这些作品时，为他们那优美的文笔、真挚的情感所折服，总想像他们一样，也能有一支得心应手的笔，也能写出这样的美文，有时候还偶出奇想：也能在文学史上留下一笔！于是，大学选择了中文，研究生选择了新闻，与语言、文字、文学结下了不解之缘！

编辑这本作品集，我首先想到的是收入自己写作的散文作品。虽然篇目不多，却也是我最钟爱心动的部分，是我经常阅读回味的部分。因为这些作品表达的是我内心最深处的感受，是留在记忆中分量最重的片段。在所有的文学品种和体裁中，我对散文作品情有独钟。这种体裁的写作风格深深吸引着我。它形散而神不散，用不拘一格的方式，用优美动人的语言、千变万化的结构，抒发心中最真挚的感情。读到好的篇目、好的段落，甚或好的语言，我都会热泪盈眶、心潮难平，此时，人生中一些难忘的情景也会像电影一样不断地回放。在生活中，遇到一些情景，我总想拿起笔来写写这种真情实感，但终因忙碌，或笔力不足，而无法落诸笔端。但我写散文的梦想依然不减，今后还会写下去，要写出家乡情、亲友情、同学情、美景情，写出家乡的美丽、童年的快乐、友情的真挚、人生的美好！

这本集子中收入的第二部分，也是分量最重、数量最多的作品，是评论杂文和随笔。从为人处事这个角度来看，我有一个偏爱，这就是喜欢、敬重山东人，不仅仅因为我是山东人，更重要的是我喜欢山东人性格外向、感情真挚、为人诚恳、重情重义的特征。有这样一种说法，山东人抱团，办事主要靠老乡，走到何处，只要说是山东人，周围的人就会投来别样的眼光。此时，我内心会发出一种自豪感。在山东人的性格特征中，我最喜欢的还是率真直爽、感情外露、有啥说啥。这种特点在我的评论杂文作品中有充分体现。我一直对评论写作格外喜欢，还在研究生院读书时，到《人民日报》评论部实习，以一个实习生的身份，到新疆采写了一篇大学生志愿扎根边疆的人物通讯，斗胆连夜配写了一篇人民日报评论员文章，用信寄往北京总部。后来竟然上了有新闻界"总统套房"之称的《人民日报》头版头条！这一意外收获，着实壮了自己的胆量。参加工作后，陆续在《人民日报》《中国青年报》《杂文报》等报刊上，发表了大量的杂文随笔作品，个别作品还因写作风格独特，被收入写作教材，作为范文解析。这些作品题材杂乱，涉猎广泛，政治、经济、社会、文化、人生等，不一而足。但这些作品有一个特点，大多是千字文，题材容量有限，杂而不专，论而不深，说而不透。虽然如此，我仍然义无反顾地收入其中，就当它是一得之见，不必求全责备，更不必永远正确，只是见证自己思想成长，折射出社会变迁。

从总体上看，收入这本集子中的作品，以近十年来写作的篇目为主，其中在人民日报期间写作的杂文评论是我最看

重的部分，因为这些作品留下了我在人民日报工作20年中最浓重的记忆。这些作品有着鲜明的党中央机关报风格，题材重政治，说理居高位，风格讲程式，文字简约，语言简练。今天读来，我仍感铿锵有力，议论风生，针砭时弊，抒发心声，酣畅淋漓，还能体会到当年写作时一挥而就的激情和感动！近些年来，在中华工商时报写作的东西，则从社会转向了经济，或者两者结合起来。但作为财经新闻战线的新兵，议论经济这个全新的领域，则显得专业理论功底不够，功夫欠缺的特点也是很明显的。

当今时代，我们正走在实现中华民族伟大复兴的"中国梦"的历史征程中，每一个人也都有自己的梦想。当年有过的"作家梦"，因为才疏学浅，学养不够，恐怕是心有余而力不足，只能停留在心中了！但今后，我还会用笔来不断地表达自己的情感和梦想！编辑这本小册子，既是便于自己随时把玩品味，能时时回味一些温暖美好的记忆，也为了见证自己追逐这个梦想的心路历程！

需要说明的是，这次修改再版，特意补充了自2014年以来我新创作发表的十几篇散文作品，大部分作品在《人民日报》《人民日报（海外版）》《光明日报》《中国青年报》《大众日报》《散文（海外版）》等报刊发表，产生了一定反响，有些作品还收入了各种教材、写作参考书，其中有几篇还入选了人民教育出版社组织命题的中学试题库。特别是写我的同乡、中共一大代表王尽美的作品《这沉甸甸的遐想》，几易其稿，饱含着我对这位同乡革命前辈的敬重，也饱含着对家乡的深情。书中还收入了新闻界前辈、中国社会科学院研究生院学兄、人民日报社老同事、人民日报社原经济部主任皮树义为我的《深情浅论》一书写的评论，还有新闻界知名人士、原农业部农业影视中心党委书记、主任、总编辑赵泽琨老兄饱含真情为我写的人物评传。向两位新闻界大咖致敬！

我要感谢山东著名作家、学者，几十年的老朋友张传生为本书撰写了精彩的读后感，感谢日照的老朋友南方为本书提出了宝贵的意见。

我还要感谢中华工商联合出版社的李瑛编辑，为本书的出版做了很多工作。

我要特别感谢原人民日报社老社长邵华泽老先生，不顾耄耋高龄，欣然挥笔，为我题写书名《春趣集》。为此，我的人民日报老同事、老朋友，原人民日报社机关党委副书记、文明办主任刘新老兄提供了很多帮助。向老领导、老同事、老朋友们致敬！

最后，我要特别感谢我所有的家人对我的支持、鼓励和帮助。首先要特别感谢我逝世的双亲，是他们含辛茹苦生养抚育了我，倾尽心血供我上大学，尽己所能支持我的工作生

活，以实际行动教育我做人做事。特别是我的老父亲，虽然是一位普通百姓，但粗通文墨，教给了我很多朴实无华的人生道理。还记得那是在2003年，老人家看了我出版的第一本作品集《人事与本事》一书后，曾对我说，每篇我都看了，写得挺好，还要好好写！我还要感谢我的爱人，当年是她在繁忙的工作和家务之余，为我誊抄初稿，并提出修改意见，支持我写作！我还要感谢我的女儿，在小学、中学、大学、赴美留学等各个阶段，都是好学生，工作后在单位又是好员工、好同事、好朋友，她的正直善良、勤奋肯干，都一直在鼓励着我。本书最后特意收入她在南开大学毕业典礼上代表本科毕业生的发言和学校网站采写的通讯，以及在读中学期间撰写的几篇散文，既是为了记录孩子那一段成长经历，也为祝福女儿在今后的工作、事业、生活中，诸事顺利遂意！

2022年夏

目 录 CONTENTS

散 文

- 春风化雨润亲人 / 003
- 父亲的人生格言 / 009
- 母亲的沉默寡言 / 013
- 怀念去世的父亲 / 017
- 善到极处是平淡 / 020
- 孩子，祝你永远快乐成长进步！ / 024
- 通往家乡的路 / 029
- 简笔漫画润童心 / 034
- 回望家乡的窗口 / 037
- 那明媚的春光 / 041
- 办好专业酒报，引领行业新风 / 044
- 母亲树 / 047
- 犹记少年春趣 / 050
- 奇山秀水　纯朴人家 / 054
- 从作家向学者的亮丽转身 / 061

- 潍河岸边的缅怀 / 067
- 这沉甸甸的遐想 / 071

心潮逐浪高 / 083

杂　文

- 一条重要的学习途径 / 097
- 复员兵与二道贩子 / 100
- 到艰苦的地方去建功立业 / 102
- 出版业的君子之道 / 105
- "四合院"的遐想 / 107
- 缠藤与小树 / 110
- 变味的乡情 / 112
- 有感于书记当"侦察员" / 115
- "骑驴找驴"话市场 / 118
- 戆县令家事考 / 120
- 有感于"老乡"管质量 / 123
- 一勺"烩"之优劣 / 125
- 谈"一M"治"三M" / 127
- 名人不必真有"病" / 129
- 名牌模拟大游行 / 131
- 设岗堵截之类 / 134
- 也谈"换脑筋" / 136

目录

- 烟头与痰引出的话题 / 138
- 企业要会自己选路走 / 141
- 警惕国企变"家族公司" / 144
- 武大郎起用"高人" / 147
- 一大于一百的启示 / 150
- 拿出自己的绝招来 / 153
- 扬鞭促奋蹄 / 156
- 眼界的宽与窄 / 158
- 功夫在哪里 / 161
- "小国寡民"到如今 / 163
- "人事"与"本事" / 166
- 有罪推定 / 169
- "群众基础"析 / 173
- 灯塔照亮前进方向 / 176
- 开会切莫程式化 / 179
- "工作方法贫乏症" / 182
- "送穷"与"抢富" / 185
- 可贵的角色互换 / 188
- 学校不应上演"官场现形记" / 191
- 从包头至延安不能"一车直达"谈起 / 193
- "演戏作秀"该治理的另一种不正之风 / 196
- 政府部门要谨防"钮扣错位" / 199
- "小锅饭"也要打破 / 202

- 我们失去思考力了吗？ / 205
- 社会多么需要这样的"叛徒"啊！ / 208
- 只需把病人当病人 / 211
- 心舒气缓才和谐 / 214
- 有些贪官为什么能顺风惬意多年 / 217
- 弃母之痛与统筹之喜 / 221
- 责任空转养痛遗患 / 224
- 卷土重来未可知 / 228
- 给干部招商引资减负 / 231
- "道歉"背后的喜与忧 / 234
- "遮羞墙"折射了什么 / 237
- 让乡镇干部心无旁骛地工作 / 240
- "走路"与"观景" / 243
- 实事如何办实 / 246
- "运动式推动"病症诊治 / 249
- 让"长尾"真正摆起来 / 252
- 顺应人民新要求奏响时代最强音 / 255
- 解决食品安全重在治本 / 259
- 怎样才能让农民不盲目跟风 / 263
- 坚守住我们的底线 / 266
- 朝令夕改现象折射出了什么 / 270
- 解决"三公顽症"公开透明是关键 / 274
- 要高度警惕形式主义的新变化 / 277

目 录

- 本地人与外地人摩擦是制度之痛 / 281
- 警惕某些地方冒进式"硬发展"现象 / 285
- "惠民工程"惹民怨折射出了什么 / 289
- "挟洋自重"屡禁不止为哪般 / 293
- 企业家为何提倡看官场小说 / 296
- "内卷化效应"及其他 / 300
- 破窗户为什么会越来越破 / 304

附 录

附录一　希望，流淌到笔端 309

附录二　赤子情怀 / 316

　　　　真诚为人　真情为文 / 322

　　　　春趣　春韵　春清音 / 327

附录三　愿我南开永远青春 / 345

　　　　做南开精神的优秀传人 349

　　　　为中华之崛起而读书 / 353

　　　　总有一种力量让人泪流满面 / 358

　　　　当我们不在过去的肩膀上流连 / 361

　　　　给梦想一次绽放的机会 / 364

代　跋　缘分与梦想
　　　　——关于新书《春趣集》的题外话 / 366

散　文

春风化雨润亲人

我是一个乡情比较重的人。家乡芳香漂溢的泥土,茵茵欲滴的麦苗,蜂飞蝶舞的杏花,时时氤氲在我的思绪和梦乡,经常流淌进我的笔端和指尖。这些年来,我无论出差何处,身在哪方,总是感念着故乡,祝福着宗亲!

我生于上世纪六十年代初,那是个激情澎湃、风云变幻的年代。我们小时都经历过"文革",对家谱更是讳莫如深,因为这在当时是"四旧"。只是在家里的油灯下,炕头上,经常听到先辈和兄弟子侄们,私下悄悄说起家谱上的故事,以及全家族爷们春节或清明,回到本家圣地诸城县(现改为市)枳沟镇的乔庄,集体祭拜祖先的经历。

狗年新春伊始,通过电子信箱,我敬收到本家爷们树银和族亲们殚精竭虑、呕心沥血、广征博集、精心编撰,莘莘十几万字的《昆阳石屋山阴李子家谱》。拜读之后,百感交集,感慨良多,万端思绪又回到了那片生我养我的土地,枳沟、乔庄、东云门,这些耳熟能详的名字,又回到了我的思

绪中，梦乡里。

我的家乡位于鲁东南沂蒙山与潍坊平原交界处，地处潍坊市的诸城市和日照市的五莲县交界，宗亲们就生活在这方山青水秀、人杰地灵的潍水河边。这方奇山秀水曾养育了无数的历史文化名人，山东的诸城也就因深厚的文化底蕴，和陕西的韩城、浙江的绍兴一起，并称为中国三大历史文化名县。

拜阅敬读家谱里边的照片和信息，先辈和宗亲们的身影，又鲜活丰满地来到了我的眼前，那个生我养我的小山村的四季美景，艰辛而又快乐的生活，又身临其境般真切地浮现在我的脑海里。

白胡子老头在殿大爷脾气火爆，刚正倔犟；忠正大哥曾参加过孟良崮战役，在淮海战场上见过陈毅元帅，回乡后长期担任村党支部委员，为人豪爽，幽默风趣；一太侄子当过生产队长，为人正派，性格耿直；还有浓眉大眼、高大雄壮、英武逼人的茂太侄子，等等。而最让我难以忘怀的，还是在我很小的时候，家父和本家爷们在我家不时召开的"家族会议"，中心议题就是商量着如何帮助宗亲族人们处理家里的难事急事，特别是看病就医。那时的乡村，民风纯朴简单，宗亲们团结一致，互助友爱，互谅互让。这些让人温暖亲切的形象场景，历历在目，总是在我的心中回忆，在我的梦中走动，挥之不去。我的这些宗亲们，为人厚道朴实，处事真诚实在。听老人讲，当年经济困难时，外地的乞丐也愿意到这里来讨口吃的，因为这里的人不"眼生人"，对外地人和善。这些禀性也深深地流进了我的血液中，嵌进了我的性格里。

第一次看到先祖的文字记载，解开了我心中很多欲解未解的疑问，从族谱这些简约精炼的文字中，我了解了家族的来龙去脉，也看到了先辈们那颗历经风雨沧桑，始终执着不变的初心，这就是让家人后辈们过上平安祥和、丰衣足食、阖家安康的美好生活。据先祖鹏翱等前辈修撰的家谱记载："吾李氏本山西平阳府洪洞县东门里人也，洪武三年（1370年）分析大族，东实海滨"。屈指算来，如今已是近650年了。在这近六个半世纪里，我的先辈们为了实现自己的愿望和梦想，栉风沐雨，颠沛流离，从三晋一路走到东海齐鲁，在古密州的潍水河畔扎下根来，在这里繁衍后代，生生不息，留下了不懈奋斗的足迹。我们云门支系的先祖维翰、维正、维庆三兄弟，也是投亲靠友，来到十几里外的古莒州的小山村生活，到我这一辈已是第六代了，历经近一个半世纪的沧桑变迁，如今在这个小山村，也是枝繁叶茂的大家族了。

不忘初心，慎终如始，方得始终。老一辈的家风族训，像春风化雨，滋养哺育着我们家族一代又一代后人。如今的

家族盛景伟业，得益于优良家风，受惠于家族传承。这是先辈在天之灵对我们护佑的结果。我们对先辈要永远怀着感恩之意，敬重之心！从这个意义上说，修撰这部家族宝典，就是对先祖最好的敬慰！

长江后浪推前浪，一代新人胜旧人。我们李氏家族如今人丁兴旺，东南西北，工农商学，五行八作，到处都活跃着宗亲们的身影，很多都是所在单位的栋梁骨干。通过这部浩浩家谱，也得悉了我的宗亲族人家在何方，业就何处。家谱成了联结我们的桥梁纽带，加上现代化通讯手段带来的便利，宗亲们建立联系，互通有无，彼此帮助。应当说，这是惠泽宗亲族人的义举善事！

国有国史，县有县志。中国有着几千年的文明史，特别是有着悠久的农业文明和家传文化。追逐水草，聚族而居的小农社会的田园生活，就成了先祖永远的追求。族有族谱，家有家规，一个以血亲关系为基础的社会组织，每一个家族，无论张王还是李赵，经历过一段时间，特别是承平时代，或逢盛世，修撰记载本家族世系和重要人物事迹的家谱，成了全体家族成员共同的理想。这种深厚的族谱文化，也深深地印在我的宗亲心中。各位宗亲为此真可谓念兹在兹，凝心聚力，共襄伟业！乔庄宗亲钟东老兄首倡义举，其他族亲同声响应。树银和众亲风雨无阻，不辞劳累，奔波忙碌，数年如一。散居在齐鲁大地，白山黑水，甚至全国各地的宗亲不遗余力，倾力支持，呈现出一幅有钱出钱，有力出力的动人景象。正如树银在微信中说的，我们家族的春天又来到了！看到这些，我怎么能不激动万分呢？我向宗亲们对家族事业的拳拳爱心和殷殷深情，表达崇高的敬意！也对通过这次续谱活动，宗亲们表现出来的团结力，向心力和凝聚力，感到万分的欣慰和欢喜！

我的父辈都是普普通通的老百姓，没有受过多少正规教育，但他们都有着很好的文化修养，一些为人处事的至理名言，经常挂在嘴上，见于行动。家严经常这样教育我们，忠厚传家久，诗书继世长；兄弟齐心，其利断金；人心齐，泰山移。这些家教族训让我们受益良多。

积善人家有余庆，修身如执玉，积德如遗金。先辈们的精神是我们后人最好的教材。敬阅先祖的奋斗经历和精彩事迹，我们可以受到激励鞭策。在当今世风激荡，社会巨变的时代，我们家人一定要有任尔东南西北风，咬定青山不放松的坚韧和执着，把先辈们生生不息，奋斗不止的精神，纯朴实在忠厚善良的家风传承下去，发扬光大，不断开花结果。这样，我们的家族才会更加兴旺发达！

家如是，族如是，国也如是。只要全体中华儿女继承优秀传统文化，牢固树立"四个意识"、坚定"四个自信"，做到"两个维护"，团结一心，凝心聚力，众志成城，坚如

磐石，向着既定的目标不断前行，中华民族伟大复兴的中国梦一定会早日实现！

（该文刊于2018年3有30日《潍坊日报》七版，原文标题《传承优秀家风，惠泽宗亲族人》，是为山东省诸城市乔庄李氏家谱《昆阳石屋山阴李子家谱》写的前言）

父亲的人生格言

父亲生活在最基层，是普通的老百姓。条件所限，父亲读书不多，也就是粗通文墨，但在我看来，老人有文化，有教养，通情达理，是个明白人，在做人做事上，留下了很多让我们牢记在心、启迪人生的格言。这些话看似朴实无华，却渗透着深刻的道理，蕴藏着丰富的智慧。

二十世纪五十年代初，父亲不到二十岁就加入了党组织，可谓年少得志。他还当过片区的民兵营长、团支部书记等基层小官。与他共事的同事，很多都调往外地工作，有些还成了地方的领导。但在"文革"中，老人因为不愿阿附权贵，很快就戴帽靠边，成了一介平民。可这丝毫也没有改变他爱说爱笑、幽默活泼的外向型性格，还是一样直爽透明，风风火火。忠厚传家久，做个正直善良的老实人，是父亲对我们子女说的最多的一句话。他经常说，做人不要拐那么多弯，动那么多歪心眼，做人太鬼太滑，一时会有好处，但不会长久，谁都不傻。一个人如果机谋多了，心术不正，终究

是要露马脚的,老天是公平的,也长着眼呢。

老人这些话,这样的性格,深深影响着我们,子女后代都是这样,与人相处,直来直去,有什么说什么,不藏着掖着。在复杂多变,潜规则盛行,人际关系像弯弯绕的当今时代,我们仍然以不变应万变,真诚实在,践行着老人教育我们老老实实做人、踏踏实实做事的原则。

老人常说,做人要讲理,不讲理的人长不了,坏事做多了也会遭报应,被雷劈的。老人是典型的沂蒙山人,性格倔强,爱打抱不平,最反对仗势欺人,路见不平,见到不讲理的人和事,总要上前说上几句,评个是非曲直。老人看到我们有时得理不饶人的样子,既爱又恨,笑咪咪地说,有理不在声高,得饶人处且饶人。文革年代,老人因为不会说顺风话,得罪了一些权势人物,被扣上一些罪名大得吓人的帽子。我们家人经常被人欺负。这些事过去后,我们家境有了好转,老人相逢一笑泯恩仇,多次特意提醒我们,不要干以势压人的事。

老人经常说,人看事要长远,人无远虑,必有近忧,要给自己留后路。多读书长本事,是正道。诗书继世才长,老人经常用这句话来教育我们,认为这是一个人安身立命的根本,没有本事,干什么都不成。因此,我们家在读书求学这件事上,是很明确的,能读书就读书,读到什么时候都行,再困难，家里也想办法解决。我读书时，没有什么经济来源，打工挣钱的门路很少，四十多岁的父亲，跟着当时公社里仅有的一个建筑队做建筑工人，干着年轻小伙子干的活，以此挣点钱供我读中学、大学。因过于劳累，老人腰部留下了后遗症。想到这些，我的心就隐隐作痛！

老人也会励志，经常引导我们以积极的态度去做人做事。记得我们小小年纪，有时干活做事，有些拈轻怕重，挑肥拣瘦，干点重活累活就吵吵嚷嚷，喊累受不了，搞一些偷奸耍滑的小把戏。老人既不打也不骂，耐心地对我们说，人没有吃不了的苦，却有享不了的福，年轻吃苦不是苦，老了吃苦才苦煞人。享福大了不是好事，年轻时吃亏吃苦，对将来有好处，这是磨炼人，是在积攒福份。

父亲性格豪爽，古道热肠，乐于助人，他经常教育我们，要与人为善，多做好事，广积善缘；多团结人多条路，得罪一个人就是一堵墙；话不能说满了，事不能做绝了。老人是见面熟，见了谁都笑面相迎，很注意处理好人际关系，在左邻右舍，亲朋好友中，口碑人缘极好，邻里关系和睦融洽，平时有点好吃的，互相赠送尝尝，有大事小情，都会出手相助。逢年过节，更是礼尚往来，暖意融融。家族邻居有什么家务纠纷，都愿找他评理调解。而老人也愿花功夫，搭时间，耽误自己家事，也在所不惜。这种颇具古风古韵，带有浓厚小农意识和田园色彩的生活方式，给我留下

了深深的"乡愁"，老人的性格也在我们子女身上留下了深深的印记。

父亲常挂嘴边的一句话就是，人生很短，不过就是草木一秋，但人得要脸，人活一张脸，树活一张皮，人过留名，雁过留声，你无论走到哪里，都要留个好人缘，好名声，不能让人戳脊梁骨。做人得有人品，办事得讲良心。这些话，已牢牢记在了我们心中，融化在血液中和性格里，桃李不言，下自成蹊，成了我们鲜明的家风家训，更成了我们最宝贵的家庭财富。这些格言也必将护佑着我们，让我们家人今后的人生之路走得更平稳踏实。

（2021年12月7日《中国青年作家报》）

母亲的沉默寡言

母亲去世一年多了。回忆起老人在世的八十五年时光，我总感到亲切、温暖、慈祥，但回想到老人说过什么感人肺腑的话语，却是少之又少，我脑海中只闪动着老人不停忙碌的身影，好像不曾说过什么话似的。老人本来就是一位平凡朴实的家庭妇女，加上老人性格上沉默寡言，生前只是以自己的辛勤劳作，支撑着我们这个家庭，以自己的默默奉献，抚育我们子女成长。

母亲性格内向，年轻时，在姥姥家就有个外号叫"哑巴"。在我的印象中，她总是对一切都淡然处之，从不会热烈表达自己的感情，更不会说些什么客套话，不管谁到我们家，总是淡淡一笑，算是表达欢迎之意。在街上遇到什么左邻右舍，也只是微微点头致意。我在二十世纪八十年代初考上全国重点大学，接到录取通知书，老人也没说过什么热烈祝贺、兴高采烈的话，只是在平静的表情中，流露出轻易看不到的满意、高兴和自豪。我们回家过年，老人也没有说过

什么问寒问暖的话，更不会让吃让喝，只是淡淡的笑着，喜悦欣慰之情浅浅地写在脸上，深深地埋到心里。

母亲从不当着外人夸我们，对子女后人的进步，很少流露出惊讶和喜悦之情。老人更不会在外边显摆自己的本事和长处。本来母亲小时候也上过学，可以说粗通文字，能简单地读书看报。但家务忙碌，身体病弱，没有什么闲情逸致阅读。对此我们也浑然不知，竟认为老人不识字。直到老人八十多岁卧床休息后，为了消磨时间，开始阅读人物传记。老人只是淡淡地对我说，我也识一些字！

老人对我们子女几乎没有说过什么做人做事的道理，却以实际行动做出了示范。在说得不多的话中，有一句说得最多，这就是做人要有良心，不要忘了别人对咱们的好处，记得将来有机会，要报答人家的恩情。老人更多的是以真心诚意与人相处交往。每次回家探亲，老人不是直接明说，而是拐弯抹角地对我说，谁谁对咱们家挺好的，给咱们家帮了不少，别忘了人家。老人这是在教育我要报恩呢！

我几乎从来没有听老人说过别人的是非，我们家也从没有与别人家有过什么纠葛。遇到个别人强词夺理，母亲也是息事宁人，不与人计较。"文化大革命"时，作为最基层干部的父亲被打倒，个别人对我们家有些冷言冷语，但母亲都忍辱负重，从不和我们说这些。好多事还是后来别人告诉我的。

母亲从不向我们提什么困难，也很少说身体有什么不适。她不愿麻烦别人，连自己的子女也是这样。有时候我打个电话问有什么事，总是说没有。在她心目中，只要子女好就行，自己怎么样都无所谓，那怕体弱多病，自己都默默忍受。老人怕我们担心，怕影响工作。

父亲性格与母亲相反，外向热情，古道热肠，乐于助人，见到亲朋好友，总要说上几句。亲邻近友有什么难处，不管能力和条件，总是满口答应。遇到熟人回家探亲，一定要请到家里吃饭喝酒。家里条件有限，母亲有时难免对父亲发些牢骚，但在为难中，只是悄悄操办。看到父亲和客人兴高采烈的样子，母亲又会流露出满意的表情！

我外祖父解放前曾参加过国民党的外围组织，跑到青岛想转道去台湾，但没有成功，解放后一直戴着"帽子"。长期精神压力和环境影响，老人性格有些扭曲，见人从没有笑脸。偶尔遇到我回姥姥家，姥爷见到我这个外孙子，只是简简单单一两句话，没有更多的交流和问候。姥姥是位小脚老人，体弱多病，唯一的舅舅又是位残疾人。对姥姥家的情况，母亲很少和我们说，只是自己承受着，抽空回去看看老人，帮助家里解决点什么困难。有时候行色匆匆，很晚还没回来。我们总是到几里外的地方去接母亲，时光很晚也不回家，只有看到母亲的身影才放心。而母亲也只是数落我们几句，然后赶紧领着我们回家，怕我们有个头痛脑热。

有句老话说得好：沉默是金。少说多做，不尚空谈，老老实实做人，踏踏实实做事，才是做人的根本。母亲就是这样，默默地承受着一切困难，把委屈和抱怨深深地压在心中！在我看来，沉默寡言的母亲有着金子般的人品和性格。老人的仁厚、善良、奉献，深深地影响着我们后人，也保佑着我们后人的成长进步。

2016年11月8日

怀念去世的父亲

按我们家乡的风俗习惯，去世的人，上过五七坟，过了这一天，就与人间阴阳两隔了。父亲的灵魂已经走了，走得越来越远了！我想，写给父亲的这些话，能追上他匆匆离去的脚步吗！

父亲走了，他的身影时时浮现在我的心中！每每想起一件事，我的心就如针刺锥扎！父亲对生活要求不高，随遇而安，对别人更是能不麻烦就不麻烦。他总是对我们说，求人不如自己努力。但父亲曾经无意中和我说过，想坐坐飞机。我也没往心里去，总觉得父亲除了腰有些毛病之外，别无大恙，来日方长呢。如今我才体会到，尽孝要提早这句话的含义！一切都来不及了，只好在出差的时候，把父亲的照片带在身上，也算是带着父亲坐过飞机，让他看看健在时没有看到过的大好山河了！

父亲是典型的山东人，有着沂蒙山人的性格，倔强刚直，宁折不弯。年纪轻轻就是家乡的青年党员、基层干部，

属于重点培养对象，也有多次调到外边工作的机会，本应有一个锦绣前程！和他一批担任基层团支部书记的同事，后来有的当上了行政长官，有的调到外地工作。每每回忆起这些，他总是有些不平，也显得很无奈，但看不出一点后悔，他觉得自己选择了一条正确的人生道路，有自己做人的准则，谁也不能改变，哪怕是自己的直接上级，如果道德不好，他绝不会与之同流合污。就是因为这个原因，"文革"时他没少受罪，被整过、斗过。于是，别人升官的升官，发达的发达，他却几十年没有变化，一直心甘情愿地当一个普通老百姓！

父亲虽然上学时间不长，但粗通文墨，算盘打得好，年轻时爱读小说，到了晚年，每到我家小住几日，回老家时总忘不了带几本书，特别是人物传记和历史方面的书，他最喜欢读。父亲很重视我们子女的文化学习。他总是说，忠厚传家久，诗书继世长；当多大官，挣多少钱，都不重要，多读书有本事，才最重要。他说过，无论如何，再穷再困难，也要供应你们几个读书，能读到什么程度就读到什么程度，绝对不能因为老人而耽搁了孩子们的前程。我永远记着，高考结束当天，他不顾自己已是近五十的人了，骑着自行车跑了三十多里路，到学校去接我回家！

父亲极重感情，可谓古道热肠，家乡的事，特别是我们家族的事，他最爱操心。记得小时候，家里晚上经常开"诸葛亮会"，商量谁家的事该怎么办，该派谁去办。有一年正是秋收大忙时节，他因为帮着别人到外地办事，家里的活顾不上干，让老母亲一个人晚上到荒郊野外干活，又冷又怕，回家后大病一场，落下了永远的病根，这成了父亲心中永远的痛！

父亲极要脸面，听说外地工作生活的人回老家，或者是亲戚朋友来串门，他总是想法设法请人吃饭，当时生活条件很有限，凑一桌子菜不是件容易的事，有时就不得不东取西借。他的这种个性，给左邻右舍留下了极好的人缘。父亲常挂在嘴边的一句话就是，人活一张脸，树活一张皮，人过留名，雁过留声，多交一个朋友就是一条路，多树一个敌人就是一堵墙。如今父亲不在了，作为长兄，我又把这些道理反复讲给弟弟妹妹和我的孩子，要让他们永远铭记先辈的教诲，做正直的人，办正派的事！是啊，就像父亲的名字一样：李在明，道理就在明处，不言自明，父亲就是一盏指路的灯，照亮着我们前行的路！

（《人民日报海外版》2011年03月29日）

善到极处是平淡

人们常说，父母在，我们尚有来处，父母不在，我们只有归途。

父亲去世5年后，2015年的一个秋日，老母以85岁高龄驾鹤西去。我的双亲都不在了，我才深深体会到了这句话的含义。每想到这句话，我总是泪盈双眼，心胸难平。

母亲去世半年多来，我一直想写点什么。母亲平实得就像一株小草，却在平实中悄悄地蓬勃生长，在我心中塞满了回忆与温暖。

善到极处是平淡。母亲为人最大的特点是善良和厚道，我几乎从来没有听她说过别人的任何是非，更没见过我们家与别人家有什么纠葛。有时候，个别人家不讲理，欺负我们，母亲也是息事宁人，能过去就过去，不与人计较。"文革"时，作为最基层干部的父亲被打倒了，个别人难免对我们家有些冷言冷语，甚至有些事上过不去，但母亲都是忍辱负重，从不和我们说这些。多少年后，说到那些人、那些事，亲朋好友还愤愤不平，母亲却很少提及，偶尔说到，也是一句话："都过去了，还提它干什么！"

母亲性格内向，寡言少语，在姥姥家有个外号叫"哑巴"。在我的印象中，她总是对一切都淡然处之，从来不会热烈表达自己的感情。母亲对我们子女的教育，口头说的很少，几乎没有说过什么大道理，但怎样做人做事，她以行动为我们做出了示范。说的不多的话中，有一句是最多的，这就是做人要有良心，不要忘了别人对咱们的好处，记得将来有机会，要报答人家的恩情。在我们家的家境有了改变后，每次我回家探亲，老人不直接明说，而是拐弯抹角地对我说，谁谁对咱们家挺好的，给咱们家帮了不少，别忘了人家。这些不多的话语中，我理解了老人的心意：对别人滴水之恩，当涌泉相报。

母亲对自己的事很少说，因为她从来不愿麻烦别人，连自己的子女也是这样。有时候我打个电话问有什么事，总是淡淡地说："没有。"在她心中，只要子女好就行，她自己怎么样都无所谓。从四十多岁起她就因患过肺结核而体弱多病，但从没有在我们面前说过自己的病情如何，怕我们担心。本来母亲小时候也上过学，认识一些字，能读书看报，但忙碌的家务，病弱的身体，没有什么闲情逸致看书，我们

这些粗心大意的子女对此也是浑然不知，竟然以为老人不识字。直到八十多岁因体弱多病卧床休息后，老人为了消磨时间，开始阅读我给老父亲生前带回去的几本人物传记。老人自己亲口对我说，我也识一些字，也能简单地看些书。真是只有粗心的子女，没有大意的父母。

母亲虽然平淡朴实，但很爱面子。子女后代的成长进步，虽然说的不多，但她是时时事事挂在心中。子女及家人的一点成长进步，都会高兴不已。每次通电话，母亲总是问孩子怎么样，什么时候回老家；春节我们回家，见了面也不会嘘寒问暖，也不会递吃拿喝，只是淡淡地笑着，脸上露出欣慰的神情。每次听说我为姥姥家几位叔辈舅姨家办了什么事，这是老人最高兴的时候，因为我明白，这样让她在娘家人面前更"有脸"了！

母亲在街坊邻里中，有着极好的人缘和口碑，周围邻居和近亲远朋，没有一个人说过母亲不好。我听到过的，几乎众口一词：你母亲是个好人。母亲留下的这些美德赞誉泽被着后代，荫及着子孙。我们兄弟姐妹和后人，也深深受益。我们也为老人留下的这种好人缘而深深自豪。

母亲作为传统的家庭妇女，可以说步轻无痕，语轻无声。在老家几十年里，亲朋邻里都是按辈分称呼婶子、奶奶什么的，户口登记材料上也是写着"李徐氏"3个字，几乎没有人知道她叫什么。实际上她是有自己的名字的——徐玉美，一个平淡普通、质朴如璞玉的名字！

《人民日报海外版》（2016年07月21日）

孩子，祝你永远快乐成长进步！
——写给女儿18岁生日前的话

1992年5月29日，你的生日，仿佛就在昨天，转眼一瞬，你即将迈入18岁，成长为青年人了！

18岁，是人生中最美好的年华，就像早晨初升的太阳，发出耀眼的光芒！18年前，你的出生，给我们带来了为人父母的惊喜；18年中，几乎每天都有新的变化，从学叫爸爸妈妈，到蹒跚学步，从日趋成熟，到与我们争论问题。你身体有一点不适，我们的心时时牵挂着；你学习有一点进步，我们会激动不已；放学回家你高高兴兴，我们就感到生活充满阳光。可以说，点点滴滴都萦绕在我们的心间，给我们留下了美好、幸福的记忆！18岁生日即将到来，你将成为一名高三学生，也很快进入大学课堂，我们为你茁壮成长，不断进步，深感骄傲自豪！

你是一个人品很好的孩子。从小我们就一直教育你做个好人，做个实实在在的人，做个通情达理的人，无论在什么地方，都要多做好事，多为他人着想，多尊重他人。18年来，正是这一原则引导着你成长进步，已经培育出很好的个性和诚实善良的品德，这也增强了你的人际交往和沟通能力。还在幼儿园时代，你就是懂事的"小大人"，时常说出一些与你的年龄不相称的话。一次小朋友生日聚会时，两位小朋友诉说着家长如何对自己管得太严，可你却说了这样让人感动的话：等你们长大了就理解了。说这句话时你还只有五岁呢！因为能礼让小朋友，明理懂事，大家把你当成了最受欢迎的"小姐姐"。进入小学、初中、高中后，无论在什么学校和班级，你都有良好的人际关系，很得同学和老师的喜欢。小学时的班主任曾深情地说，你是一位很好的帮手，帮助老师做了大量事情。做人是第一位的，我们相信，你良好的人品和个性，是成就一番事业最根本的条件，是将来踏入社会、安身立命的重要基础！

将近十二年的学习生活，我们一直很满意你的学习，因为你一直很优秀。曾记得，在小学时你就获过北京市三好学生，这是同学们以全班票数第一推选出来的！这些年来，你学习成绩全部都是优秀！初中时还因各方面表现突出，特别是学习优秀，第一批加入共青团组织；高中三年更是如此，其中，语文和英语两门功课表现突出，每次开家长会时都会听到任课老师的表扬夸奖。一张张奖状，一朵朵小红花，还有一份份成绩单，都让我们激动不已，我们都细心地保存起

来。经常翻看这些珍藏的"礼物",这是我们最宝贵的精神财富!

当今社会,综合素质很重要。在这方面,我们也很放心,一直以来,你全面协调发展,有良好的综合素质,是兴趣爱好很全面的多面手。自小学习钢琴和电子琴,有很好的音乐天赋,还学过话剧和舞蹈表演;有很好的体质,作为体育积极分子,特别擅长跑步,取得过很好的成绩,还参加过篮球比赛获校级二等奖;平时比较注意阅读课外书籍,阅读过大量中外名著,有比较开阔的眼界和较为丰富的知识面;2007年春节还参加赴美交流访问团,参观考察了美国加州伯克利大学和斯坦福大学等;你积极参加社会活动,在2008年北京奥运会期间,还担任过奥运会城市志愿者。

我们一直为你的语言才华和良好的口头表达能力深感欣慰,你就像一个小小演说家。每每放学回家,小嘴总是不停地说着,把有趣的事情绘声绘色地讲给我们听,我们把这当作一种生活享受!还记得,上小学时,你曾参加过朝阳区组织的相声比赛,受到过表演艺术家莫岐老师的表扬;上初中时,你参加过公安部在广州组织的慰问演出,表演的小品得到了著名演员周伟的称赞;高中阶段还代表班级参加过辩论比赛,有一场是英语辩论比赛;在高中阶段一直参加学校主办的广播台,主持过多个栏目。多次主持过学校组织的大型活动,特别是2008年"全国十大杰出青年"走进80中学的活动，就是由你来主持的，活动很成功，你也成了学校的小明星，得到了同学们的交口称赞和老师的表扬；你还参加了学校组织的多次文艺活动，表演的节目照片还在《京华时报》等报纸上刊登过！

我们也一直为你的文字写作能力深感欣慰，你有良好的文字写作能力，就像一位小作家。从小学、初中，特别是到了高中，你写的作文，多次被语文老师作为范文讲评，现在我们经常翻阅厚厚一摞作文本，欣赏里边的精美文字。还记得上初中时，有一篇作文写回家乡山东过春节，读来有情有景，非常感人。其中有一篇写提高文明素质的小议论文，被收入朝阳区教育部门编辑的文集中。

最近，我们认真研读了今年9月北大方正教育心理研究院撰写的《李若曦同学专业选择评估报告（高级版）》，其中的评论，在我们看来很符合你的特点："你是一个敢于挑战权威的思考者、周密谨慎的实践家。因为你既具有魄力与对于目标的执着，同时你还是那么的理智客观、善于分析、富于条理，用'有勇有谋'来形容你非常恰当。"报告还说，李若曦同学的闪光点是：自信果断；沉稳理智；细心敏感；追求卓越；比较自律等。这些评价虽然有一些鼓励的成份，但我们也感到很高兴，希望你按照这样的标准来要求自己，成功地实现自己的理想！

我们也深知，你也有一些不足，比如有时候容易情绪化，学习不够努力，不太细心等。但我们相信你的实力，也坚信你一定会加倍努力，顽强拼搏，使自己成为对国家、对社会有用的栋梁之才！

当然，最重要的还不是这些，我们更盼望的是，你要有良好的身体，有健全的人格，有快乐的心情，有幸福美好的未来！我们坚信，你一定会拥有这一切的！

永远爱你的爸爸妈妈

（2009年11月23日）

通往家乡的路

我是一个乡情比较重的人,家乡那香味四溢的泥土,碧绿欲滴的麦苗,蝶飞蜂舞的杏花,时时氤氲在我的思绪中,徜徉在我的梦乡里!儿时小伙伴儿的身影,房东大娘的粗嗓子,还有亲邻瞩望的目光,更有小时候满地打滚儿的豌豆秧,时时在唤起我回乡的欲望。于是,位于鲁东南,靠海不远,在沂蒙山边缘丘陵地带的那个村庄,一个颇有诗意的名字——东云门,就成了我魂牵梦绕的地方。不经意中,沿着当年辞乡求学的土路,我的心也就时时回望着家乡的山水草木,回味着过年的饺子饽饽,回响着年三十的鞭炮起花!

弟、妹都已在城里工作成家,老人也早已搬到城里,家乡已没有太多直系亲属,很长时间没有回家看看了。前不久回家乡公干,还是特意坐着弟弟的小车回了趟老家。家乡修通了水泥路的消息,再次激起了我思乡的涟漪!

对于这个消息,我起初还真有点半信半疑,土路在心中留下的积淀太沉重了,以至于有些挥之不去。对于在小

时候走惯了泥泞小道、看厌了崎岖山路的我，总觉得修条水泥路，于我的家乡，是遥不可及的事情，仿佛那是需要多少代人次第努力才能实现的跨世纪的伟大工程！疑团莫释，便打了个电话，向担任过村党支部书记的远房侄子探问究竟。"你回来看看不就明白了吗？"侄儿的一番话使我如梦初醒。

不是我胆小多疑，我总认为，家乡目前还不具备这个条件。村子比较偏远，位于县城西北部十几公里，人口多，自然条件不是很好，经济基础也比较薄弱，又与邻县接壤，属于两地交界，是边区；家乡这个县又是个农业县，财力比较紧张。我们老家人还让我帮着打过报告，提出改换门庭，投靠大而强、富而美的邻市呢。我非常理解家乡人这种弃贫去富的"势利眼"，欣然相助，但事情最终没有办成，因为事涉两县关系，也有损原来当地领导的面子。自那以后，家乡就成了舅舅不疼、姥姥不爱的地方。在我看来，拿出这笔不菲的费用，着实是一件不小的难事！

经过半个小时的行程，车从邻县一个颇有名气的大村下了国道。此时此刻，我的心也怦怦跳着，眼睛不停地向着家乡方向搜寻着、张望着，仿佛有什么东西紧紧攥住了我的目光！在秋日的阳光照射下，一道泛着白光的山路映入了眼帘，走了几十年的土路无影无踪了，我才心舒气缓，神定情畅，好像是实现了多年的一个梦想！

车向着东南方向行驶着,虽然地势弯弯曲曲、高低起伏,但这条宽不过三米的水泥路,好像是我走过的最宽阔平坦的大路,超过了大城市双向八车道的高速公路。就我们一辆车在路上自由自在地行驶着,远处看不到人,近处没有任何车辆。就是这不到五里的路程,把乡亲们与外界阻隔了多少年,也把富裕的希望遮挡在了山外。而今,这一切都一去不复返了,家乡终于和国道接上了,风雨已无力把家乡与外界分开了!

弟弟好像也理解了此时此刻我的心情,放慢了车速,不到五里的路程,路况也不错,却开了将近二十分钟,为的是让我仔细看看。我也不着急,两眼不够用地只顾望着前方的路,生怕漏了什么细节,好像这不是在看一条路,而是在望着离散多年、失而复见的亲人,看不够,亲不完!

弟弟告诉我,修路经费是这么凑起来的:当地乡里领导找到在外地工作的一位有实力的单位领导求助,他提供了点赞助,乡亲们再集点资,国家再投点钱,七凑八拼,总算凑齐了。家家户户可以说有钱的出钱,有力的出力。据弟弟说,家乡这个县就这么完成了省里提出的"村村通水泥路"的任务!

车在路上行驶着,我的耳边仿佛回响起了锹铲镐刨的叮当响声,眼睛仿佛看到了乡亲们挥汗如雨的忙碌身影。是

啊，为了这条路，全村几百户人家、两千多口人，栉风沐雨，用双手的血泡和透身的汗水，实现了多少代人、多少年来的梦想！路虽然还验不上等级，可对乡亲们来说，辉煌超过建成长江大桥，激动胜于修成三峡大坝！

迎面驶来了一辆辆运货车，仿佛是小时候的同学，可又像老屋东边的邻家侄子，一张张似熟非熟的面孔在脑中穿梭，笑意写在脸上，希望装在车上，自信握在手中，载着满满当当的各种农家产品，向着乡里、县城，还有更远的地方奔去。"嘟嘟"，一阵汽车喇叭响声，把我从想象中唤醒回来，原来路上有一只羊，不紧不慢地踽行着，放羊人远远地躲在山坡上，看不清是谁，不过即使近在眼前我也不一定能认出来了，少小离家老大回，毕竟离家二十多年了！

此时已近村前，可仍看不到一个人，更看不到一辆车，乡亲们在忙啥呢！我说出了心中的疑问。弟弟却说："可能是中午了，大家回家了，不过，即使是农忙的时候，路上车也不多，村里买得起汽车的不是很多，连农用运输车都没有几辆，更不用说小轿车了，而且也没有什么东西运，乡亲们还是种原来种的庄稼，没有几家种值钱的经济作物，有几家种了，城里没有关系，也打不进去，折腾了半天还是没有跳出一亩三分地！"弟弟的一番话，让我哑口无言，欲说还休。从这个小山村出去的我还不了解乡亲们的脾气禀性？忠厚有余机变不足，眼前的山头与围墙还在遮蔽着远望的目光。这些都不适应现代社会生活，与市场经济格格不入！

　　因为还有公务，没有在家乡逗留，匆匆转了一圈，我们就掉头返城了。这不远的几里路，虽然行驶速度很快，但我总觉得很慢很慢，仿佛比来时多走了很长时间。顾不上欣赏车外的风光，我一直在想，虽不宽但还算硬实的水泥路，已经把家乡与外边的世界连成了一体，让我们这些在外乡的游子省却了鞍马劳顿，拉近了与家乡的地理和心理距离，加快了外界进入山村的速度。可乡亲们与外界的心理距离好像没有减少多少，家乡通向外界的物理和心理速度什么时候才能更快呢？车即将驶入国道，我回头望着通向家乡的路，看到的是，一道道弯在向后延伸……

（《人民日报·文学作品版》2006年8月12日）

简笔漫画润童心

每个人都有一些温馨的记忆,少年时代储存下来的最多。每当回想,心里就暖暖的,仿佛有一泓泉流涤尽了凡尘和杂思,回复了简单与纯净。

有一件在今天看来再素朴不过的奖品,在我心中的记忆却是历久弥新。那还是20世纪的70年代,我正上小学三年级,被评为三好学生,得到了学区教育组颁发的一件奖品,一本简单套色本的《丁寨铁西瓜》。书不厚,仅有二三十页,讲述的是根据地军民用地雷打击日本侵略者的故事,情节非常简单,没有多少波澜,但我却百看不厌,爱不释手。有空就在家里翻看着,以至于书页都摸黑了、磨破了。

此后,爱看连环画成了我的一大嗜好。课余饭后,得空便拿着一本读起来,到了废寝忘食的程度。小小书本,就像灿烂的阳光、和润的细雨、迷人的彩虹,有着巨大的吸引力!

当然，对连环画如饥似渴，完全靠自己去买，还没有实力，互通有无，彼此交换，就成了解决难题的便捷方法。小伙伴用来检验关系远近的一个重要标准，就看有了新的连环画是否肯借给你看；在一起谈论最多的话题，大多是问爱看哪一类连环画，家中有多少存货，手中有什么新书。谁有了一本新版连环画，便仿佛拥有了万贯财宝，骄傲得像个大将军。

以流行一时的经典"三战"（地道战、地雷战、南征北战）为代表的战斗题材的连环画最受欢迎，真可谓百看不厌，书中的故事已是耳熟能详了。这还不够，还要学以致用。太阳刚一落山，月光还藏在东岭，便呼前喊后，一凑够人手，就开始模仿《抓舌头》《拔据点》中的故事情节，房前屋后，摆开了战场，战斗故事游戏成了流行一时的娱乐节目。不知疲倦的我们，手握自制木枪，昏天黑地大玩一场，直到月明星稀。

值得一提的是影版连环画。这些连环画，都是人物照片，连缀成册，故事完整，一目了然，简单直观，很适合我们的接受能力。当时我有限的藏书中，影版小人书占了绝大多数，因为借来借去，有些都已残缺不全，但都小心地珍藏着，像宝贝似的呵护着。

在那个特殊的年代，连环画之传遍大江南北，除了当时文化生活比较单调、出版物较少这个因素外，内在的艺术魅

力也不可忽视。当然不像今天连环画、卡通画形式上精湛丰富，70年代的连环画，构图大都比较粗疏，用笔简洁，这也给想象力正处充沛期的我们留下了丰富的驰骋空间。椰林、芭蕉、卡宾枪，构成的是同志加兄弟的越南抗美救国的战场；红领巾、镰刀与形象猥琐之人，必然是生产队的红小兵勇斗阶级敌人，保护集体财产；帽徽领章和长枪，必然是解放军和民兵的战斗故事，如此等等。看到一个简单的构图，就能想象着主人公的活动。一道道交叉的虚直线，仿佛听到了战场上激烈的枪声；一个个简笔勾勒的眼神，就能进入主人公丰富的内心世界；一些栩栩如生的艺术形象，像东平湖上的小鸟声，机智勇敢的小雨来，那块缺口滴着鲜血的银元，还有半夜学鸡叫的周扒皮，东海小哨兵手中的小螺号等，在心中留下了刻骨铭心的记忆，成了永远的文化符号，时移事易，仍挥之不去，以至于每每回想起来，依然是如此的清晰和鲜活。

如今，岁月的浸润，记忆中储存了太多的人生经验和体会，过去与现在，理想与现实，感性与理性，紧紧地纠结在一起了。对连环画的记忆，则独留温馨与美好，人无论年龄多大，阅历多深，见识多广，内心深处真正追求的，还是留简去繁、清纯朴实的生活！

（《人民日报·文学作品版》2007年3月7日）

回望家乡的窗口
——写在《工作与研究》杂志创刊15周年

我是一个乡情比较重的人,无论求学、工作、生活在何方,我总是通过各种渠道,想尽各种办法,寻找着家乡的各种信息。这其中,承蒙家乡朋友赠送,日照市委主办的《工作与研究》杂志,给我带来了渴望至极的家乡和煦的春风!

与这份杂志的缘分要追溯到20世纪的70年代中期,当时主持杂志编务工作的朋友们赠送给我了一份,每月一期,按时到达。虽然当时的杂志还比较简陋,没有套彩,照片都是黑白的,内容也大都是领导讲话和部门工作情况,但却像家乡那和润的细雨,温暖的阳光,有着巨大的吸引力,每期一到手,便仔细阅读,从头到尾,篇篇不漏。于是这份杂志就成了回望家乡巨变的窗口,沟通师友信息的桥梁,慰藉思乡心灵的益友!

透过这个窗口,我能看到新兴港城的每一个使人振奋、催人奋进的变化。五莲山风景区的秀丽风姿,浮来山旅游区

的游人如织，大学城崛起的座座高楼，教授花园在京城的热销，港口穿梭往来的轮船，更有日照市在全国新闻媒体的频频亮相，随之而来的是日照名声与人气在全国的高涨！这一切，都让我们这些在外的家乡游子感到心驰神往、如醉如痴。翻阅杂志，每一个栏目都是如此的精致和独到，显得大气大方大度，"重要言论"栏目把握大势，定向把舵，气势恢宏，议论精当；"本刊专稿"选题准确，深入浅出，论述透彻，启人心智；策划类栏目精心策划，匠心独运，别具一格。特别值得一提的是"经验交流""工作探讨""港城巡礼"等栏目，荟萃各县区情况和部门工作，梳理思路，分析形势，交流经验，沟通思想，探讨得失，篇篇都有独到见解；"文史撷英"见证日照历史的悠久和辉煌，而"八面来风""来稿摘编""文摘荟萃"等栏目，则表现了杂志编辑们宽广的胸怀与开阔的思路。栏目设置思路很开放，虽是地方性刊物，但表现出来的则是较强的全局意识和开放思维；杂志涉猎的内容在全面的基础上，与时俱进、紧跟时代、勇立潮头，既把握重点，又突出亮点，更聚焦热点；编排上的精心与精巧，则表现了编辑们高超的编辑艺术水平和现代意识。

通过这座桥梁，我能了解到家乡的同学和朋友们取得的每一个令人鼓舞、让人欣喜的成就。从杂志中，我能找到久未谋面的同学，看到失去联系的老领导，回想起多年前与同学朋友欢聚畅饮、推杯换盏时的激动与愉悦，清晰地复活起交往中的一些逐渐模糊的细节，也能从中体会到他们奋斗与拼搏的艰辛。这些同学和朋友，有的已是主政一方的领导，有的已是造诣颇深、某一领域的专家，还有的已是事业有成的企业家。从封底和里页中能经常看到老朋友们拍摄的照片，像在文化战线工作多年的老朋友赵斌，既是领导，也是专家，拍摄的照片是如此的精美，已是专家级的水平。他的夫人，也是我们当年中学时的英语老师，更是平添了一份敬意在里头。还有在"黄海漫笔"专栏中，经常看到一些朋友写的随笔、漫谈、时评、政论类文章，透过他们那犀利的文笔、睿智的语言、深邃的思想，在与他们的交流沟通中得到很多启迪与享受。而一些文章中介绍的区县、部门领导中，有很多是老朋友，看到他们在分管的地方、领域、部门，勇于改革，大胆探索，锐意创新，不断进步，造福家乡，惠及百姓，心中感到无比快慰。这些成绩，都深深地鼓舞着我们、感动着我们、鞭策着我们！

　　游居在外，他乡创业，异域漂泊，不管多长时间，对家乡的那份真挚感情，总是历久弥新、与日俱增！人到中年后，回忆成了生活中的一项重要内容，聚会叙旧也成了一种重要的生活方式，特别是回忆家乡、回忆学生和青少年时代的生活，更是带来无比温馨。老师、同学、家乡的每一个信息，都牵动着我们敏感的神经，哪怕是再细小的一件事，也

会让心灵得到满足，精神得到享受。每次阅读《工作与研究》，仿佛参加了一次家乡朋友盛大的聚会，都能使我时时活跃而灵动的思乡之情得到些许满足！

如今，《工作与研究》杂志已走过了15个春秋，于历史、于社会的长河只不过是短暂的一瞬，于人生也是匆匆一瞥，但于苦心、专心、精心经营着、守望着这份事业的杂志编辑们，则是不平凡的一段时光。在他们的呵护与哺育下，经过大家的努力，杂志已是旧貌换新颜、老树吐新绿，一步一个脚印，登上了一个又一个台阶。无论是杂志内容，还是编排手法以及阅读效果，都有了巨大的变化。可以说已由一个腼腆的村姑出落成了一个婷婷玉立的大姑娘，是如此让人爱看、耐看，在报刊林立、竞争已呈白热化的大形势和大背景下能脱颖而出，评上"全国城市十佳期刊"，就印证了这绝非溢美之词，而是实至名归。行文到此，我最想再说的一句话是："祝《工作与研究》杂志再创新佳绩，再铸新辉煌，越办越好！"

（《工作与研究》杂志2007年第8期）

那明媚的春光
——写在同学录付梓时

  30年前，祖国刚刚开启改革开放的脚步，万象更新，百废待兴，希望充盈着人们的心间！在1979年那个金色的秋季，我们带着稚气，带着泥香，带着渴望，迎着朝晖，唱着理想，携着朝气，从五莲山下各个角落，汇聚到了一中——我们最神圣的母校！

  那是一个充满理想、激情迸发的火红年代！两年高中生活，是人生短暂而难忘的一段时光！那时的天空是蔚蓝的，阳光是明亮的，空气中都透着欢畅！五莲山上，红旗招展，洪凝河畔，忘情流连，校园里边，意气风发。学习是如此紧张，条件是如此艰苦，教室是红瓦平房，宿舍是通铺草席。但是，挑灯夜读也欢乐，粗食淡饭更甘甜。我们内心深处有一种强大的精神动力在涌动，曙光就在前头！

  我们的老师，就像蜡烛，照亮着我们前行的路，给我们心中留下了太多的慈爱和温暖！节假日，送来亲人般的慰问

关爱；晚自习，为我们解疑释惑；有困难，随时会伸出无私的援手。老师们用自己的敬业和责任，心血和汗水，用他们的循循善诱和谆谆教诲浇灌着我们这些尚显稚嫩的莘莘学子，为我们健康成长修剪着旁逸斜出的枝叉，为我们踏入人生之路铺就平坦大道，为我们进入社会积蓄着前行能量。陈维森老师的青春潇洒，唐可训老师的幽默风趣，胡秀云老师的慈祥亲切，这一幕幕情景将永远定格在我们的记忆中！

倏忽一瞬，短暂而难忘的高中生活结束了！我们在泪水盈盈中，分赴四面八方：有的迈入了祖国各地的大专院校；有的则投入到了家乡和各地火热的建设生活中。三十年来，我们以五莲人的忠诚实在，质朴平和，踏实肯干，有的学有所成，成为各界名家；有的自主创业，已收获颇丰；有的已主政一方，正在造福百姓。更多的同学则在默默无闻中，为家乡、为祖国建设添砖加瓦。无论平实显贵，不管五行八作，我们都不愧为五莲一中的优秀毕业生，不愧为五莲人民的优秀儿女！

我们都是典型的沂蒙山人，乡土观念重，家乡那芳香四溢的泥土，碧绿欲滴的麦苗，蜂飞蝶舞的杏花，以及亲邻瞩望的目光，时时氤氲在我们的思绪中，徜徉在我们的梦乡里。尽管外面的世界很精彩，但我们却时时回望着那片圣洁的校园，梦中经常回到油灯下苦读的时光！无论求学、工作、生活在何方，我们总是通过各种渠道，想尽各种办法，搜集着家乡的每一条信息，关心着母校的每一点变化，了解着同学的每一步成长。这份真挚感情总是历久弥新，与日俱增！

　　一本薄薄的通讯录，承载着30年厚重的记忆！我们大多已人到中年，回忆成了生活中的一项重要内容，聚会叙旧也成了一种重要的生活方式。翻阅这本小册子，我们又回想起家乡、学生和青少年时代，又看到了早上八九点钟的太阳，感到无比温馨，精神得到享受，心灵得到慰藉。我们前方的路还很长，愿我们永远保留着这份明媚的记忆，也祝我们的心中永远充满阳光！

　　值此通讯录付梓，承蒙错爱，心实感愧，勉力为之！上边这些话，既是对恩师的感谢，也是对同学的祝福，更是对美好前景的期盼。这段话权代序。

（2011年9月16日）

办好专业酒报，引领行业新风

作为一位老新闻工作者，20世纪80年代末、90年代初，我还在《人民日报》工作时，就对《华夏酒报》早有耳闻，在美丽的海滨城市、中国现代葡萄酒诞生地——烟台，由烟台市委创办了中国最早的一份专业酒类行业报纸。去年的一次外出采访中，得以认识这家报纸的总编辑秦书尧。这位山东老乡年轻帅气，朝气蓬勃，富有活力。此后，我便每周都会收到一份精美的《华夏酒报》，也与这份报纸结下了不解之缘。

刚开始接触这张报纸，我就被它独特的报型、清新的办报风格所吸引。作为全国酒业惟一公开发行的权威主流财经周报，创办以来，适应读者要求和报业最新发展态势，几经调整和改版，现已改为周报，以橙粉色环保健康纸印刷。报相精美别致，读报如同欣赏艺术品。

最吸引我的还是它独特而专业的内容。细细读来，报纸内容涵盖酒类生产、流通、营销、配套、消费等整个产业链。创刊之初，他们就提出以"影响行业，创造价值"为报纸使命，以"中国酒类产业商务管理者与运营者"为核心读者，打造中国酒业专业性最强、最具权威的报纸。25年来，《华夏酒报》一直坚守着自己的办报理念和专业追求，贯彻权威主流、专业负责、理性大气、贴近市场的编辑方针，已由当初的稚嫩小报，变成了当今中国酒业最具影响力和最受信赖的财经报纸。

《华夏酒报》不仅在办报方面独树一帜，在经营模式上也探索出了一条新路子。他们牵头发起成立"中国酒业创新联盟"，联盟利用《华夏酒报》及网站等强大的媒体平台，积极开展广泛交流与合作，使政府、专家、生产与流通企业、媒体有机互动，促进各成员单位的繁荣与发展。《华夏酒报》已经成功策划了一系列活动，如"中国文化名酒复兴之光"大型采访活动走进酒企寻找文化的血脉，解读各地名酒的文化传统和历史源流，寻找文化创新的视角，产品创新的滋养。他们每年还组织"中国酒业竞争力峰会""中国葡萄酒经济年会""中国黄酒华夏论坛""海峡两岸酒类趋势论坛""全国酒业新闻宣传研讨会"等业界重大会议活动。这一系列品牌性活动，扩大了报纸的影响力和品牌美誉度。

如今，《华夏酒报》已走过25周年的历程，近几年更是在中国酒行业和新闻界风生水起，引发了酒行业和新闻界同行的关注。他们与中国酒业一路同行，也与中国新闻传播行

业风雨兼程，经过不懈努力和艰苦奋斗，已走出了一条品牌报道和品牌活动"比翼齐飞"、采编和经营"双轮驱动"的模式和道路。

当前，报业竞争非常激烈，特别是传统报业更是如此。我相信，只要紧贴市场和受众需求，把握酒业发展规律，遵循正确的办报思路和经营战略，《华夏酒报》一定会更上层楼，在做好专业酒报、引领行业风尚的同时，努力成为新闻行业、酒业传媒领域的领军标杆。

（《华夏酒报》2014年9月30日）

母亲树

我喜欢春天，喜欢绿色。让我最难忘怀的，是我家小院的那一树春色。

我老家是个小山村，位于鲁东南沂蒙山与潍坊大平原交界处，坐北面南的丘陵，一条河在村前蜿蜒流过。在我家庭院里，有一棵老杏树，估计至少有二三十岁了，姿态苍劲，干枝呈红褐色，旁逸斜出的繁多树杈，支撑起一个茂密的树冠，卵圆形的树叶由嫩绿、浅绿、深绿，一直到蓬蓬勃勃的绿，密密匝匝，遮住了一片天地，屏蔽了毒辣辣的太阳，留下了一丝丝清风和凉意。放学后、夕阳下、月光里，我和小伙伴们在斑驳的树荫下嬉笑，在结实的树干上攀爬，在硕大的树冠下追逐打闹。

我国传统十二花神中，前三甲分别是一月的梅花、二月的杏花、三月的桃花。王安石在《北坡杏花》诗中，曾把杏花飘落比作纷飞白雪。他在欣赏水边杏花时感慨道："一波春水绕花身，花影妖娆各占春。纵被春风吹作雪，绝胜南陌

碾作尘。"

杏花是最好的报春使者。每到早春二月，它都挟美艳与俏丽飘然而至。杏花花形与桃花和梅花相仿，有变色的特点：含苞时纯红，苞苞艳红欲滴，随着花朵逐步伸展，花瓣白色或稍带红晕，花瓣慢慢长大，颜色逐渐变淡；到了盛开和花落时，则变成纯白色，雪白一片。此时的院子里，红白相间，似红霞，胭脂万点，如白云，耀眼刺目，艳态娇姿，占尽春风。正如宋代诗人杨万里在《咏杏五绝》中所说的"道白非真白，言红不若红。请君红白外，别眼看天工"。

在繁花似锦的杏树下，蜜蜂和蝴蝶是最守时的使者，小麻雀们在树枝间欢呼雀跃，我不得不用小弹弓和它们捉起迷藏。小燕子穿梭往来，叽叽喳喳叫个不停。一些不知名的鸟儿也赶来插科打诨，歇脚休息。整个院子沸腾着，欢唱着。

最让我垂涎欲滴的，则是树上的杏子。花儿飘走了，嫩绿的杏子露出小芽，慢慢地生长着，由青变绿，由绿变淡黄，直到成熟期的金黄。核果形状多圆，间或有些扁圆，果肉暗黄，味甜多汁。这棵老杏树不仅果肉甜，而且果仁也可食用，吃起来如同花生般纯香满嘴。盛夏六月，院子里那幅美丽的风景，永远定格在了我的记忆中：隆隆雷电，怒吼狂风，还有倾盆大雨，偶尔传来吧嗒吧嗒的响声，熟透了的杏子急不可待地掉到地上，我们便不顾风雨，冲出房门，疯也似的到树下抢食着杏子。

　　后来，我一直在外求学工作。20世纪80年代中期，老家宅基地调整，我们家房子往东移了一段，这棵老杏树刚好在邻居家，也就被砍掉了。可不知怎的，每次回老家，我总是想起这棵老杏树，它的身影就像去世的父母亲一样，是那样亲切，仿佛也有体温、也有灵性，时时温暖着我的心。它那近乎红黑的树干，就像父母亲的身躯，在为我遮风挡雨；婆娑的树叶，用慈爱的绿色，抚慰着我的心灵；金黄的杏子，更像是母亲的乳汁，养育我们成长壮大，给我们注入蓬勃向上的力量。

　　我内心时时生发出一种强烈的感受：老杏树就是母亲树！往深处想，世上的父母，都像这棵老杏树一样，默默地为子孙撑起一片天、遮住一块地、搭造童年的欢笑、铺就成长的舞台。往远处想想，先辈们不也像是一棵棵母亲树，用文化和传统滋补着后人的生命、哺育着万代成长！

（《人民日报海外版》2016年09月17日）

犹记少年春趣

自大地开始奏响春的旋律，我们少年的心就收不住了，玩的就是心跳，就是过瘾，就是尽兴后的意兴阑珊。房前屋后，操场街道，都是我们的欢乐谷，一定要玩到日落西山，大人呼唤回家的声音都有些怒意了。少年的我们，已把多余的时光和精力，都投入到无限的春光里，从中找寻那无穷的乐趣！

最早的春趣当是"听春"。

此时，雷声，风声，雨声，虫鸟声，声声入耳。二月二，龙抬头，第一声春雷炸响在空中，也唤醒了沉睡了一冬的土地，拉开了春之声圆舞序曲。

耳尖的我们，真切听到了淅淅沥沥的春雨中，嫩芽在奋力破土的响动。着急的我们，轻轻把压在它们身上的土层拨开，好让它们尽快成长；再看那边，小草已摇头晃脑，交头接耳，挤挤挨挨，绿意茵茵连成一片了。蛰伏了一冬的小蚂蚁，还有各种不知名的小昆虫，急不可耐地钻出土地，自在地展示着身手，穿梭往来。从洞口静静观察着它们忙碌而着急的身影，我们听到了那窸窸窣窣的声音。鱼虾时而在小河沟上欢快地蹦跳着，响声逗引着我们停下正在玩的用石片打水漂的游戏，不顾河水尚还冰凉刺骨，挽起裤腿和衣袖，就下河捕鱼捉虾去了。

让我百听不厌的，还有飞舞在我家院内的那棵老杏树上，各种鸟儿的欢唱。在红白相间、耀眼夺目的簇簇杏花中，小蜜蜂们在花蕊中开怀吸吮，尽情放歌，蝶儿们在枝上翩跹起舞，小麻雀们则纵情欢唱，小燕子穿梭往来，叽叽喳喳叫个不停。还有一些不知名的鸟儿，也时不时过来插科打诨，参与合唱。整个院子在沸腾着，好一幅群鸟的狂欢金曲。

最有意思的春趣，是我们玩的各种"打春"游戏。

温煦的春风，吹开了惺忪的双眼，吹活了懒惰的四肢，吹醒了迟钝的大脑。在春风吹拂下，大地先是嫩绿浅绿，慢慢深绿墨绿，直到郁郁葱葱，蓬蓬勃勃。放眼望去，满目青山，极目所至，桃红柳绿，鸟语花香。

我们也告别了冬雪寒风，脱下了厚重的棉衣，身体轻盈了，手脚灵活了，开始无拘无束地撒欢了。于是，去打，去闹，去"疯"，成了我们业余生活的主旋律。我家小院的那

一树春色，更让我欢喜不尽，呼朋唤友，春光里，月夜下，风雨中，蹿上爬下，趣味无穷。饭后学前，只要有空闲，我们就跑到碧绿欲滴的麦田里，在满地缠绕的豌豆秧上，蹦跳雀跃，欢唱游戏。有时也到葱郁苍翠的杨林松岭间，戴着用松枝做的伪装帽，吹着用柳枝做的口哨，玩着捉迷藏抓特务的游戏，有时干脆无所事事地享用着落日余晖，呼吸着清新空气，让满目春色伴我们徜徉在简单的欢乐中，翱翔在幼稚的梦想里。

而最为深刻的记忆，还是"闻春"。

大地散发着阵阵清香，有沾着露水的草香，有飘着甜味的花果香，还有氤氲在薄雾中的泥土和雨水香。

更有一种独特诱人的"味道"，它带着母亲的关爱、勤劳、精巧。母亲用特殊手艺，用春天新鲜蔬菜做成的家乡美味，牢牢印在了我的味蕾中，留下了保持至今、顽固至极的饮食习惯和口味偏好；东邻大娘家那棵香椿树上的头茬香椿飘出的阵阵香味，让我垂涎欲滴；碧绿欲滴的头茬韭菜，让我想起饺子的香味，能馋醒熟睡的我，不停地纠缠着母亲，不吃上一次是绝不罢休的。远远望着菜园里鲜嫩碧绿的菠菜、芹菜、黄瓜等，我们那填不饱的肚子就咕咕叫起来，好像闻到了阵阵香味。在外边疯玩着，可我们的鼻子灵敏得像一条小狗，一闻到家里飘出来的饭菜香味，不用呼唤，自己就颠儿颠儿地回家了。

如今，进入到了中年，这些春趣，已变为浓郁而深厚的"乡愁"，深深嵌进心里，很多都成了挥之不去的记忆。这又如同一幕幕电影片段，时时跳跃进梦中，流淌到笔端，舞动在指尖。虽然已经度过了追逐、戏谑春趣的年华，进入了人生的秋冬时光，但总有一种强烈的兴趣，就是要让这些春趣长留在心中，以时时回望和追忆它们，让这些美好的因素，像明媚的春光，驱散不时出现的雾霾，温暖生活。

（《人民日报》2016年10月31日，收入《散文》海外版，入选教育部的国家试题库）

奇山秀水　纯朴人家

二十世纪六十年代初,我出生在鲁东南沂蒙山区与昌潍大平原交界处的五莲县一个小山村。自八十年代初,我在外地求学工作,已是三十多个年头了,那里就成了最让我魂牵梦萦的地方。

2016年岁尾,承家乡领导谬托,为五莲县委党校副校长杨伟梅老师主编的《守望五莲乡村》一书写篇序。看了这本书稿,我心情深深地激动着,久久不能平静。杨老师最让我敬佩之处,是那份对五莲真诚的爱。她和几位志同道合的朋友们,自2014年10月起,以"推送五莲最美乡村、共享五莲清新生态、寻找五莲乡土记忆"为主旨,注册了"五莲乡村游"微信公众号。仅仅两年时间就发布了1000多篇微信,已是荦荦大端近百万字。这些篇章不仅为宣传推介五莲发挥了极为重要的作用,也让我们这些远在外地的家乡人,得到了心灵慰籍和精神享受。

五莲县委书记马维强曾在五征集团欢迎新生报到大会上

说过这样一段话：五莲有"四好"，好山、好水、好人、好空气。诚哉斯言。五莲山好，水好，空气清新，风光秀丽，这是大自然的造化和五莲人民的福份，更是在新常态下实现转型发展的最可宝贵的资源和条件。

说山好，是真好，3300多座，山山不同，峰峰各异。宋代大文豪苏东坡知密州时，曾在五莲山、九仙山一带流连忘返，留下了"奇秀不减雁荡"的赞誉；现代诸城籍大诗人臧克家在写于二十世纪三十年代的诗作中，亲切的称马耳山为我的"对门"（意即好邻居）；大青山、李崮寨、七连山、七宝山，山山留下了古代文人墨客探奇寻胜的足迹，也撒下了当代家乡人民辛勤劳作的汗水。

说水好，也名不虚传。五莲地处潍河流域上游，洪凝河、潮白河，龙潭沟水库、墙夼水库，条条河流，大小水库，浇灌着这片土地，滋润着人们的生活。我们永远记得，潺潺小溪，涓涓细流，清澈见底，纯可直饮，鱼虾时而在小河沟上欢快地蹦跳着，我们挽起裤腿和衣袖，下河捕鱼捉虾成了春夏的欢乐；而到了冬天，在冰上打陀螺滑旱冰，更给我们增添了无穷的情趣。

这样的清水秀水，造就了五莲独有的秀丽景色和田园风光。五莲森林覆盖率高达57.5%，初春时节，在温煦的春风吹拂下，大地先是嫩绿浅绿，慢慢深绿墨绿，直到郁郁葱

葱，蓬蓬勃勃。放眼望去，满目青山，绿树成荫，苍翠欲滴，极目所至，桃红柳绿，鸟语花香。在夏天的雨后，大地散发着阵阵清香，有沾着露水的草香，有飘着甜味的花果香，还有氤氲在薄雾中的泥土和雨水香。

在满山遍野那五光十色的簇簇杏花、桃花、杜鹃花中，麻雀们在纵情欢唱，小燕子穿梭往来，各种鸟儿也时不时过来插科打诨，叽叽喳喳叫个不停。各种鸟儿在纵情欢唱，五莲大地在奏响着一首首群鸟狂欢金曲。

最让我刻骨铭心的记忆，还是我老家园内那一树春色。那棵老杏树上，在红白相间、耀眼夺目的簇簇杏花中，小蜜蜂们在花蕊中开怀吸吮，尽情放歌，蝶儿们在枝上翩跹起舞，参与伴舞。整个院子在沸腾着。

最让我永远难忘的情趣，是饭后学前，只要有空闲，我们就跑到碧绿欲滴的麦田里，在满地缠绕的豌豆秧上，蹦跳雀跃，欢唱游戏。有时也到葱郁苍翠的杨林松岭间，戴着用松枝做的伪装帽，吹着用柳枝做的口哨，玩着捉迷藏抓特务的游戏，有时干脆无所事事地享用着落日余晖，呼吸着清新空气，让满目春色伴我们徜徉在简单的欢乐中，翱翔在幼稚的梦想里。

五莲不仅有清山秀水，更有一种独特诱人的五莲"味道"，让我们记忆犹新。它带着母亲的关爱、勤劳、精巧。

母亲用特殊手艺，用春天新鲜蔬菜做成的家乡美味，牢牢印在了我的味蕾中，留下了保持至今、顽固至极的饮食习惯和口味偏好；东邻大娘家那棵香椿树上的头茬香椿飘出的阵阵香味，让我垂涎欲滴；碧绿欲滴的头茬韭菜，让我想起饺子的香味。远远望着菜园里鲜嫩碧绿的菠菜、芹菜、黄瓜等，我们那填不饱的肚子就咕咕叫起来，好像闻到了阵阵香味。在外边疯玩着，可我们的鼻子灵敏得像一条小狗，一闻到家里飘出来的饭菜香味，不用呼唤，自己就颠儿颠儿地回家了。

五莲还有很多好吃好看好听好玩的呢。齐鲁大地方广为流传着这样一句话：烟台的苹果莱阳的梨，五莲的果光不用提，五莲的果光苹果至今还名扬齐鲁；飘着青菜香味的小豆腐，让人垂涎欲滴的白面饽饽，满山遍野的小酸枣和不知名的野山果；还有那动听的五莲地方戏曲茂腔《小姑子贤》，过年时家家张贴在窗纸上的剪窗花。如今，又有了温泉度假的好去处。五莲制定的全域旅游战略，推动着全县城乡经济社会面貌，发生着翻天覆地的山乡巨变。

春花夏绿，秋阳冬雪，五莲山水，景景秀丽，点点如画，四季可看，天天好玩。这里是五莲山人终生的精神家园，更是外乡游人难舍的世外桃园。

当然，最好的还是五莲人。五莲人最典型的特质是勤奋

苦干，无论走到哪里，无论干什么，都不偷奸耍滑，这也成了五莲人的"人格品牌"，成了五莲人的"性格特征"。新中国成立初期，五莲人就以战天斗地的英雄气概，冒酷署斗严寒，植树造林、兴修水利，以一代代人的血汗和青春，改变着这里的自然条件，留下了这方清山秀水，也留下了至今还名扬全国的"自力更生，艰苦奋斗，挖山不止，拼命实干"的"五莲精神"。这种宝贵的精神至今仍是鼓舞五莲人民奋力前行的不竭精神动力。

五莲人是最典型的沂蒙山人性格，耿直豪爽实在，纯朴老实厚道。据老人说，二十世纪五六十年代，经济困难时期，就连外地乞丐也愿意到五莲来，因为这里的人不"眼生人"（对外地人客气和善），无论自己家穷富，都会给点吃的。现在的五莲人，仍然保有这种本色，这也为生活在各地的五莲人赢得了好名声。

实际上，五莲是鲁东南的一个小县，建县时间比较晚，1947年才建县，人口不过区区五十多万，经济实力与周围的强邻相比，还有很大差距。这里北邻诸城，西接莒县，东挨胶州，南依日照，全都是百万人口大县、经济大县、历史文化名县。

但就在这样一个"尴尬"的区位，在群雄环伺中，五莲却在齐鲁大地上，一直很有名气，近些年来更是异军突进，声名鹊起，原因就是因为这"四好"，这是在当今时代，在经济社会转型发展中，最可宝贵的"金山银山"。有了这些财富，五莲才会跨越发展，弯道超车，后来居上，成为齐鲁大地正在冉冉升起的旅游名星、生态旅游强县。

这主要是因为近些年来五莲县委县政府的正确领导，以及全县人民的扎实苦干。近些年来，五莲县委县政府和各级领导，带着全县人民，立足当地绿色生态资源优势，围绕建设宜居宜业生态旅游名城这个目标，制定了一系列立足眼前，着眼长远，重在基础的政策措施，如坚持发展为要、生态优先、群众第一的理念，制定了全域旅游的经济社会发展思路，大力发展乡村游、采摘游等特色项目，在建设森林五莲、水润五莲、果乡五莲上，做了大量工作，如近期开展的林水会战活动，设计了建设七大林业工程、八大水利工程，计划在今后一段时间要造林六万亩。可以说，这些年来，五莲县委县政府的战略思路清晰，目标任务明确，方法措施得力，正带着全县人民，扎实走在全面建成小康社会，实现中华民族伟大复兴中国梦的道路上。

看了杨伟梅老师主编的《守望五莲乡村》一书，让我回忆起了在家乡生活的美好时光，想起了家乡的山水草木，写下了以上的感受，也是向为家乡建设鞠躬尽瘁的前辈们致敬，向正在夙夜在公、殚精竭虑为建设五莲发展五莲做着坚实努力的各级领导、各位朋友，以及全县人民致敬。

五莲这一方水土，滋养抚育着我们这些生活在外地的五莲人。我们也将永远保持家乡人的特质和品格，用自己扎实的努力，来回报家乡父老的厚爱和期盼，为建设秀美家乡尽我们的绵薄之力。

是为序。

（该文是为山东省日照市时任五莲县委党校副校长杨伟梅编写的《守望五莲乡村》一书写的序）

从作家向学者的亮丽转身
——评山东作家张传生新著《金瓶梅五莲方言研究》

《金瓶梅》和《续金瓶梅》，是中国文学史上的一部鸿篇巨著。它所描写的独特内容题材，观察社会的独特视角，以及独特的语言表达方式等，都有着十分丰富的研究价值。以前也曾粗略看过几部这方面的著作。但这次接到山东作家张传生的《金瓶梅五莲方言研究》书稿几个月过去了，作者也早嘱我写个序，可我迟迟动不了笔。工作忙不是主要原因，最重要的是我一直没有调整好状态，心情处于震撼中，不能平复过来。因为作者是我的老朋友，相识几十年了。我心目中的作者，是杂文政论家、散文作家、小说作家，什么时候成了语言学家和文学评论家了呢？

我和作者认识于二十世纪八十年代中期，当时他还在县电力局工作，我则刚步入新闻界，在人民日报学习工作。回乡省亲的偶然机会，得以相识，自此我们就成了莫逆之交。从他最初的杂文集《弘谦刺贪》，诗歌集《草芥馨香》，散

文集《钟灵清音》，小说集《苦涩人生》，再到后来的诗歌集《喊绿》，历史研究《济南名士多》《纵论金瓶梅之谜》等，每有新著，我都会认真拜读，细细品味。给我印象最深的是他的杂文，这是他二十世纪七八十年代文学创作的最大亮点。写于八十年代末的杂文集《弘廉刺贪》，是山东人民出版社出版的，全书106篇，十多万字。作者引用大量的历史典故，弘扬正气和正义，抨击腐败，纵横捭阖，借古喻今，议论风生，思想性和艺术性俱佳，至今读来仍让人深长思之！

与作者交往几十年，对作者的严谨治学、挚爱创作，我深感敬佩，但最让我感动的还是他的勤奋敬业精神。读书写作几乎成了他生活的主要内容，当年为了集中精力写作，总是早出晚归，以至于连两个儿子都难得见上一面。为写一本杂文集，仅读书笔记就写了五六十万字，厚可成书。二十世纪九十年代初，我曾在一家报纸上写过一篇散文《局长作家张传生》，从题目就可以看出我的主题思想：作者既要当个好局长，也要当个好作家，两者兼得，是他这几十年的生活方式、价值追求和人生目标。现在看来，他已经实现了，既当过机关事务管理局局长，电力局长，也当过山东电力下属公司的总经理，山东电力报社社长，更是中国作家协会会员，还有很多数不过来的名衔。如今都退休很长时间了，他还在不断的充实丰富着自己的业余生活。这些年，虽然见面机会不多，但逢年过节，总是要通个电话互致问候。特别是每当有新作问世，他总是第一时间向我通报。我心中总是有一种感动，也深深为他的健康担心。他总是这么勤奋，总是在孜孜不倦的创作着！

如果说，从二十世纪八九十年代的文学创作来看，透出的是作者的家国情怀和忧患意识，而从近期这几部学术著作来看，更多的则是透出作者严禁的治学精神和学术态度，以及条分缕析的研究方法。这部著作的完成，可以说是作家向学者的一次完美转型和精神嬗变。这是我看完这部荦荦大作后最深切的感受。

在这部学术著作中，作者独辟蹊径，从语言学、方言学的角度，特别是从鲁东南方言分支之一的五莲方言的发音特点和语汇规律，作了大量的研究和系统整理。这种研究是有开拓性和创造性的。方言土语，是地域文化的重要内容，是农业文明的产物，是小农经济和封建文化环境中产生的特殊现象。俗话说，十里不同音，五里不同调，说的就是这种现象。虽然范围狭窄，地域有限，但在历史的传承和积累中，也形成了独特的发言表达方式。人们能从一个人说话语调，就能听出他是什么地方人，就是这个道理。

从科学的角度，探索规律，总结特点，这本身就是科学研究的根本方法，是严谨治学的良好态度。这样的成果最有科学性，最有说服力，经得住推敲和批判。因此，这项成

果，不仅对认识五莲方言，认识鲁东南方言，乃至齐鲁方言，也有重要学术研究价值。从文学批评和文艺理论的角度看，这项研究也丰富了对《金瓶梅》这部文学名著的研究角度和方法。语言文字是文学的最重要载体，也是文学研究的重要方面。文学语言既有地域性，也有历史性，更有个人主观色彩。作者在书中，从这几个角度入手，互为印证，对补充研究这部文学名著，是有重大学术贡献的，也可以说添补了《金瓶梅》研究的一项空白。

当然，对我们这些在外工作的五莲老乡来说，这项成果还有一个重要的价值，这就是对五莲地域文化的学习、认知、归属价值。作者是在省城工作的五莲人，对家乡的方言土语，下了相当大的功夫整理。从中我们可以看到四百年前，金瓶梅作者生活时代的五莲方言特点。特别难能可贵的是，作者对当今仍在家乡流行的方言土语，作了集注和说明。看到这些从小就耳熟能详，充满泥土芳香，信手拈来的家常话、炕头语，不仅有一种亲切感和归属感，更是从文化传承的角度多了一份认知和亲切。随着市场经济的迅猛发展，人际交往的便捷和信息通迅的发达，这些方言土语消失的速度在加快，特别是普通话的推广，更是助推了这个进程。如何保留这些非物质文化遗产，记录这些地域性的文化标志和传统印痕，已是各界的重要责任。这部学术著作，是对五莲方言历史文化的抢救和保留，功在当代，利在千秋！

翻阅本书可以看到，这几乎是一部五莲文化简史。齐鲁是文化之源，鲁东南文化、潍河文化等，都是重要源流和组成部分。五莲县建县时间虽不长，但文化深厚，历史悠久，积蕴丰富。邻近的莒县、诸城、日照更是名人辈出，大家云集。这就为五莲注入了丰厚的文化资源禀赋。这里既有享誉世界的作家，也有学冠中西的学者。就象作者所说的，五莲是齐鲁文化、楚莒文化融汇的地域。文化的多样性，方言土语的多元化，构成五莲文化的深厚积淀，境内丹土文化、刘村文化、昆山文化、城仙文化、车村文化、李家庄子文化，以及白鹤楼、光明寺、孙膑书院、大青山，及至《金瓶梅》诞生地和丁氏文化等，都曾是五莲人民的骄傲自豪。

在实现中华民族伟大复兴中国梦的征程中，家乡人民正在建设山青水秀的"森林五莲，果乡五莲，水墨五莲"，创造新的辉煌，再上新的台阶。享誉齐鲁大地的"五莲精神"，既有当代人民的创造，也有对历史文化的传承延续和发扬广大。这些丰厚的营养，滋补着家乡，养育着人民。这些文化成果必将助力家乡人民，进一步解放思想，转变观念，开发文化旅游资源，实现新跨越，实现祖辈的梦想，开创更加光辉灿烂的美好明天！

二十世纪五六十年代，家乡父老顶风冒雪，战酷暑斗严寒，创造了名扬全国的"五莲精神"，山乡发生了历史性变化。新时期的五莲人，仍是那样朴实厚道，勤劳勇敢，吃苦

耐劳，无私奉献，讲道德重义气。特别是近年来新组成的五莲县委县政府，正带领全县人民，发扬先干起来的精神，遵循"发展为要，生态优先，群众第一"的理念，发挥后发优势，勇敢追先，勇夺一流，勇创新业，经济正在转型升级，社会正在发生巨变。五莲正在弯道超车，各个领域正在发生着脱胎换骨的变化！

在此，作为五莲人，愿为这样一部有着极高学术价值和知识含量的研究成果，写上一段自己的话，谈谈自己粗浅的看法，以此向作者表示深深的敬意，也是对家乡美好前景的衷心祝愿！上述所言，权作序，不当之处，敬请各方专家批评指正。

（《日照日报·黄海晨刊》2017年3月21日）

潍河岸边的缅怀

我的家乡在鲁东南五莲山区最北端一个小山村，与1898年你出生的北杏村相距仅3里地。几十年来，听父老乡亲讲故事，阅读回忆资料，你细高瘦长的身影，跌宕起伏的经历，短暂而光辉的人生，在我眼前时时浮现。

你出生时，中国最后一个封建王朝即将崩溃。你家连续三代都是地主家佃户，父亲在你出生前4个月就病逝了，家中祖母给地主家当佣人，母亲靠纺线勉强维持一家三口生计。

一个偶然机遇，你有了读书机会。7岁的你给地主家小少爷做伴读，做了不到1年时间。家里穷，你从小就跟着大人学做各种农活，练就了一手庄稼活好把式。在青山秀水滋润下，天生聪颖的你，成为乡间多才多艺的小秀才，吹拉弹唱、下象棋、写毛笔字样样在行。你最喜欢听母亲讲故事，也喜欢去书场听故事，那些英雄故事在幼小的心灵中播下了扶弱济困、除暴安良的种子。

你如饥似渴地吸吮知识的营养。你曾步行几十里路去别的乡镇借书。村小学里，乡贤身边，经常出现你求教的身影。你失学后几年，村里办起了针对贫穷子弟的私塾学堂，你又有了读书机会。两年里，你学习了基本的儒家经典，因学习踏实，很快就能写出象样的议论文章，很得先生赏识。张玉生先生晚年常对人说："我这一生教了许多学生，最得意的就是王瑞俊。他学的课程，都是当天背熟还能默写出来，从来不差一个字。他还注重弄懂意思。"

1918年，你考取了济南第一师范。到济南求学的第二年，"五四运动"爆发了。这年夏天，你回到了家乡，反对二十一条不平等条约、抵制日货浪潮已蔓延到了这里，你们组织附近各村的学生成立了反日会，你初步展露了组织和演讲才能。你的集市演讲，极大激发了家乡人民的爱国热情，推动了当地反帝反封建运动发展。

你外出求学，正赶上了一个改天换地的时代，各种新思想新思潮鱼龙混杂。中国的出路在何方，救国救民的道路又在哪里？你在迷惘中观察、思考、探索着。

1920年，革命先行者李大钊在北京成立了马克思学说研究会。这就像一声春雷，在你耳畔炸响。你来到北京，趁代表山东学生到北大联系事务之机，去红楼拜访了李大钊先生，并填表成为外埠第一批会员，得到了刚出版的《共产党宣言》。这是改变你人生的一个转折点，在李大钊等人引领下，你确定了自己的信仰，加入到改变中国历史进程的伟大洪流中。

1921年7月，你奔赴上海，又去南湖，参加了那次"开天辟地"的伟大会议。从此，你开始了波澜壮阔、壮怀激烈的战士生涯！

你用如椽巨笔，写出了一篇篇战斗檄文，向黑暗社会开战。《乡村教育大半如此》等，表达了对民间疾苦的殷殷关切；《山海关工人宣告罢工真相》等，向工人阶级发出了战斗号角；《中国的兵患与匪患》等，又像一把把火炬投向沉沉暗夜，照得魑魅魍魉无处遁形。

济南大明湖畔，留下了你慷慨激昂演说的声音，燕赵大地留下了你勇敢战斗的足迹，青岛海滨，淄博工矿，你与工人亲切交谈，布置工作。直到1925年8月19日，因劳累过度，英年病逝于青岛，你的生命永远定格在了27岁！

短暂的人生，浓缩了你的思想品格和价值追求，也成为后人取之不尽的宝贵财富！

1949年9月，开国大典前夕，毛泽东对参加第一届全国政协会议的山东代表马保三等人说："革命胜利了，不能忘记老同志啊！你们山东要把王尽美烈士的历史搞好，要收集他的遗物。"毛泽东还回忆道："王尽美耳朵大、细高挑，

说话沉着大方，大伙都亲热地叫他'王大耳'。"1961年，同为一大代表的董必武在路过山东的火车上想起你，写下了"四十年前会上逢，南湖舟泛语从容。济南名士知多少，君与恩铭不老松"的深情赞美诗句！

你的追求影响了你的家人，大儿子师范学校毕业后回到家乡，加入了当地党组织，拉起了一支三千多人的抗日队伍。

新中国成立后，莒县、五莲、诸城三县建立起你的纪念馆。当年的小山村，如今建起一排排楼房，枳沟镇成了闻名遐迩的红色小镇。家乡人翘首期盼的高铁不久将从这里通过。

当年，参加了改变中国命运走向的历史性会议后，你写了一首明志诗："贫富阶级见疆场，尽善尽美唯解放。潍水泥沙统入海，乔有麓下看沧桑。"自此，你把自己名字改为王尽美，因为你心中的理想，就是让人民过上尽善尽美的生活。你把村前的无名土岭命名为"乔有山"，寓意为"乔迁为人民所有"。

从此，一个伟大而光辉的形象，就像家乡那巍巍的五莲山，更像那悠悠的潍河水，风范高耸，精神永远，健壮着莲山儿女的筋骨，滋补着潍河乡亲的生活。你又像一盏耀眼的灯塔，照亮着齐鲁儿女前行的路。

（2021年6月5日《人民日报海外版》）

这沉甸甸的遐想
——同乡对一位前辈人生心路历程的探寻

人是爱遐想的，这遐想，有美好愉悦，也有轻松欢快，但我对一位前辈同乡的思绪，却是沉甸甸的！

我出生于二十世纪六十年代初，家乡就在鲁东南五莲山区最北端，与潍坊大平原交界处，一个名叫东云门的小山村。走上村子的北坡，放眼望去，相距仅三里地，1898年你出生的北杏村便一览无余。这个村子在短短几十年里，因区划原因，曾属莒县、五莲，今已属诸城。

这里山清水秀，山有灵气，水也有情怀。

北杏村正位于潍河入诸处，悠悠潍河像一条玉带，从村后流过，折向诸城，流向一望无际的潍坊大平原，最后汇入渤海。

这条河是我们家乡的母亲河。它发源于古莒州潍山（今莒县碁山），是鲁东南第一河，哺育着一个个名城大镇，养

育了无数历史文化名人。得潍河偏爱的诸城，就因深厚的文化底蕴，和陕西韩城、浙江绍兴，并称为中国三大历史文化名县。

我们先后曾同属过莒县和五莲，近在眼前，今已是两市两县。但条条乡间小路，蜿蜒山涧清溪，还有那源远流长的祖辈姻亲，更有浓浓的战友情，亲亲的同学谊，把我们两个山村，把我们的前辈今人，紧紧连在一起，山水文脉乡情，让我们亲如一家。

记不清多少次从你的村子路过，去探亲，求学，工作，与你走出山村时走的是同一条乡道。我总觉得，前边看到的一个脚印，好像就是你曾经走过的，有时还觉得你刚刚就在房前屋后匆匆路过，去下地干活，或约三五同伴去潍河里捕鱼捉虾，戏水游玩，亦或是来找你的老师求教学问，解疑释惑。

几十年来，听父老乡亲讲故事，阅读回忆资料，你细高瘦长的身影，跌宕起伏的经历，短暂而光辉的人生，在我眼前挥之不去，时时浮现。在我看来，你已成为我的一位同龄玩伴，或者是向我传授知识的兄长，更像是一位德高望重的前辈。你的人生三部曲，在我的思绪里睡梦中，一幕幕重复上演着！

第一部曲
苦难，强健着少年成长体魄

家乡四季分明，风景秀丽。泉水清澈甘甜可口，涧边山坡桃红柳绿，松岭柳林芳草茵茵，蜂飞蝶舞鸟语花香，河如玉带蜿蜒迂回。

景色是美好的，但在那个年代，我想，你的心境一定是阴沉灰暗的，生活也是艰辛苦涩的。我每次路过你这个掩映在苍茫烟雨中的山村，总是思绪万千。20年的乡村生活，让你阅尽了人间冷暖，见证了沧桑巨变！

你家祖上是从南边十几里地，五莲山区七宝山脚下，一个叫张仙的小山村，找寻活路搬到北杏的，靠租种地主家的几亩薄田为生。

你出生时，中国最后一个封建王朝即将崩溃。那时风雨如晦，暗无天日。呱呱坠地后，家里为摆脱饥饿，图个吉利，给你起了个乳名叫仓囤。

多么美好的名字，寄寓着家人多少殷切的希望！但这并没有给你带来富足的生活，你人生的第一部曲，就是从艰难和屈辱开始上演的。

你家连续三代都是地主家的佃户，从爷爷开始，三代单传，人丁不旺。父亲在你出生前4个月就病逝了，家中只有

祖母和母亲两位寡妇。祖母给地主家当女佣人，母亲早起晚睡，靠纺线勉强维持一家三口的生计。

一个偶然机遇，你有了读书的机会，这对于一个佃农的儿子来说，是多么难得宝贵啊！那年你刚好7岁，村里既无村塾又无学馆，地主王介人为自己8岁的小少爷请来了一位老师，在家设馆，想找个伶俐的孩子做伴读。祖母、母亲听到消息喜出望外，托人说和一番，才把你送去做了伴读。这种生活伴随着多少委屈和辛酸，遭了地主家人多少白眼。少爷贪玩旷课，字迹潦草，地主就迁怒于你。不到1年时间，小少爷突然得病死了，你也失学了。

穷人的孩子早当家。家里穷，你很小就会挖野菜，捡畜粪，拾柴禾，从小就跟着大人学做各种农活，练就了一手庄稼活好把式。如今我一踏上这里的田间地头，就好像又看到了你挥汗如雨在劳作的身影。

在清山秀水滋润下，天生聪颖的你，成为乡间多才多艺的小秀才，拉胡琴、吹笛子、下象棋、毛笔字，样样在行。你还会唱戏，逢年过节，村里戏台子上经常看到你忙碌的身影。有时我忽发奇想，也许我的前辈家人还和你同台唱过戏呢。这也给你含辛茹苦的家人增添一丝欣慰，也给你沉重苦闷的生活增加一抹亮色！

最让你感到"享受"的，还是听母亲讲故事。老人家是乡间能人，深明大义，口才很好。有空老人就轻扶着你稚嫩的肩膀，亲昵着你的额头，轻声细语、娓娓讲述着太平天国、义和团等，还有各种民间故事。你蹲坐在昏暗的油灯旁，听得如醉如痴。枳沟镇大集是我们这方百姓的定时盛会，你经常随着母亲去赶集，这也是你最快乐的时光。这时，你最愿意去书场听讲故事。劫富济贫的好汉，匡扶正义的英雄，深深地影响和熏陶着你，在幼小的心灵中播下了扶弱济困，除暴安良的种子。

在这种苦难而悲惨的生活中，你仍然坚守着自己的理想追求，有学上就发奋苦读，用当时乡村少得可怜的知识，简陋的乡学条件，丰富着自己的人生。没学上就坚持自学，如饥似渴地吸吮着知识的营养。你曾步行几十里村路，前往别的乡镇去借阅书籍，周边村邻更是让你借阅遍了。失学的时候，村小学里，塾师家里，乡贤身边，经常出现你求教的身影。

你的第一位老师叫张玉生，就生活在我出生的小山村，与我们家族还有着不远的姻亲关系。陪读时，老先生按谱序给你起名叫王瑞俊，字灼斋。你失学后几年，村里又办起了私塾学堂，这种学校主要是针对贫穷子弟创办的，你又有了读书的机会。短短两年时间，你初步学习了基本的儒家经典，因学习踏实，很快就能写出像样的议论文章，很得先生的赏识。张先生晚年常常对人说："我这一生教了许多学生，最得意的就是王瑞俊了。他学的课程，都是当天背熟还

能默写出来，从来不差一个字。他还注重弄懂意思。"20世纪30年代莒县县志《重修莒志》中对你的记载是："家贫苦学，砥砺学行。"

第二部曲
迷惘，吸引着青年不懈探索

上有寡居的祖母和母亲，你又是家中独子，刚刚新婚燕尔，多么需要一个男人来支撑家啊！可你毅然决然出走，去寻找你的世界，实现你的追求，这是何等的决绝！

祖母、母亲、媳妇，三个不同年龄的女人，虽有不舍，但最后还是同意了。她们的最大心愿就是，让你这个家中唯一的男人，走出山村去读书，能改变家庭命运！

那是1918年的春天。你把考取济南第一师范的消息写信告诉家里人。张老塾师展信一读说："灼斋出息了！将来从省里师范馆一毕业，你们王家，就要一步登天了！"

中国几千年历史文化传统，风俗习惯，就像密码基因，深深嵌入我们的生活，在我们这些受齐鲁文化影响最深厚的山村更是如此。读书致仕，升官发财，封妻荫子，是农村孩子的最好出路，最高追求。你就是不甘于终生守着几亩山岭薄地，过老婆孩子热炕头的生活。你要走出山村，踏入更广阔的舞台，通过接收新知识，改变现状。

你来到济南省立第一师范求学的第二年，"五四运动"爆发了。这一切再次打乱了你的思绪，原来设计的人生道路也在悄悄发生着变化。

这年夏天，你回到了家乡。这时，反对袁世凯二十一条卖国条约，抵制日货的浪潮，已漫延到了当时还很偏僻的家乡。附近各村学生也大都成了运动的积极分子，你们互相联系，组织人员，在家乡通往青岛的大路上盘查来往车辆，检查有没有日货，你还组织当地学生成立了反日会。你既善于策划，又善于组织，既当指挥员，也当战斗员。从这时开始，初步展露了组织和演讲才能，你的集市演讲，极大启发了家乡人民的爱国热情，推动了当地反帝反封建运动的发展。

随后，你慢慢抛弃了即将到手的"一步登天"，拐了一个弯儿，开始探索人生的新路！乡亲们说，你就是因为自小读了太多的书，脑子里装进了太多的知识，有了自己观察世界，认识人生的"金钥匙"，所以才"开了天眼"。

你外出求学，正赶上了一个改天换地的时代。旧的体制已经瘫痪，封建政权早已分崩离析，君主立宪、总统制、多党议会制，共和制纷纷亮相，但贿赂公行，丑态百出。政党多如牛毛，短短几年，中国就出现了成百上千的政党和组织。军阀如过江之鲫，混战正酣，大乱日炙，民怨沸腾，生

灵涂炭。

　　理想很丰满，但现实很骨感。无量金钱与鲜血，换来一个假共和。政坛就像影剧院，各方纷纷亮相，你方演罢，我又登场。各种新思想新思潮，也是鱼龙混杂，良莠不齐，粉末登场。真可谓乱花渐欲迷人眼！你接触着各种思想，也曾一度信奉过无政府主义等。但中国的出路在何方，救国救民的道路又在哪里？你在迷惘中观察着，思考着，探索着。

　　1920年，中国发生了一件载入史册的伟大事件。革命先行者李大钊先生在北京成立了马克思学说研究会。这就像一声春雷，在你的耳畔炸响。你风尘仆仆来到北京，趁代表山东学生到北大联系事务之际，专门去红楼拜访了李大钊先生，并填表成为外埠第一批会员，同时也得到了珍贵的刚刚出版的《共产党宣言》。这是改变你人生的一个转折点，从此，你不断往来北京、济南，追求着救国救民的真理。

　　最终，在李大钊等人的引领下，经过深入反思，最终确定了自己的信仰，也加入到改变中国历史进程的伟大洪流中！

第三部曲
理想，照耀着战士忘我战斗

　　1921年7月，你跨越千山万水，奔赴上海，又去南湖，参加了那次"开天辟地"的伟大会议。从此,你就选择了自己终生的道路,开始了波澜壮阔,壮怀激烈的战士生涯!

此时,你用如椽巨笔,写出了一篇篇战斗檄文,向着黑暗的社会开战。《乡村教育大半如此》《我对师范教育根本的怀疑》等,表达了对民间疾苦、社会不公的殷殷关切;《山海关工人宣告罢工真相》《秦皇岛矿务局全体工人痛告国人书》等,向工人阶级发出了战斗的号角;《中国的兵患与匪患》《吴佩孚还想武力统一吗》《呜呼!北洋政府的外交!》等,又像是一把把火炬,投向了那不见天日的暗暗沉夜,照得魑魅魍魉无处遁形!

济南大明湖畔,留下了你慷慨激昂演说的声音,燕赵大地留下了你勇敢战斗的足迹,青岛海滨、淄博工矿,你与工人亲切交谈,布置各项工作。直到1925年8月19日,因劳累过度,英年病逝于青岛,你的生命永远定格在了27岁!

短暂的人生,浓缩了你的思想品格和价值追求,也成为后人取之不尽的宝贵财富!

偶尔我会忽发奇想,1921年7月的那些炎炎夏日里,你和毛泽东等人在上海会议上的相聚,是你和伟人的第一次见面,那会是一种什么样的场景呢?在这神圣而紧张的会议之余,你和毛泽东住隔壁,应当有过不只一次私下谈心,不只一次会上交流。一个高高的齐鲁青年,一个同样也是高高

的湖湘俊才，两个人用浓重的山东和湖南口音，吃力地交流着思想，启迪着智慧，那是何等壮美的画面！这一切，一定在建党伟人和开国领袖的心目中留下了深深的记忆！1949年9月，开国大典前夕，毛泽东对参加第一届全国政协会议的山东代表马保三等人说："革命胜利了，可不能忘记老同志啊！你们山东要把王尽美烈士的历史搞好，要收集他的遗物。"他还回忆道："王尽美耳朵大、细高挑，说话沉着大方，大伙都亲切地称他'王大耳'"。同你一起参加会议的董必武老前辈对你更是历久弥新，几十年过去了，还牢记着你的音容笑貌。二十世纪六十代初，在路过山东的火车上，老前辈突然想起与你一起战斗的时光，激动地写下了"四十年前会上逢，南湖舟泛语从容。济南名士知多少，君与恩铭不老松"的深情赞美诗句！

你奏响的"命运变奏曲"，改变了自己和家人的命运，大儿子在师范学校毕业后，回到家乡，加入了当地党组织，拉起了一支三千多人的抗日队伍。你的风范和精神，激励着家乡父老，在五莲山区，潍水两岸，胶莱河边，齐鲁大地，有多少英雄儿女，追随着你的足迹，义无反顾，前赴后继，唱着同一首歌曲，踏着同样的节奏，投身到抗日战场的风火中，奔涌进淮海前线的洪流里，浴血在鸭绿江畔、"三八线"的战场上！

你出生的村子早已成为齐鲁大地革命斗争的摇篮，你的名字也载入中国革命的历史史册，成为了家乡人民永远的骄傲和自豪！解放后，莒县、五莲、诸城三县先后都陆续建立起了你的纪念馆，英雄山下，黄海岸边，也都矗立起座座雕像，这包含着山东人民多么深厚的感情！

如今，一座现代化的党性教育中心，已在北杏村拔地而起，祖国各地、四面八方来这里参观考察学习的人络绎不绝。当年的小山村，已变成一排排楼房，成了现代化的北杏居，依然掩映在莲山潍水之间。枳沟镇也成了闻名遐迩的红色小镇。乡亲们有的已开起餐馆，有的正在酬办民宿，有的在田园综合体打工，还有的已在教育中心就业。家乡人们翘首期盼的京沪高铁二线，不久就将从这里通过。

当年，参加了改变中国命运走向的历史性会议后，为了明志，你毅然决然写了一首流传久远的诗：

贫富阶级见疆场，尽善尽美唯解放。
潍水泥沙统入海，乔有麓下看沧桑。

自此，你把自己的名字改为王尽美，因为你心中的理想，就是让人民过上尽善尽美的生活。你还把村前的无名土岭命名为"乔有山"，寓意为"乔迁为人民所有"。

从那个时刻开始，一个伟大而光辉的形象，就像家乡那

巍巍的五莲山，更像那悠悠的潍河水，风范高耸，精神永远，健壮着莲山儿女的筋骨，滋补着潍河乡亲的生活！你又像一座耀眼的灯塔，照亮着齐鲁儿女前行的路！

可以告慰前辈的是，您和毛泽东、董必武等前辈们亲自缔造的这个党，已继承您和前辈先烈们的遗志，领导中国人民经过不懈努力，浴血奋战，成功建立了人民共和国，又经过七十多年努力，推进了改革开放伟大事业，昂首进入了新时代，已实现了让中国人民从站起来，到富起来，再到强起来的美好愿望，中国人民正阔步前进在您曾参与探索而找到的这条康庄大道上！

近日，家乡日照排演的一部现代吕剧《先驱·王尽美》正式上演，消息再次引发我无尽的遐想！耳熟能详的故事，优美动听的旋律，亲切温馨的乡音，和着莲山潍水的风声涛响，在我的心中激起阵阵波澜，流动着，跳跃着，澎湃着，时而和缓，时而壮阔，时而咆哮！这份思绪，这份情感，是那么沉，那么重！因为它饱含着对前辈短暂厚重人生的敬重，也有后人不应该忘记的初心，应该牢牢记住的使命！

（2021年6月24日《日照日报黄海晨刊》）

心潮逐浪高

一

人的心中，总会生出各种各样的遐想，有的美好愉悦，有的轻松欢快，但我对你——我的同乡，革命前辈王尽美的思绪，却是沉甸甸的！

我出生于二十世纪六十年代初，家乡就在鲁东南五莲山区最北端，与潍坊大平原交界处，一个名叫东云门的小山村。走上村子的北坡，放眼望去，相距仅三里地，你出生的北杏村便一览无余。这个村子在短短几十年里，因区划原因，曾属莒县、五莲，今已属诸城。条条乡间小路，蜿蜒山涧清溪，还有那源远流长的乡情，把我们两个山村，把你我前辈今人，紧紧连在一起。

记不清多少次从你的村子路过，去探亲，求学，工作，与你走出山村时走的是同一条乡道。我总觉得，前边看到的一个脚印，好像就是你曾经走过的，有时还觉得你刚刚就在

房前屋后匆匆路过，去下地干活，或约三五同伴去潍河里捕鱼捉虾，戏水游玩，抑或是来找你的老师求教学问，解疑释惑。

几十年来，听父老乡亲讲故事，阅读回忆资料，你细高瘦长的身影，跌宕起伏的经历，短暂而光辉的人生，在我眼前挥之不去，时时浮现。在我看来，你已成为我的一位同龄玩伴，或者是向我传授知识的兄长，更像是一位德高望重的前辈。你的形象，从苦难少年，到青年才俊，再到革命战士，在我的思绪里睡梦中，一幕幕重复上演着，是那样真挚朴实，又是这般亲切随和！

二

家乡四季分明，风景秀丽。泉水清澈甘甜可口，涧边山坡桃红柳绿，松岭柳林芳草茵茵，蜂飞蝶舞鸟语花香，河如玉带蜿蜒迂回。

景色是美好的，但在那个年代，我想，你的心境一定是沉重的，生活也是艰辛的。1898年你出生时，中国最后一个封建王朝即将崩溃。呱呱坠地后，家里为摆脱饥饿，图个吉利，给你起了个乳名叫仓囤。名字寄寓着家人多少殷切的希望！

但这并没有给你带来富足的生活。你家连续三代都是地主家的佃户，父亲早逝，家中只有祖母和母亲。你很小就学会挖野菜，捡畜粪，拾柴禾，从小就跟着大人学做各种农活，练就了一手庄稼活好把式。

在这种艰难的生活中，你仍然坚守着自己的理想追求——有学上就发奋苦读，没学上就坚持自学，如饥似渴地吸吮着知识的营养。你曾步行几十里村路，前往别的乡镇去借阅书籍，周边村邻更是让你借阅遍了。失学的时候，村小学里，塾师家中，乡贤身边，经常出现你求教的身影。

那一年，你上有寡居的祖母和母亲，自己又是家中独子，更刚刚娶妻成家。可你毅然出走，去寻找你的世界，实现你的追求，这是何等的决绝！

你不甘于终生守着几亩山岭薄地，过老婆孩子热炕头的生活。你要走出山村，踏入更广阔的舞台，通过接收新知识，改变现状。

你来到济南省立第一师范求学的第二年，"五四运动"暴发了。这一切再次打乱了你的思绪，原来设计的人生道路也在悄悄发生着变化。

这年夏天，你回到了家乡。这时，反对袁世凯二十一条卖国条约的浪潮，已蔓延到了当时还很偏僻的家乡。当地学

生大都成了运动积极分子，你既善于策划，又善于组织，既当指挥员，也当战斗员，初步展露了组织和演讲才能，你的集市演讲，启发了家乡人民的爱国热情，推动了反帝反封建运动的发展。

随后，你又开始探索人生新路！你外出求学正赶上了一个改天换地的时代。旧体制已经瘫痪，封建政权已分崩离析，各方势力纷纷亮相，各种思潮鱼龙混杂。中国出路在何方，救国救民的道路又在哪里？你在迷惘中观察着，思考着，探索着。

面对黑暗社会和悲惨现实，善于思考，敏于观察的你，用尚显稚嫩，但充满激情的笔触，撰写了《乡村教育大半如此》《我对师范教育根本的怀疑》等，表达了对民间疾苦的殷殷关切，对社会不公的满腔悲愤！而在《山东的师范教育和乡村教育》一文中，你已初步提出，要使平民有识字的机会，"非先打破贫富阶级不可"！

1920年，革命先行者李大钊先生在北京成立了马克思学说研究会。这就像一声春雷，在你的耳畔炸响。你风尘仆仆来到北京，乘代表山东学生到北大联系事务之际，专门去红楼拜访了李大钊先生，并填表成为外埠第一批会员，同时也得到了刚刚出版的《共产党宣言》。这是改变你人生的一个转折点，从此，你不断往来北京、济南，追求着救国救民的真理。

在李大钊等人引领下，经过深入思考和慎重选择，你最终确定了自己的信仰，投身到改变中国历史进程的伟大洪流中去了！

三

1920年，对于中国，注定是一个不平凡的年份！这一年，一个伟大的政党，已经在母腹中孕育躁动！

这年2月，发生了一件改变中国历史的伟大事件，这就是南陈北李"相约建党"。4月，共产国际代表维经斯基在赴沪会见陈独秀途中，在济南专门约见了你和邓恩铭等人，介绍了十月革命及苏联社会主义建设情况，通报了北京、上海等地党组织筹备进展。这就象一盏明灯，拨云见日，照亮了你前行的路！经与上海党组织取得联系，你和邓恩铭正式开始山东党组织筹建工作，成为北方最早建立党组织的省份之一。由此，革命的火种在齐鲁大地迅速点燃！

1921年7月，你和邓恩铭一起，作为山东党组织的代表，跨越千山万水，奔赴上海，又去南湖，参加了那次"开天辟地"的伟大会议。自此开始，你成为一位职业革命家，大明湖畔回荡着你慷慨激昂的演说，燕赵大地留下你勇敢战

斗的足迹，青岛海滨，淄博工矿，你与工人亲切交谈，布置各项工作！自从走上这条道路，你就开始了波澜壮阔，壮怀激烈的战士生涯！

参加1922年7月召开的党的二大后，你被留在中央，同邓中夏一起，负责中国劳动组合书记部工作，参与制订《中国劳动法大纲》，中国工人运动进入了一个新时期！不久，中国劳动组合书记部从上海迁到北京，你担任北方分部副主任。你组织领导的山海关铁路工人大罢工，在革命生涯中，无疑是浓墨重彩的一笔！

1922年7月，中国劳动组合书记部主任邓中夏视察山海关后，认为这里扼京奉铁路咽喉，又是北方重镇，地理位置和政治影响力大，决定在这里举行一次大罢工。炎炎8月，高温酷署中，工人们看到，白天你以学徒身份，在厂里做工，晚上又成了工人夜校老师。在与工人拉家常时，在给工友讲文化课时，你宣传的革命道理，变成了工人运动的熊熊烈焰！随着一声汽笛鸣响，京奉铁路大罢工开始了！你起草的《山海关工人宣告罢工真相》，迅速贴遍大街小巷，就像发出了战斗的冲锋号角，工人们迅速行动起来，投入到轰轰烈烈的罢工中去，铁路很快陷入瘫痪！军阀和反动政府、帝国主义势力惊恐万状，不得不答应了工人们的合理要求，罢工取得了完全胜利！这也是北方工人阶级在党的领导下，第一次向全中国、全世界展示了组织起来的中国工人阶级的磅礴力量。你曾组织领导了5次工人运动，证明了是一位工人运动的杰出领导者！

你把自己所有精力，都投入到了革命事业，呕心沥血，忘我工作着！你多才多艺，口才极好，是一位出色的革命宣传家和鼓动家，站在条凳上的即兴演说，让工人们明白了革命道理；写标语也是你的拿手绝活，一夜工夫，能用炭笔画出一幅一米多高的马克思画像；你还会演话剧，演得形象逼真，二胡、三弦、笛子等，都成了你宣传革命、鼓动群众的战斗武器。特别是充分发挥写作的特长，你写出的篇篇战斗檄文，就像划破黑暗的道道闪电！你创作的《革命天才明（五首）》诗作，揭露了黑暗社会现实，向工人阶级和劳苦大众擂响了出征的战鼓；撰写的政论《中国的兵患与匪患》《吴佩孚还想武力统一吗》《呜呼！北洋政府的外交！》等，又像是一把把火炬，投向了那不见天日的暗暗沉夜，照得魑魅魍魉无处遁形！

长期在艰苦危险环境中工作，在山海关组织铁路工人罢工时，你患上了肺结核病。但这没有阻止一位战士的脚步，你全然不顾这些，匆匆擦掉不时吐出的鲜血，勇毅前行，仍在忘我战斗着！

1925年3月，就在逝世前几个月，你再赴青岛，组织纱厂工人为争取权益的罢工斗争。从4月19日罢工开始，直到

5月9日取得初步胜利，你强撑病体，始终战斗在一线上。到了6月，病魔已经不允许工作，无耐之下，在组织和战友们关心护送下，你万般无耐，恋恋不舍地回到了生养你的家乡北杏村，回到了疼爱你的亲人身边！

在生命进入弥留之际，你放心不下革命事业，又想起了共同战斗的同志，在母亲家人及战友们陪同下，又回到了青岛，在病塌上还时断时续叮嘱战友们，为共产主义事业永远战斗到底，直到1925年8月19日，生命永远定格在了27岁！

四

1922年1月，受中央委派，你和几位中国代表一起前往莫斯科，参加了远东各国共产党及民族革命团体第一次代表大会，听取了共产国际的报告，到苏联各地参观考察，曾受到列宁接见。

你与革命先行者孙中山先生结下过深厚情谊，留下过一段佳话。

你曾参加过1924年1月在广州举行的国民党一大，与孙中山先生相识。1924年冬，孙中山先生在北上与冯玉祥"共商国是"期间，曾在天津接见了你这位老朋友，并进行了长时间谈话，他还以个人名义委派你为国民会议宣传特派员，授予盖有"孙文之印"的委任状，委派你开展革命工作。此时你已身患肺病，但仍在山东各地奔波忙碌，宣传革命理论，组织发动群众。

而你在建党伟人、开国领袖毛泽东心目中留下的，则是历久弥新的同志情、战友谊！

你们的第一次相逢，是1921年7月上海的石库门和南湖的游船上。你这位山东大汉的一言一行，一定在老人家心目中留下了深深记忆！1949年9月，开国大典前夕，毛泽东对参加第一届全国政协会议的山东代表马保三等人说："革命胜利了，可不能忘记老同志啊！你们山东要把王尽美烈士的历史搞好，要收集他的遗物"。他还真切地回忆说："王尽美耳朵大、细高挑，说话沉着大方，大伙都亲切地称他'王大耳'"。新中国成立后，毛主席曾三次深情回忆起你这位革命战友！

几十年过去了，一起参加会议的董必武老前辈还牢记着你的音容笑貌。二十世纪六十年代初，在路过山东的火车上，老前辈突然想起与你一起战斗的时光，激动地写下了"四十年前会上逢，南湖舟泛语从容。济南名士知多少，君与恩铭不老松"的深情诗句！

当年，参加改变中国命运走向的历史性会议后，为了明志，你写了一首流传久远的诗：

贫富阶级见疆场，尽善尽美唯解放。

潍水泥沙统入海，乔有麓下看沧桑。

自此，你把自己的名字改为王尽美，因为你心中的理想，就是让全体人民过上尽善尽美的生活。你还把村前的无名土岭命名为"乔有山"，寓意为"乔迁为人民所有"。

你奏响的"命运变奏曲"，改变了家人的命运，大儿子在师范学校毕业后，回到家乡，加入了当地党组织，拉起了一支三千多人的抗日队伍。你的风范和精神，激励着家乡父老，在五莲山区，潍水两岸，胶莱河边，齐鲁大地，有多少英雄儿女，追随着你的足迹，义无反顾，前赴后继，唱着同一首歌曲，踏着同样的节奏，投身到抗日战场的风火中，奔涌进淮海前线的洪流里，浴血在鸭绿江畔、"三八线"的战场上！

你出生的村子早已成为齐鲁大地革命斗争的摇篮，你的名字也载入中国革命史册，成为家乡人民永远的骄傲和自豪！解放后，莒县、五莲、诸城三县先后都陆续建立起你的纪念馆，英雄山下，黄海岸边，矗立起座座雕像，这包含着山东人民多么深厚的感情！

如今，一座现代化的党性教育中心，已在你的家乡北杏村拔地而起，祖国各地、四面八方来这里参观考察学习的人络绎不绝。当年的小山村，已变成一排排楼房，成了现代化的北杏居，依然掩映在莲山潍水之间。枳沟镇也成了闻名遐迩的红色小镇。家乡人民翘首期盼的京沪高铁二线，不久就将从这里通过。

就在不久前，家乡日照市文艺院团排演的一部现代吕剧《先驱·王尽美》正式上演！耳熟能详的故事，优美动听的旋律，亲切温馨的乡音，和着莲山潍水的风声涛响，在我的心中激起阵阵波澜，流动着，跳跃着，澎湃着，时而和缓，时而壮阔，时而咆哮！这份思绪，这份情感，是那么沉，那么重！因为它饱含着对前辈短暂厚重人生的敬重，也有后人不应该忘记的初心，应该牢牢记住的使命！

（2021年6月《人民日报文学作品》版约改稿，
人民网、新华网转发此稿）

杂 文

一条重要的学习途径
——《人民日报》评论员文章

　　前几个月，四所军医大学的80名学员，到云南前线代职见习。寒假期间，共青团北京市委组织首都一些大专院校的学生，分赴老山前线、油田、工厂、科研基地参观学习。这些大学生接触战士、工人、农民、科技人员，接触社会实际，很有收获，特别是思想上的收获。不少人找到了"人生价值"的正确答案，有的同学深有感触地说："我们必须'走出自我'，增强对社会的责任感。"

　　学生在校期间，当然要以校内的正常学习为主，以书本学习为主。但利用各种机会了解社会，向实际学习，向群众学习，很有好处，也很有必要。现在的大学生，年龄比较小，往往是从家门到校门，社会实践经验不足。如果只是关起门来读书，很容易脱离实际、脱离群众，对于书本上的一些理论知识，也不容易理解得深刻，掌握得全面。那样，就有可能与社会产生隔膜，有些看法往往不切合实际，甚至失

之偏颇。还要看到，目前以至今后相当长的时期内，还不可能做到各级学校的毕业生都升入高一级学校，更不必说都成为硕士、博士。即使取得或高或低的学位，最终还要到社会实践中去，而这种实践对于造就任何一种人才都是十分必要的，因此，青年学生在努力学习书本知识的同时，要注意加强与社会实际的联系，到群众实践的大课堂去学习。

接触社会实际，可以帮助青年学生正确认识时代、分析形势、明了大局。以改革来说，它是当前我国亿万人民的首要任务，是我们时代最宏伟的事业。改革最需要创新精神，要探索就难免有某些失误。由于历史和现实的种种因素，改革还会遇到一些阻力。但改革是人心所向、历史的必然，是不可逆转的大趋势。人民群众以他们热切的愿望与积极的实践，宣告了这一历史的心声。青年学生在课堂学习之外，有计划地到人民群众改革实践的洪流中去，才能摸准时代急速跳动的脉搏，看准大的方向，不为一些枝枝叶叶、败草浮萍所迷惑。这一点，首都参加社会实践活动的大学生们有深切的体会。

通过参加社会实践，同学们还可以充实与改造自己。他们懂得了人民的追求与向往，听到了祖国和时代的召唤，体会到自己肩头艰巨而伟大的历史重担。这有助于青年学生树立革命的人生观、正确处理个人理想与国家需要、个人利益与国家利益的关系。面对人民群众为祖国富强、人民幸福而进行的火热的斗争，以及在斗争中表现出来的献身精神，如果有人只强调个人志愿，追求福利待遇，不愿到祖国最需要的地方去，或者不能正确估价自己，离开时代与社会的需要而热衷于"自我设计""自我实现"等，那会显得多么狭隘、多么卑琐！同人民群众的脉搏一起跳动的青年，绝不会把燕雀心愿当作鸿鹄之志！

群众实践是一个伟大、生动的课堂，那里正在创造着五彩缤纷的历史。希望更多的青年学生学好这门课。同时希望学校、家庭和社会各方面，鼓励和支持同学们利用各种机会，如生产实习、社会考察、调查研究、军事训练等，上好这门课。

（《人民日报》1986年4月1日）

复员兵与二道贩子

电影《咱们的退伍兵》中有一位小伙子，求富心切，却致富无门，于是当上了二道贩子，很快从外地购进了一些"洋玩意儿"。他身穿牛仔裤，手提录音机，嘴哼流行歌曲，很有些"现代派"的味道。本想小伙子可以"发"了，谁知艺术家来了个"戏剧处理"。原来小伙子上了当，结果卖驴还债，"改邪归正"，与大家一块儿"炼焦"去了。

小伙子虽有些油头滑脑，毕竟是农家子弟，并不干"囤积居奇""伤天害理"的勾当，只不过穿着花哨一些。老父骂他"不务正业"，恐怕还是受了"以粮为纲"的影响。其实，"针无两头利"，既是从商，当然不大安分，要"东跑西颠"，难免"荒废"几天"正业"。而今土地承包了，那几亩农田实在捆不住许多小伙子。有那么一些人去务务"正业"以外的别的什么业，毋宁说是历史的进步。

做了如此这般一番推理论证，不免产生了这样一些想法：那小伙子其实应当从跌倒的地方再爬起来。经商是不错的，错的是经验不足，吃了小亏，不妨总结教训，东山再起。或者求助亲朋好友，或者仰仗上级，再筹它一笔款项，重振旗鼓干一番，说不定也能成个"万元户"呢。那位老父也不必满园子拿着菜刀追赶儿子，闹得鸡犬不宁，他自己的丰富阅历满可以充任儿子的经营顾问。作为主人公的复员军人，见多识广，自然会明白：致富千条路，行行出状元，大可不必像挽救"失足青年"那样，非让他"归队"炼焦不行。我看着小伙子伶牙俐齿，很有些"商人细胞"。支持他经商致富，应是顺理成章的事。

当然，各人有各人的艺术构思，拍电影还是人家说了算，但仔细一想：复员兵固然应当歌颂，但因此而贬低这位小伙子，似乎也并不那么恰当。

(《市场报》1986年5月12日)

到艰苦的地方去建功立业
——《人民日报》评论员文章

1983年胡耀邦同志发出"开发大西北"的号召以来,一大批大学毕业生"争当有志者,青春献西北",到大西北工作。他们在比较困难的条件下努力工作,有些人已为西北的开发事业做出了一定贡献,同时,在思想上也有收获,学识也有长进。可以说,在成才的道路上,他们迈出了扎实的第一步。

早在五六十年代"上海交大"部分搬迁西安,就有许多同学把"到大西北去建功立业"作为理想。经过二三十年的艰苦奋斗,"交大"以及其他一些大学毕业到西北工作的毕业生已经成长为各条战线的骨干力量,有的成为高级科技人员和技术人员。

这些事实告诉我们,青年人要想成为祖国建设的有用人才,必须有一种不怕吃苦、不畏任何艰难险阻的精神。大西北较之内地和沿海,工作、学习、生活条件是差一些,环境比较艰苦。但是,艰苦的环境可以培养人们顽强的意志和克服困难的毅力。"玉不琢,不成器",人亦如此。"自古雄才多磨难",没有哪一个"雄才"走过的道路是平坦笔直的。现在的大学生,年龄较小,经事不多,更说不上遇到多少"磨难",往往缺乏顽强的意志和战胜困难的毅力,这不能不说是个弱点。到艰苦的地方去,经经风雨,见见世面,"摔打"一番。这对于青年人的健康成长大有裨益。

现在有一些大学生,也有为祖国四化建功立业的愿望,也有较强的事业心,但是眼光不够远大。他们考虑个人的志趣、个人利益多,考虑国家需要、国家利益少;考虑眼前利益多,考虑长远利益少,贪恋大城市和条件好的地方,不愿到艰苦的地方去。在事业与工作地点的选择中,往往把工作地点放在首位。这样,就不能把献身四化的愿望很好地变成脚踏实地创业的行动。不是说到大城市和条件好的地方就不能成才,但是,近几年大学毕业生涌向那些地方的已经很多,而大西北和其他艰苦的地方则十分缺乏人才,那里有施展才华和抱负的更为广阔的天地,在那里更可以发挥专长、有所作为。

经过三十多年的建设,大西北和其他艰苦的地方的条件也有改善。所谓苦,只是相对而言,并不像人们想象的那么差。再说,作为80年代的大学生,要有"好儿女志在四方"的抱负。急国家之所急,想人民之所想,趁大好时光奋斗一

番，使生命更加光彩。值此毕业分配来临之前，寄语大学生们：像五六十年代和前几年到大西北去的同学那样，到祖国最需要的地方去，做一名艰苦创业、立志成才的优秀青年！

(《人民日报》1986年5月17日)

出版业的君子之道

世上生意有千行。似乎以"文字生意"较为轻松,而且风雅。可不是,方块字一拼,印刷机一开,五花八门的"侠客义士""风流哥妹"联袂登场,出版者们的腰包也就随之鼓胀起来。

不错,出版业也应讲求经济效益,否则就难以生存,更谈不上发展。但精神产品毕竟是陶冶性灵、提高人们文化素养的东西,它必须是健康无害的。只是近些年来,一些出版者忘却了这个前提,两眼盯着"孔方兄",迎合部分读者,请出那些已被时代遗忘的"棍棒拳脚"加"粉腮香泪"来饱自己的腰包。于是出版家变成了出版商。笔者这样说绝无轻商之意。这儿所指的"商"是仅限于那些不讲社会公德、唯利是图、眼界极为低下之辈。其实,我们的出版界讲究"君子之风"——"君子爱财,取之有道"的比比皆是,湖南出版界就是其中之一。

一般说,学术著作是经验、智慧之果,是人类进步的阶

梯。可印行它们，却常常要赔钱。湖南岳麓出版社出版一套《走向世界丛书》就赔了七八万元；《陶行知全集》也赔了7万元。他们仍坚持出版，为什么？因为这些书"营养价值"高。亏累的补救之道，在于精心编印一批知识性、趣味性强的"畅销书"。

几年前，一本《侠女十三妹》，几家出版社竞相出版，争得不可开交！湖南出版界不去凑这个"热闹"，而是站在社会发展的高处，预测"行情"，出版了一批电子技术著作，几乎本本赔钱，但他们没有就此中止，仍"只管走自己的路"，他们认定电子技术必将大行于中国。果然不出三年，这些书一再重印，既满足了需要，又赢了利。

他们有一个口号："人有人品，书有书品。湘版书要香！"一个"香"字道出他们的精神。经历了多少年的"文化饥饿"，有些人"饥不择食"了。湖南出版社的同志始终记住了这一点：不能因"缺粮"，就乘机"粗制滥造"，甚至抛售腐臭之物，而应当精心"烹制"出"香味四溢"的有营养价值的"美味佳肴"来。

出版业应当讲点"人品"，有"人品"才有"书品"，送到读者面前的东西才会是香的。

由此看来，这"文字生意"似乎也并不轻松好做。

（《市场报》1986年5月19日）

"四合院"的遐想

北京最有特色的建筑大概是四合院了。院子四边布置堂屋、住房和厨房等。一般门窗开向院子，对外不开放。典型的北京四合院，分前院、内院，中隔"垂花门"。内院是住宅的中心。在中轴线上南向为正房，北向为倒座，两侧为厢房。四合院也有由多个院子组成的。

中国社会结构的特点之一是家族主义，父权至上。四合院便是最好的历史见证。在这个庭院里，父辈不仅有权，更要为儿孙承担许多义务。儿辈小时吃喝睡住、长大后的嫁娶，无不包揽下来，大了也得听父母的，"父母在，不远游"，四合院成了生活的牢笼。

当然，父辈为后代"着想"，不同的人有不同的方式。秦始皇要家天下，万世不变；封建达官显贵则是"封妻荫子"，为儿辈建一个"安乐窝"。而今人自有今人的独特方式：太原工业大学今年新生入学出现了"小车送子"热，搞得学校拥挤不堪，不得不抽专人管理：有的开着救护车、警

车；有的则驾着公安局的摩托。天津东站场景更为壮观：鬓发花白的老者，招呼着自己的"红衣少女"："跟紧点，别挤丢了。"有的专程从北京、南昌等地送子入学。校园里更是奇怪，众多家长办手续，而他们的"公子""小姐"则在外边静候。

我不由得想起了一则古代笑话：一对夫妻对其公子自小溺爱，一切事由父母包办，这位公子直到六十岁了，还是"老孩子"，什么也不会干。父母在，自然无所忧虑，若一旦故去，他怎么活呢？

"敬老爱幼"是中华民族的传统美德。父母有权利和义务抚养、照顾未成年的儿女，《宪法》已有明文规定。疼爱儿女是天下父母都有的感情。但是，只能"抱"到成人为止，须让儿女自己独立生活，一直"抱一下去，何时是头？

心理学实验已证明：如果产品的运动不再跟创造产品的劳动存在条件关系，满足自身需要的条件刺激物不须再是劳动创造，而是人情、关系等其他东西；对于一个劳动者来说，如果他获得的报酬并不一定取决于他的劳动创造，这样，劳动者就会把艰苦的劳动创造活动当作不必要的活动消除掉，而自身需要所产生的动机会驱使他绕过或撇开劳动创造活动，循着现实（俗称"实惠"）的途径去追求自己的满足。这种信息一旦在人脑中枢建立牢固的兴奋关系，他们就必然予以高度重视，敏捷有力地做出条件反射。这样，人的创造热情也就被抑制或消退了。几千年的封建社会，几乎都是经历开始的"盛世"，慢慢就衰竭了（"中兴"之世甚为寥寥），重要的原因就是后代并不知道创业艰苦，"激情"已渐消退。这也就是人们常说的"创业容易守业难"。

精神状态、社会风气对社会主义建设有重要影响。蓬勃向上的精神建立在劳动创造上，这就需要以劳动创造作为劳动者满足需要的唯一手段。父母们，放下你们怀中的"大孩子"，让他们到广袤的空间去奔跑、去拼搏吧，让他们到火热的生活中去锻炼自己，创造自己的幸福吧。

漫步北京街头，看到四合院已发生了巨大变化：变成了天南海北、张王李赵混居的大杂院。但是，"有形"的四合院虽不存在了，"无形"的四合院还像沉重的包袱压在人们身上。我想，拆除这"无形"的四合院，在改革与开放的时代，不是很有必要吗？

（《人民日报·海外版》1986年10月9日）

缠藤与小树

在田野上，在风雨中，一棵棵小树顶风冒雪，顽强生长着；而原在夏天攀附着小树呈现着勃勃生机的一株株缠藤则颓然倒地，失去了往日的生气。这形成鲜明对比的景象，引发了人们无尽的思考。

小树之所以能经冬历春，四季不息，且永远呈现出旺盛的生机，就是因为它植根于大地，在大地母亲的怀抱里，吸取无尽的营养。更主要的则是它有一根挺直的腰杆，是这根腰杆支起了它的躯体；而缠藤之所以昙花一现，就因为它没有自己的脊柱，难以支撑起自己那片天地。

一个人，一个民族也是如此。如果没有自己的骨气，那也难以在竞争激烈的世界上立足。这一点已被人类历史的实践所证明。一个人、一个民族，都应当像小树一样，有自己的坚挺的腰杆支撑，立足大地，才会有自己旺盛的生命力；如果像缠藤一样，将难以在当今世界上立足、生存。

我们今天的形势尤其需要发扬这种小树精神。我们过去搞了几十年的计划经济，一个人如同缠绕在企业、政府、国家这根大树上的小藤，与企业一荣俱荣、一损俱损。企业形势好，个人日子好过，企业形势不好，有政府国家包着，衣食无忧。长此以往，干与不干一个样，干好干坏一个样，平均主义、大锅饭泛滥流行，这严重挫伤了人们的积极性。十一届三中全会以来，党和政府下决心进行经济体制和政治体制改革，就是要改变这种状况，充分发挥人们的积极性和创造性，最大限度地发挥人们进行社会主义现代化建设的创造力。

现在，由于种种原因，一些企业状况不好，有些形势还很严峻。在这种情况下，有两种态度：一种是像小树那样，用自己的勇气与信心，用自己的能力，去勇敢地应对发生在身边的各种变化，去接受生活的挑战；还有一种态度，就是像缠藤一样，躺在国家、政府、企业的怀抱里，过那种一切由国家包下来的日子。但是，这种生活已经一去不复返了。只有像小树一样，才能在经济体制发生重大变化的新形势下，更好地立足、更好地生存，不被新形势所淘汰。

(《市场报》1991年1月)

变味的乡情

"老乡见老乡，两眼泪汪汪。"唐朝诗人崔颢在背井离乡、举目无亲之际，忽闻乡音，咏出了"停船暂借问，或恐是同乡"的千古绝唱。梁实秋老先生在《同乡》一文中说，在清华时有一位同班同学，是中等科唯一的厦门人，只会说厦门话，不堪寂寞，最后疯了。见不到老乡，形单影只，身处异乡为异客的心情是可想而知的。

浓浓的乡谊，亲亲的乡情，在中国这个古老的国度里，经古历今，遗风流韵，绵绵不绝。同乡间的语言、习惯乃至性情相近，容易沟通，在一起有一种亲切感。

所以，乡情不失为人世间一种可珍贵的东西。然而，另一方面，利用老乡，靠老乡关系钻营取巧、升官发财，也是古已有之。东晋时赫赫有名的宰相谢安有个做官的乡亲贩运葵扇五万柄到建康，卖不出去，谢安乃取一柄自用（亦即亲自出马替同乡做广告）。"名人效应"引得建康人竞出高价购买，货主得利数倍。

相比古人，今人毫不逊色，而且高招迭出。有这样一个县级市，一日之内竟有7辆大小车辆结伴进京，到北京后又邂逅3辆（有没有没碰上的不得而知）。千里迢迢，风尘仆仆为哪般？请客送礼会老乡，以后办事好帮忙。有老乡相助，诸多不便迎刃而解：批不了的条子，老乡批了；见不着的领导，老乡引见；办不了的事情，老乡办了；老乡无力办理的，可以托老乡的亲朋好友。老乡相见，乡音缭绕，觥筹交错，什么政策、原则、制度，统统抛诸头后，肥水不流外人田，好事不给同乡给谁？

此种现象缘何而起呢？除了地方主义和谋取局部利益，一个重要的原因是我们有些部门领导官僚主义、推诿扯皮、有章不循、有法不依等不正之风所致。为官一任，造福一方，老百姓的事情不能不办，可正常渠道办不了只好走这些捷径小道。

我的家乡地处偏僻，经济文化落后，因之在外做"官"供职者甚少。邻县因为在外能人多，一个个新项目上马，一笔笔新生意谈成，上级领导参观指导络绎不绝，这些都是老乡的功劳。我家乡的父母官心里颇不是滋味，急中生智，想出绝招：印制在京家乡人通信录，请老乡们出点力，大概是急不择人吧，我这百无一用的一介书生居然也册

上有名。接到这个通信录，我为他们的良苦用心所感动，家乡人实在重情，这一点我深信不疑，可我心里却仍别有一番滋味在心头。

（《中国青年报》1991年10月26日）

杂文

有感于书记当"侦察员"

报载,东北某市在采取一系列措施之后,楼堂馆所公宴吃喝减少了。但市委书记不是见好就收,而是多次到僻街静巷察看实效,一次就查出76个单位公费吃喝6.8万余元,随之让这些单位登报亮相,并给有关人员政纪处分,从此四方震慑,此风大为收敛。然而书记仍不罢休,又到基层侦察,发现有些单位"战略转移"到基层单位。书记当即指示通报批评,做出规定,严禁在基层开会,堵死了此风的又一条路子。

读罢此文,叫好之余,又有几句话,如鲠在喉,不吐不快。

暂且不问纪检、监察等有关部门职能是啥,也不说书记如此细致、有没有时间抓大政方针,只谈既为一市,不会是三街五巷,人的眼力及目所至,也不过眼前一隅,几区几县所有宾馆、饭店、餐厅、招待所。书记怎么能察得过来?再说你今日查,我明日吃,书记能24小时不睡觉,经年累月跟

踪不成？更何况你堵死我这条路，不让在基层吃喝，我还可另辟蹊径，变个花样，照样"饕餮"一番，书记奈我何？如此这般推论一番，不难看出，此举无疑是杯水车薪。

孟子曾赞颂舜帝"明察并举"，要求统治者既目光敏锐，明辨是非，又洞察事理，封建社会历朝历代都有不少明君贤臣明察暗访，勤政为民，以"侦察"手法整饬吏治，古称微服私访。明朝永乐初年，朝廷曾派事中、御史等行走各地，侦察各地官吏贪腐等弊端，然而仍然冤狱遍地、民不聊生，于事何补？正如明人冯梦龙在《智囊》中所言：眼前没有阳光，仅凭明珠的微亮，夜间走路又怎能不摔跤呢？封建王朝从肌体的根本上已经腐烂。

人民政权已今非昔比，本质不同，但鉴古明今，各地狠刹吃喝风的典型报道连篇累牍，可实际情况又怎样呢？《工人日报》曾载文称：大吃大喝的势头仍在发展中。招待规格看涨，名目渐增，几乎是公开的秘密。有人失望地说："吃喝已成痼疾、顽症。"有些地方虽因风紧而时有收敛，但风头一过又死灰复燃，真乃百足之虫、死而不僵！

吃喝风屡禁不止，根本原因有二：一曰法规章程不全；二曰有章不循，有法不依。号脉诊病、对症下药，治本之策是尽快健全有关法规，并加强监督检查，把法规落到实处，查出一个，处理一个，绝不姑息，仅靠"侦察"只能事倍功半。江苏省有一个县明文规定，县局干部基层吃饭标准多少，违反规定罚款多少，十几个乡镇、县局因违反规定受到处分。这个做法就很可取。

（《中国电力报》1992年1月21日）

"骑驴找驴"话市场

《伍灯会元》中有句话："问：'如何是正真道？'师曰：'骑驴找驴'。"这一问一答充满了机智，个中蕴含的哲理发人深思。窃以为，我们的有些生产厂家眼下好像也在"骑驴找驴"。

不少手表厂都在抱怨那"饱和"的市场，甭管K金、镀金、钛金的，那灰黑、银白、全透明的镂空表，摆在柜台上愣卖不动，库存也在暴涨。某公司慧眼独具，发现供盲人的语音手表尚属缺门，于是及时将3万块新产品推上市场，让残疾同胞们也享受到了人类文明的成果，不用依赖眼睛就能准确地掌握时间。其实这种手表与普通电子表的外型相差无几。只是在特定部位轻轻一按，就能听到标准普通话报出几点几分。这一方面给400万盲人带来福音，另一方面也是对众多手表厂家不小的启发。

几乎每个人都有一串外观大同小异的钥匙，用起来常常乱点鸳鸯谱。锁的外观千差万别，可钥匙却几十年一贯，仿佛一个模子造出来的，摸黑开门时那个急就甭说了。其实有什么难的，稍改动一下钥匙柄的外观不就得了吗？

今冬不少女同胞穿了虎皮靴，可到处寻觅，却找不着虎皮粉。

诸如此类，不胜枚举。这边是市场出现空档，那边却在苦喊市场销售不畅，真可谓骑驴找驴。

开发市场需要厂长、经理们开动脑筋，但这并不像搞导弹、火箭，攻"哥德巴赫猜想"那般复杂。就说穿虎皮鞋，需要买虎皮粉这件事，难道要闷在研究室里苦苦钻研几年不成？笔者常常自忖，如果哪个有心人什么事不干，就一门心思把市场上缺门的各种产品排排队，然后把信息集中起来反馈给厂家，来他个有偿服务，就一定能发大财。

其实，也用不着专人去干此事，各生产厂家只要腾出些时间认真找找"驴"，就会发现路在脚下。

（《市场报》1992年1月25日）

戆县令家事考

清代山东人某甲，选授浙江一县令。莅任之日，即出签勒拿北门外剃发店主某乙。升堂重责四十毕，乙叩首问："小人累犯何罪？"令曰："汝认得我乎？某年月日，在汝铺剃发，受汝轻慢，至今耿耿不忘。尔谓我竟无发迹日乎？"乙曰："大老爷并未到过小铺剃发。大老爷贵籍山东。得罪大老爷者，山东北门外之剃发铺。"

《清代官场百怪录》记载的这位愣头呆脑、报复心极强的戆县令令人耻笑。这股戆劲缘何而来呢？来自于渊源流长的戆氏家族传统。

汉代韩婴在《韩诗外传》卷三中说："爱其人及屋上乌，恶其人者憎其骨。"戆氏家族把后半句奉为家人的处事圭臬。远的暂不考，宋代的陈世美本是清官，只因曾回绝上门求官的朋友又是戆氏家人，此人变白为黑，写上戏剧，才将陈世美弄成喜新厌旧的伪君子。一戆戆出了千年冤案，至今无法洗雪。这点虽有争论，但可备一说。

元末明初，有个叫王十朋的状元，在好友孙汝权的鼓励下，曾弹劾权奸史浩八大罪。这位史浩正好也是戆家人，戆劲大作，搞了个污辱王十朋的恶作剧，将一个无私无畏、正直贤良的状元诬为高中后逼糟糠之妻投江自杀的大坏蛋，且写入戏剧，谬种流传至今。

戆氏家族代代不息，这里不一一考究。那么今日他们子嗣后裔怎样了呢？只要留意观察不难发现，生活中戆家子孙不少，且较祖先，戆术更为先进。他们的戆术大略如下：

一曰从甲时"戆"到乙时。前些年那个名闻全国的广西弱女子刘敏，就是因状告本单位领导违法乱纪，领导正好姓"戆"。她被整整折腾了八年，被抓，被关，几乎自杀！

二曰从甲人"戆"到乙人。黑龙江省电影公司会计于志荣因上书有关单位反映本单位一些干部的经济问题，自己被戆家人戆得企图自杀不说，连支持她的人也被戆得无地自容：男的被戆为与于有不正当男女关系，女的则被戆为与于搞同性恋。

三曰从甲地"戆"到乙地。有这样一位领导，在基层单位任职就"左"得出奇，专搞打击报复。经过一番游说后调往上级机关高就，可戆劲不减当年，经常到上级领导面前嘀咕这个长、那个短，搞得一些勤恳工作、不谙关系的"呆子"们莫名其妙，很是狼狈。

四曰从甲事"憋"到乙事。笔者亲眼所见：一位顾客因售货员态度极差而与之大吵。这位售货员振振有词：老子昨儿个住院受了一肚子气，今儿个你想顺心没门。瞧，多憋！

某单位民意测验显示：很多人不敢给领导提意见是怕穿小鞋。这些领导憋术高明，这事你提意见我笑眯眯接受，那事我让你哭都哭不出泪来！

憋氏家族生生不息，家族庞大，真可谓经古历今，遗风流韵，绵绵不绝。说穿了，这些憋人，无非是有权的以权报复，无权的以职务、地位、方便压人。直憋得正直人士遭诬陷，贤良人家无安宁，社会风气变污浊。

但愿"憋氏家族"断子绝孙！

（《中国电力报》1992年3月3日）

有感于"老乡"管质量

明代寓言家刘基在《郁离子》中讲过一个故事：有人得千里马送至京师，太仆相马后告诉天子，马的确是良马，然非冀产也，不能置之马厩，不要。大约这位天子或太仆的祖籍是河北人氏，因此偏爱"冀"马，只要冀产，概属良驹；否则，再好也"相"不中。这真是老乡验质，驽马飞升，此乃冀马之大幸也！

流风所及，当今某些"企业家"得其"精髓"，遍寻质管"老乡"不得，则求"亚老乡"或"准老乡"，继而旁及亲友、同学、相识，只要他或她手中有鉴定、审批、检验的权力，登门讨个方便，于是劣质品便可顺利过关，合格者可升级优秀，优秀者则可身披特优华衮。

本来嘛，人熟好办事。尤其在酒酣耳热之际，还有什么难关！某地一位"发明家"，以三间茅草屋为草房，"研制"出了"电子增高器"，无非是几块铁板、几个旧电池和其他说不清道不明的物件，但他送进京城，在一家医院找到

一位老乡帮忙之后，不消几天，鉴定"合格章"竟赫然盖在鉴定书上。有了鉴定，这位"发明家"便在首都及全国其他地方大做广告，声言这一"发明创造"，能使受姑娘白眼的小伙子们交好运。于是成捆的人民币源源不断流进他们的腰包，而那些花钱买来"电子增高器"的人怎么样了？故我依然，徒唤奈何。

这是现实生活中的一件实事，绝非向壁虚构。

不错，在我们的生产管理中，几乎厂厂有质检科；产品在进市场之前，还有检验鉴定部门；投入市场后，有监督检察部门，把关可谓严也。但为什么劣质产品竟能"飞渡关山"，最后流入消费者手中？个中原由，恐怕就出在某些厂家和质检单位的经营心术上。他们追逐的是利润，只要有利可图，其余不在话下；加之有些挂职带权的人，受人之托，"忠"人之事，就把维护消费者的利益和社会公德置诸脑后。在大张旗鼓惩治假冒伪劣产品的今天，那些炮制劣质产品的人自然应当受到严厉的惩处，但对职司监守的公职人员，如果循私枉法，也切不可轻恕。

（《市场报》1992年4月11日）

一勺"烩"之优劣

搬文山、填会海，各地高招迭出。时下颇为时兴的"一勺烩（会）"乃为其一。

某地将年度表彰会、经验交流会、税收征管稽查会、加强基层建设等五个会议合为一个，节约经费1.5万元；有一个县开了个别开生面的"六合一"会议，六个部门，六项内容，一个会议，一份文件，传为美谈；东北某部门在为期三天的工作会议中穿插8个会议，节省工作日一千多个；山东某市12个会议"一勺烩"后，江苏某县28个会议又"一锅煮"。

"一勺烩"使饱受会海浸泡之苦的人们顿时为之一振。本不该开的会不开了，省时省力，节约经费，腾出时间真抓实干。"一勺烩"不失为克服官僚主义、反对形式主义的一剂良药。

应当肯定这种"一勺烩"的主办者动机良好，也有效果，但也要看到，它的局限性也是不言而喻的。首先，"一

勺烩"的"勺子"容量是多少？最低为2，最高呢？好像是个无穷值、无底洞。这样，该减的会议是否减了？这些合并的会议是不是都非开不可呢？不该开的会又何必放在"一勺烩"里占地方？这种"一勺烩""烩"出的会是不是就"味道好极啦"？

会议多，是官僚主义、形式主义的一种表现，人们厌烦不已，该反对！但锦囊妙计在哪里呢？人们都在探索。有的说要减肥，杜绝那些连吃带拿、外加旅游的"肥"会，可会议还是"瘦"不下来，甚至出现了"瘦会荒"；有的地方干脆釜底抽薪，搞起了"无会周""无会月"，可效果仍不佳，过后旧病复发，依然如故；有的则收缩会议审批权力，可批来批去，会议照开不误，不过多了一道手续。

"会海"越填越深，原因就在于会风的不正，会风不正则根源于我们的一些机制有毛病。有的是为了领导拍照录像、登报上电视；有的是显示权威、摆谱讲排场。有的则是坐而论道，锻炼口才；有的则干脆是例行公事、应付官差，如此等等。现在很多机关、单位机构重叠、冗员膨胀、人浮于事，但都要显示自己的存在和价值。于是开会、报告、简报、汇报便是用武之地。试想，如果精官简政，人各有事，且公平竞争，有"危机感"，谁还有闲情逸致在那里"打坐布道"呢？

（《人民日报》1992年4月17日）

谈"一M"治"三M"

时下，人们对某些机关患的"三M"病（明天再说、慢慢来、马马虎虎三句话的汉语拼音皆为M打头，故如是称）颇有微辞，正在寻觅医治此病的灵丹妙药。

东北钢城鞍山市政府以"一M"治"三M"病，一场"马上就办"运动，机关风气大为改观，舆论为之一振，褒扬备至，赞誉有加。各地纷纷仿效，东北的长春、东南的福州、中南的武汉、西北的咸阳"马上就办"运动风靡全国，或曰"一枝笔"工作法，又称"急事即办"制度。

开展"马上就办"运动，功效确实不凡，应该说是一剂良药。某地一农垦场为盖小鸡舍，盖249个公章耗资万余元尚未办妥，可该地区开展"马上就办"运动后，一个体户仅用三天时间就拿到了梦寐以求的营业执照，工作效率高于正常值。

仔细琢磨，"三M"病诱因不同，有深层体制性"病菌"，也有浅层个人作风"病菌"，抑或其他诸如法规不健

全、缺少制度。患此病的表现各异、症状不一，有推诿扯皮的，有不负责任的，且有些单位因相互交叉感染，多病齐发，病源深病历也长，根治种种顽症，"一M"恐非万能。中医讲辨症，剂量适中，过犹不及，很有道理。吸毒者瘾发后打一针吗啡也能通体透红，兴奋不已，但药过病发，痛苦更深。同理，有些"三M"病患者连正常法规、制度都不执行，本职工作都干不好，可一开展"一M"运动就热情之至，这药到病除的神效反倒令人怀疑，运动过后，药效已去，再犯病该吃什么药？

某地区开展"马上就办"运动，大红标语街上挂，规章制度墙上贴，可该地区下级单位领导却有他奉为圭臬的办事哲学："好"事要快办，"坏"事要慢办。诸如调级、分房、发奖之类要以迅雷不及掩耳之势办完，免得夜长梦多。至于得罪人的事，费力不讨好的事，诸如此类，慢慢来已属不易，置若罔闻又奈我何？

政府的行政工作如同人体，是一个系统工程。诸多器官互相关联，一旦某个环节出了故障，其他部位也要受影响。要治病，就得花一番望闻问切的工夫，对症下药，无法快刀斩乱麻，也没有万应灵丹。加快体制改革，健全民主法制，依法行政，加强监督检察，避免行政行为的主观随意性，这才是医治机关"三M"病的唯一妙方。

(《中国青年报》1992年4月21日)

名人不必真有"病"

尹武君3月28日撰文《名人如何作广告》于3月28日刊于《市场报》，盛赞著名评剧表演艺术家新凤霞很不情愿抛头露面在电视里作广告，但服了抚松制药厂生产的通栓丸后病情好转，疗效显著，一分钱报酬不要破例为之。新凤霞同志淡泊名利，不为金钱所动的精神确实令人感佩。文中所述广告"为一件严肃的事"，要"实事求是"，"对观众负责"，也很正确。但愚以为，为药品作广告的名人一定要患过病，并非用该产品不可，却似乎有点离奇了。

广告是什么？时下通用的解释是一种宣传方式，划分广告的依据，有传媒载体、广告内容等，好像还没有以作广告者身份高低贵贱把广告划出一个三六九等来的。名人作的广告也是一种"宣传方式"，这与普通人作的广告并无二致。

诚然，名人有一定的知名度，有一定社会影响，作广告应更慎重。但慎重的着眼点是产品与广告内容是否真实，要非议的是那些假冒伪劣产品假名人之名而蒙骗顾客。如果由

于出现虚假广告就非要名人以身试用，这似乎有否定广告监督管理部门职能之嫌。而且这样要求名人，类推下去，为飞机做广告，应先当飞行员，为轮船作广告，也得先当海员不成？这当然是笑话。

实际上，人们看了很多名人作的广告，并没有先问这些名人是否用过这些产品，因为广告内容要真实，但手段、方法可以多样化，有点艺术色彩。况且很多名人本来就是表演艺术家，人尽其用，用他们的知名度和表演才能，增加广告的感染力和艺术效果，让电视广告也改变一下死气沉沉、呆板僵硬的旧模式，有啥不好？何况名人躯体也没有什么特别之处，有些商品他们用过有效，但其他人则未必。如果认为名人用过的东西一定真实可靠，这就近乎"名人崇拜"了，那真同古久先生醉心他的陈年簿子差不多了。如果名人该干什么、不该干什么，怎么生活、工作，都有一个套子、模式，这样的"名人"恐怕同"机器人"差不了多少。

（《市场报》1992年5月16日）

名牌模拟大游行

今年元月,"全港演艺界抗议影视圈暴力行为"大游行,成为轰动香港的一大新闻。

人怕出名,一成为家喻户晓的名人,出于忌妒及其他阴暗心理,一支支黑箭就会射来,诽谤、敲诈,罹难颇多。其实,不唯名人如此,产品也有类似经历。君不见,产品一旦出名,成了名噪全国抑或享誉一隅的名牌,那可就大难临头了。国人皆骂名牌徒有虚名,殊不知这都是那些见利忘义之辈鼠窃狗盗所为。既然明星们游行后收效甚佳,那我们名牌产品为什么不模拟一试呢?于是,一场声势浩荡的奇特游行——"名牌产品大游行"开始了,游者云集,摩肩接踵,颇为壮观!

你看,酒队中,那打头阵的当是"茅公"。这位来自贵州赤水河畔的"国宝"双眉紧蹙,痛苦不堪,现在"假茅台"竟然堂而皇之大摇大摆地走上了国营店家的柜台。今年年初国家有关部门在北京市场抽验中,茅台酒竟无一是真。

"老郎"也来了，这位蜚声海内外的古蔺郎酒，竟然斗不过"假郎"，比不上"野郎"，被他们咬得遍体鳞伤，岂非咄咄怪事！这不，"汾酒小姐""竹叶青女士""古井贡先生"都有一段辛酸史。

"烟队"也来了。云南代表队最众，"红塔山""阿诗玛""五朵金花""大云""红山茶""红梅"等，齐声谴责；不法分子竟然用工厂淘汰下的旧设备，再从小商贩、商标印制厂工人手中收购来包装盒，装入用劣质烟丝伪造的烟。

"自行车队"中，"凤凰"打头阵，疾呼解除"遍地凤凰飞，难辨真和伪"的痛苦；"化妆品队"中，"奥琪"小姐走在前头，痛陈酸楚：为驱赶假奥琪，北京日化三厂不得不派出几路人马，到假冒产地去调查、打官司，几多折磨几许忧愁！

"此类游行"不仅从者云集，而且次数甚多。你方"偃旗"，我又"击鼓"，真可谓此起彼伏，绵绵不绝。不敢断定有了名牌就有此举，但今日一旦成为名牌，不久就会加入"游行行列"中去是不会有错的！现实证明哪一个名牌不是伊始万人争购，供不应求，继而引来那些假冒伪劣货的搅扰，弄得消费者将信将疑、举棋不定，好端端的真名牌也不敢问津了呢。

港星们那次游行后有很多明星们揭露了他们被黑社会胁迫勒索的事实。警方已向这些人进行调查，声称要查清黑社会危害演艺界的事实真相，确保明星们的人身安全、个人利益。而今，名牌产品在报刊、广播、电视上播旗呐喊一番后，悲惨的命运也有改观，尤其是中央电视台举办的"中国质量万里行"节目对伪劣假冒产品进行曝光处罚后，广大消费者更是拍手称快，名牌们也吐出了一口恶气。

闹闹哄哄，游罢归来，这些被害得"百孔千疮"的名牌们感慨颇多：这种劳民伤财、弄得我们疲惫不堪的游行是不是唯一办法呢？有关法规虽不健全，但也制定了不少，执法者认真、严格执法，把那些不义之事、违法之行扼杀在游行之前，该有多好啊？再者，仅靠游行也不是治本之策呀。痛定思痛，根本解决此类问题，一是尽快建立健全有关法规、堵死漏洞，让不法之徒、营蝇小辈无机可乘；二是加强执法监督，严格执法，发现一个查处一个，以儆效尤，舍此别无他途。"游行"仅是权宜之计、救急之策。

（《中国电力报》1992年5月26日）

设岗堵截之类

报载，某地政府明文规定：逢年过节，在机关及宿舍区门前设专人值班，堵截下属单位和个人的送礼车辆，来客探访何人、所携物品一律登记造册。据另一家报纸报道，某省卫生厅采用此举，副厅长亲自值班，下属单位送礼者在门前逡巡几日，眼见难逾封锁线，只得悻悻而归。

时下某些地区送礼风日盛，逢年过节更是礼风劲吹。前往上级机关及领导家中送礼的车辆川流不息，无礼办不成事已不是个别现象，群众对此意见很大，呼吁加强监督检查。门前设岗，不失为制止送礼风的一项可行的措施，其用意和效果都是好的，至少送礼的车辆不能大摇大摆长驱直入了。

春节已过，今年的送礼风是否比往年有所收敛尚不得而知，然而我总怀疑设岗堵截的措施难以真正刹住送礼风。一是执行者难免也有亲疏远近，对关系亲近的领导以及送礼者中的熟人朋友高抬贵手放一把，也不是没有这种可能；二是设岗只能查禁明面上的礼品，人家揣在怀里的红包你就未必能查出来；三是此门不通有别门，前门后门都进不去，还可以把领导约出来再说，老虎也有打盹儿的时候，难保值班员就没有疏忽。道高一尺，魔高一丈，你有政策，我有对策。对付设岗堵截的办法有多少种，还不得而知，但想方设法钻政策空子的事，可就太多了。前些年制止大吃大喝，曾发过"四菜一汤"的红头文件。几年下来，公费吃喝的事还不是有增无减！

信笔至此，想到了农田里吓唬鸟雀的稻草人，一开始鸟儿们信以为真，惊飞他处。时间一久，鸟儿们识破了其中的奥妙，便又肆无忌惮起来。这个比喻显然是不恰当的，因为用设岗堵截的办法制止送礼风本来是要动真格的，而且也确实有些效果。我只担心时间一久，查礼的岗哨会不会也像稻草人似的，形同虚设呢？所以我以为，还要从根本上解决问题，不仅要使送礼者无空可钻，还要彻底转变机关的职能和作风，使人们感觉到根本没必要送礼，那时如果有谁千里迢迢、大车小辆地巴结领导和上级机关，就真是吃饱了撑的。话说回来，眼下搞点设岗堵截之类，也不失为一种权宜之计。

（《中国青年报》1993年2月4日）

也谈"换脑筋"

怎样贯彻、落实十四大提出的建立社会主义市场经济这一要求呢?众口一词说关键,那就是"换脑筋"。

其实,"换脑筋"只是个比喻的形象的说法,其本意是要求人们解放思想,摒弃那些对马列主义的教条式理解,摒弃那些僵化的思想,从落后的、封闭的自然经济和不切实际的单纯强调计划经济的樊篱中挣脱出来,真正树立社会主义市场经济的新观念。

古语有"洗心革面"之说。其实,准确说应是"洗脑革面"。"洗脑"是"革面"的前提与基础。

当然,也有人爱本末倒置。报载美国加利福尼亚州一家监狱通过给犯人做整容手术,以使犯人将来不再犯罪。此举竟然有人吹嘘"是个巨大的成功"。有了如此"绝活",那监狱里的"管教干部"们都换上整容师岂不快哉?

"洗脑子"对改造人如此重要,难怪"文化大革命"中有人发起过一场"洗脑运动"。企图把脑筋洗得一尘不染又怎么可能呢？的确，"江山易改，秉性难移"，移江填海易，改造思想难。当然，难中也有易，对于那些早就想弃旧图新、推进改革的人；对于那些早就想在市场经济的海洋中游弋的人来说，你不让他"换脑筋"他也会主动换。但是，对于那些吃的是90年代饭、想的是50年代事的人，对于那些满脑子"想当年""唯独对今天看不惯的人"，对于那些僵化不开窍的人来说，给他们"换脑筋"有时好像是对牛弹琴。他们有的人生在夹缝中，早晨豪气满怀，晚上一场"怀旧电影"又使他们老气横秋，他们整天在新旧夹缝中煎熬，要在一夜之间"脱胎换骨"也不是易事！

脑筋不好换不要紧，可以循序渐进。党的十一届三中全会以后的思想解放运动，实质上也是循序渐进。人的脑筋会随着现实生活的变化而逐渐更新，旧的东西也不是朝夕可以消失的，否则"解放思想"这个词今日早已不复存在了。"脑筋"得一点点更新，不管速度快慢，当然，"换脑筋"关键靠自己。

（《南方周末》1993年4月10日）

烟头与痰引出的话题

报载,有一位外商来某地洽谈合资项目。在宾馆的楼道中,陪同这位外商的当地主要领导,把楼道内一个烟头捡起来,放到了垃圾箱内,这一细微举动令外商大为感动。他认为这里的领导认真负责,值得信赖。遂决定将一笔数目可观的资金投向这里。"烟头"真有奇效,多少万美元就引来了。

诸如因中方谈判人员一个文明高雅举止、一句诙谐幽默话语而使艰难谈判柳暗花明一锤定音的报道屡屡见诸报端。引进了外资,利国利民,可喜可贺。然而,也许是因为条件反射吧,我倒生出"逆反心理",每每看到这些报道,总翻腾出以前看到过的因中方人员一个不文明举止而使合资谈判不欢而散的恶心事来。

某厂与美国的约瑟先生经过一番艰苦谈判,终于达成了"大输液管"引进的合作意向,次日便正式签字。签约前,厂长邀请美国客人到车间看看,就在此时,一口痰涌上了厂长的嗓子眼,他坦然地"啐"到了墙角,又极潇洒地用鞋底擦擦。不料这口痰竟使约瑟先生不辞而别，留下了一封发人深思的信："我十分钦佩您的才智和聪明，但车间里吐痰的一幕使我一夜难眠。一个厂长的习性习惯可以反映出一个工厂的管理素质，因为今后生产的是用来治病的输液皮条，人命关天！"

这类报道在新闻媒体里可以说也是时时出现。公款吃喝风劲吹之时，一些饕餮之徒出手阔绰，宴请外方人员档次之高、花费之巨、耗时之长令外商目瞪口呆，结果趔趄而回。与此异曲同工的是，某厂五颜六色的打击偷盗、表扬工人见义勇为抓小偷的宣传标语令外商大惑不解：都去抓小偷，谁来搞生产？生产秩序这么糟，生产何以保证？他仿佛看到了工人追捕小偷时被人捅了一刀的惨烈场面。一个眼看到手的项目就这样"吹"了。

乱扔脏物、随地吐痰，不仅令外国人侧目，咱们中国人也是反感的，有些东西是咱们经年累月形成的，是国情的产物。咱们习以为常，但外国朋友却非如此。可就是这些"枝节"小事，却关系到一个项目的引进与否。有些人抱怨说："外国人就是爱'节外生枝'。何必如此较'真'？多少年我们不是就这样过的，现在依旧如此，也挺好的嘛！"

这里，怨不得外国朋友，我们应当反躬自省，问题就出在自己身上。追求文明、崇尚进步毕竟是大势所趋，人心所向，那些不文明的行为，我们的同胞恐怕谁提起来也会义愤

填膺。可实际情况又是如何呢？恐怕多数人停留在"人前一面、人后又一面"的水平，好像这些不文明的行为成了"下意识行为"，其改也难！当然，受经济发展的水平、社会进步程度、文明修养素质所限，有些同胞消除积弊陋习非朝夕之功，尚待时日。但是，我们现在也不能"任其自然"，有些事情恐怕也要"从现在做起从我做起"。有时与外国朋友打交道，也需要学点"附庸风雅"，有时不妨也当当"假洋鬼子"！人家虽然"洋"好像"假"，但却文明；你虽然"土"，显得"实在"，但却是落后与不文明。孰优孰劣，不言自明。

搞现代化的市场经济，与外国人打交道做生意，光有一副古道热肠、仅靠真诚随便不行。外国人来这里第一位是做生意，这就得按生意场上的规矩办事，尽管有时显得有些"烦琐"、"多事"，但也只能如此。没有这"繁文缛节"，也就不会有良好的投资环境。要求人家放弃那些文明进步的习惯而屈就你那的家规族习，否则就说人家不近人情，难以接近，这样无济于事。人虽有情，但经济规律、市场法度无情。看来，我们也得在思想观念、行为准则、价值标准上改掉某些不适应现代化大生产需要的积弊，与国际惯例接接"轨"了。

（《市场报》1995年4月15日）

企业要会自己选路走

如果把企业比作一个人，那么也存在一个由小到大、逐步成熟的过程。不过，我们现在有些企业好像长得太慢了，不由让人不感叹：企业何时才"长大"呢？

这一疑问不是没有根据的故弄玄虚。

有个浅显的道理。小孩与大人的区别就在于前者各方面还不成熟，尤其是思想上，有些事情不能自己做主，自己也做不了主，还需要大人帮着出主意、想办法，在大人的羽翼呵护下才会健康地成长。

现在我们有些企业也很像一个还没长大的孩子，各方面都需要别人来扶持拉扯，否则就寸步难行了。

一些企业在茫茫商海中不知所措，没了主张，一些头脑机灵的人就瞅准了这一机会，做起了"点子"公司的生意，而且生意兴隆，财源茂盛。在京沪等人才荟萃之大都市，这类公司如雨后春笋，某地还出现了"点子商店"，专门营

销一些产品开发、信息咨询、广告策划、市场谋略等营销生意。这些"点子公司"力图为企业排忧解难，使企业从山重水复中走入柳暗花明，可喜可贺！

有些企业习惯了在风平浪静的计划经济体制的小河湾中慢慢游弋，面对来势汹涌的市场大潮，便有些恐惧和不适应，时不时还会呛几口水，栽几个跟头，这都是不足为怪的。在这时虚心向别人求教，向游泳高手学几招，练出一身好水性，以摆脱困境，不失为上策。因此向有关方面进行咨询，请人参谋、出出点子也是必要的。但话分两头说，如果"点子公司"的点子确能"一巧拨千斤""招招灵验"，那自然两情相悦，皆大欢喜，但人本凡人，又非未卜先知的圣贤，再说他又不在你的厂子内，对你的情况是不会耳熟能详的。如果仅凭你介绍的一些情况，就能给你开一个包治百病的药方，那不成了神仙了吗？

人要有主心骨，企业也应如此。可我们有些企业本来应当自己想的办法，偏要去请教别人，赶走"儿子"去找"女婿"，放着现成的人才不用，却去外面聘"高手"，干些不切合企业自身实际的傻事。有些企业对产品质量、生产秩序、产品品种及销路这一切关系到企业生死存亡的大事往往缺乏行之有效的主张；有些企业图省事，什么时髦生产什么，像孩子般跟着感觉走；有些名牌企业在兴旺时期，趾高气扬，至于潜在的危机却视而不见，这些都不能不令人担忧。

　　过去我们的企业在国家这个"母亲"的怀抱中生活。现在，发展市场经济，把企业推向市场，目的就是把企业从"母亲的襁褓"中放开去，让他们自己创天下。而我们有些企业已经老大不小了，一说要转变经营机制，就天天盼着上面给个机制；一说别人有好点子，就等着天上掉馅饼，就是不会用自己的头脑去思考，不知道到底应当怎样走自己的路。试想，刚从国家的怀抱中下地，又投入到点子大王的"怀抱"中去，这岂不是与改革的目的大相径庭吗？

（《市场报》1995年5月20日）

警惕国企变"家族公司"

深圳近几年来出现了一种现象,即一些公司里过多地聘用了沾亲带故的成员,被称为"家族公司"。某地有14家国有企业,共有职工2154人,6年内增至4006人,而彼此为直系亲属或旁系亲属的职工由251人增到1422人,其中夫妻、父母子女和兄弟姐妹关系占总人数的92%之多。其实,这种现象并不仅在特区,在内地乃至全国都不为少见。据统计,通过顶职、内招、对口安排进入企业的工人,约占我国职工总数的50%以上。

因此,在很多单位,也就像一张张多米诺骨牌,动一张牌就会牵连其他,真可谓牵一发而动全身,形成了一张严密的关系网络,盘根错节。如果你不小心碰了老李一脚,那老张没准会出来打你一拳。谁也保不齐他们沾什么亲带什么故。

于是,大家都在"家"里,浓浓的姑舅情,亲亲的姨表意,一人有好处,大家都有份;如有了什么事,打个招呼大家就会伸出援助的手。过去还讲究"一朝天子一朝臣"呢，咱们"家"有人，不照顾自己人那不是傻吗？于是，涨工资、分房子，今年给我明年给你。至于那些"单名独姓"的"外来户"，还不是任咱们处置？"儿子开车老子坐，媳妇倒茶公公喝"，车坐得放心，茶喝得可心，好一幅暖暖融融的欢乐图！再说这种单位也便于管理，一切可以以"家长方式"来管理，一人说了算，"家长"拍板就行了。有时错了也只能"将错就错"，否则会影响"家长"的权威，而且在这个大"家"中，有着诸多的其他好处，东西可以"大家拿"，上班也可以干"家务活"，聊聊"家常话"，还可以像在"家"中一样耍耍"小孩子脾气"，真可以说比家里还舒服。有时候出点事还有人给顶着，也难怪一位职工因为本单位里有数十人撑腰，便敢撒泼耍横，仅一年内就把十余名干部工人打伤了。

每"家"都有"家长"，人人都有个来头，外人无论如何也要给个面子。于是，该管的事碍于情面而无人过问，努力工作的人往往因为个别领导的任人唯亲而耽误了前途，企业因此人心涣散，正常的生产经营秩序受到影响，一切都在停止和倒退中打发时光。有一家工厂，本来效益不错，可就因为越来越多的亲戚关系，使企业管理无从下手，慢慢滑入了亏损的泥潭，好端端的一个厂子垮了。

几千年的封建习惯，如裙带风、家长制等，以各种形式

在建设社会主义市场经济的进程中顽强表现出来。这些东西与现代化的市场经济是格格不入的，但一段时间内还不会自动消失。因此人们有理由提出要求，消除这些封建糟粕的时间越短越好。

(《市场报》1995年5月27日)

武大郎起用"高人"

有后人演绎,《水浒》中的那个武大郎自己开了一家烧饼店,收伙计时个儿比自己高的不要。睹人思己,自惭形秽,难免生妒意,可以理解。因此,民间也就有了"武大郎开店"这个歇后语。

实际上,证诸历史,"武大郎"类的人并不只是宋代有,只不过繁衍至今,"武大郎"的子嗣们早已随着历史的大潮而更新了观念,也要起用比自己"高"的人了!这些"进步"主要表现在以下几个方面:

一是起用"攀附招术"高的人。有些人深谙攀龙附凤的重要意义,一见有权的人,就低眉顺眼,点头哈腰,算计着巴结奉迎的妙计。有些人为达这一目的,什么办法都用上了。某地调进县长、副县长、财政局长、公安局长、交通局长、乡镇企业局长,真有些有心人,为了跟这些大官们搞上关系,竟打起了那些官太太的主意,因为他们深知"枕边话"的重要性。于是一场宴请官太太的"大战"就在该地打

响了。9名官太太拢共被宴请162次，人均达18次！至于其他名目繁多、也不便言出的巴结法真可谓难以尽数，真可以写一本《攀龙附凤术大全》。

二是起用"做人水平"高的人。人们常说，做人是一种艺术。有些人也确实揣摩到了这句话的真谛。工作不好好做，业务不去研究，而是一门心思用在了做人这门学问上，因为这是晋级擢升的终南捷径。于是，这些人的桌边枕旁摆满了《劝忍百箴》《厚黑学》之类充满人生哲理以及做人的酸甜苦辣之类的书刊，而且学以致用。

三是起用"办事水平"高的人。有的领导需要身边有个善解人意的人，能眼观六路，耳听八方，看领导的眼色行事；有些领导不便启齿的事，你要替他办得妥妥帖帖；有些事领导在台上疾言厉色地痛斥，但你在幕后仍要给他办，否则他会认为你不会办事；至于领导还有其他事需要你去办，那就全看你的办事水平高低了。

俗话说，人往高处走，水往低处流。为了高就荣升，光宗耀祖，就是使出浑身解数，也是可以理解的。不过话可要说清楚，这些"高人"做人有上乘表现、高超的水平，但论真本事不能说一点儿没有，恐怕也是凤毛麟角，因为真正德才兼备的人是不屑于做此类蝇营狗苟之事的。

所以还得给"武老兄"提个醒，这些水平如此之"高"

之"绝"的人,并不是真正于己、于人、于国家、于集体利益有所成就的高手。相比之下,倒是那些脚踏实地、精心工作的人们更高一筹。当然,只要店还是你一个人说了算,那恐怕还是你说用谁就用谁,因为目前用人的机制还没有完全理顺。

(《市场报》1995年6月17日)

一大于一百的启示

20世纪,英国科学哲学家卡尔·波普尔以其敏锐的眼光指出:任何经验的重复证实都不能带来知识的增长,面对其证伪则是科学前进、知识积累的重要途径。他认为,当我们看见100只白天鹅时,我们不能定义"所有的白天鹅都是白的"。相反,当我们见到1只黑天鹅时,却可以命题"并非所有的天鹅都是白的"。因此,从这个意义上讲,我们看见了100只白天鹅,还不如看见了一只黑天鹅对问题的认知作用大,因为就是这一次,使我们的视野开阔了一些,对大自然和社会的认识又前进了一步。从这个意义上讲,"1"要远远大于那个"100"。这也正如德国哲学家黑格尔在《精神现象学》中所说的,熟知非真知。我们日常生活中所熟悉的东西并不一定是我们真知的东西,而如果我们误以为熟知的东西是真知,那就难免犯常识性错误。

道理是明摆在那里,可我们有些地方、有些同志却没少犯这种常识性错误。例如,在如何对待上级方针政策的问题上，有些同志往往是知其然不知其所以然，凭着自己的经验、猜测和推断来办事。在他们那里，对上级的文件只是照本宣科，等因奉此，机械理解。一说建设市场经济，就简单地理解为建几个集贸市场，大棚搭了不少，但摊主寥然，市者无几；一强调加快开放开发步伐，就认为划出几块地皮标上"开发区"就万事大吉，于是好端端的土地在那里风吹日晒，杂草丛生；中央提出搞活国有大中型企业，转换企业的经营机制，在一些地方成了会议桌上的话题，议了千遍，说了万次，但企业照样生产几十年一贯的"老三样"，等上边给个好机制、好政策；有些企业干脆图省事，跟在别人后面亦步亦趋，人家干什么他也干什么。这些同志的共同点就是对上级的文件和指示的精神实质不知就里，模模糊糊，凭感觉和老经验办事，就是没有下功夫真正观察自己身边的实际情况，研究如何把上级精神与本地实际创造性地结合起来。于是，好端端的改革开放政策和指示就在这些地方变成了口号的重复和形式主义。

我国著名科学家李四光说过，搞科学如果没有新发现，科学便死了。实际上，干其他事业，也同此理。如果因循守旧、墨守成规，那是没有希望的。当然，我们不能把遵守规章制度、执行上级的方针、政策等同于因循守旧、墨守成规。这里的意思在于，要把上级的方针政策与自己那里的实际情况结合起来，做到创造性地贯彻执行。真正做到像陈云同志所说的那样，不唯上，不唯书，只唯实，一切从实际出

发。这也是我们党多少年来一贯倡导的优良传统和作风。

毛泽东同志曾经在党的七届二中全会上说过，过去我们熟悉的东西有些要闲置起来，而有些我们不熟悉的东西要尽快熟悉起来。这一点对我们今天很有现实针对性。我们正在进行的建设社会主义市场经济的事业是一项崭新的事业，是一个系统工程，这里涉及经济基础和上层建筑的各个领域，将遇到很多新情况和新问题。而解决这些问题，靠我们的老经验，用我们原来所熟悉的那些东西已无法或不能很好地解决问题了。这就需要我们借鉴和学习一些我们原来没有的国内外的新知识、新观念，更新我们头脑中那些过时的、不合乎实际的旧思想和旧观念。而要获得这些东西，有两条路可走：一是多向书本学习，多读书，政治的、经济的、文化的。认真学习建设有中国特色社会主义理论，并用这一理论指导实际工作；二是努力实践，多做调查研究，提高自己的思想水平和理论水平，提高建设社会主义市场经济的本领和能力，这对领导干部尤其重要。只有自己对社会主义市场经济有准确科学的理解，才能在实际工作决策时不是凭感觉和熟知，而是凭理性的思考和科学的判断，尽可能更好地发现就在身边的"黑天鹅"，而不为遮天蔽日的"白天鹅"遮住双眼。

（《人民日报》1995年7月13日）

拿出自己的绝招来

日前,一场价格大战正燃起在国内VCD市场上:自6月1日起,"爱多"大幅度降价,平均降幅达25%;随之,"万利达""索华"等品牌也公布了自己的降价方案。在来势汹汹的降价潮中,北京的恒天公司却逆流而动,公布了自己的《自律宣言》,声称对于消费者而言,购买高技术含量的商品,价格并非决定性因素,性能、质量和售后服务才是最关键的因素。他们将保证严格按照国际标准设计生产科技含量和性能均属领先水平的精品,以高质量的产品、上乘的服务来回报广大消费者。

目前,中国VCD市场发展迅速,厂家已达到384家,另外还有200多家准备上马,发展如此迅速,随之而来的是严酷激烈的竞争。在这种形势下,一些厂家采取一些特殊的方法,以求得在竞争中生存和发展,如降价等,是可以理解的。但是,现在,如果大家都降价,把降价看成是占领市场的唯一法宝,形成一股风,那就有商榷的必要了。

人们对前些年一些行业的降价还记忆犹新，一些企业片面追求价格效应，竞相压价，个别企业为降价而降价，忽视了产品的技术含量，甚至降低产品的技术含量。这样，最终的结果是产品的质量下降，引起消费者的不满。降价的目的是促销，但最终却适得其反。本来很有希望的一些高科技产品，质量也不错，但最后让国外一些产品进来钻了空子。

逢年过节，商家总要打折甩卖，这里边蕴含着耐人琢磨的潜台词。中国生产的VCD，无论技术开发水平，还是产品的质量，在世界上都处于领先水平，但在产品供过于求的情况下，做一点合理让利，于己于广大消费者都是有好处的。但过犹不及，如果大家不分析各自的具体情况，互相攀比，只追求降价，从而忽视产品的质量和产品的更新换代，后果是不言而喻的。

市场经济风云变幻，云诡波谲。最需要的是在残酷激烈的市场竞争中拿出自己的绝招和技巧来，跟在别人的后面亦步亦趋，盲目照抄照搬人家的经验是没有出路的，因为每个企业有自己的特殊情况；市场也是瞬息万变的，一成不变的市场是没有的。

市场经济最需要的是创造，创造出别人没有的东西，另辟蹊径，做到人无我有，人有我精，人精我特，人特我转。

这样，企业才能在市场经济的大潮中傲立潮头，立于不败之地。

（《人民日报·海外版》1997年7月18日）

扬鞭促奋蹄

"鞍马拉车不松套,扬鞭催促很重要"。如果把农村干部比作拉动农民致富这驾车的马的话,那么山东莒县对农村后进干部实行诫勉制的目的、用意以及客观效果,也就是扬鞭催马,促其奋蹄,使其开足马力,负重前行。

农村干部肩负着带领农民致富奔小康、发展农村各项事业的重任,虽然级不高、位不显,但可以说"责任重于泰山"。但是,为数不少的人还没有认真履行好自己的职责,在其位不谋其政,或者说没有谋好其政。有些人工作敷衍塞责,安于现状,不思进取,应付差事;更有些人思想糊涂,以其昏昏,使人昭昭;甚至有的还沉溺于酒桌的觥筹交错中,如此等等。他们虽然表现各异,但客观效果却殊途同归:没有为农民办什么实事,没有干好自己的本职工作,名不副实,不称职。

探究其原因,可以列出不少条。但很重要的一点,就是在农村干部的任用选拔体制上存在一些缺漏弊端,具体说来就是没有一套科学有效的监督与激励机制，干与不干没有区别，干多干少没有区别，干好干坏没有区别，可以说一些人吃的还是农民供给他们的"大锅饭"。长此以往，一些农村干部的锐气没有了，干工作的积极性降低了，拉车的劲头自然也就小了。对这些人，没有什么别的妙法，只有加强教育与管理，即在其后猛拍一掌，扬鞭催促，这样才能使其醒悟，促其转化。

这种安于现状、业绩平平的干部在其他地区、行业、部门都存在。莒县这一做法值得借鉴。

（《人民日报》1997年7月21日）

眼界的宽与窄

具有领导现代化能力的领导干部，必须具有宽阔的眼界。因为我国的现代化建设是在改革开放和发展社会主义市场经济的条件下进行的，不仅要打破本单位、本部门、本系统以至本地区的界限，而且还要适应打开国门，我国经济不断加强与国际经济联系的情况，着眼于国内市场和国际市场的变化来观察与分析问题，并做出科学决策。然而，现在一些地方的领导干部观察问题的眼界并没有真正由窄变宽起来。主要表现：一是只顾眼前，不顾长远，以牺牲长远利益来换取眼下的蝇头小利；二是只看对本地有利，而不顾对其他地区造成的损害；三是只看到问题的一面，而罔顾问题的另一面。一言以蔽之，就是习惯于用狭窄的眼光来分析问题、处理问题。

造成这种现象的原因很多，诸如急功近利思想的影响、政策法规意识不强等。但从本质上看，这些都是自然经济、小农意识所造成的。自然经济最突出的表现就是只为了满足生产者自身需要而进行生产经营活动,换句话说,也就是自给自足的经济,其突出特点就是"鸡犬之声相闻,老死不相往来",一家一户的利益至上,眼前的利益最高。我们虽然进行了这么多年的现代化建设,但由于种种原因,自然经济、小农经济的影响还远远没有消除,甚至可以说,在有些人身上影响还很深。他们看问题总是跳不出那一亩三分地,只顾眼前,不顾长远,只看到有利的一面,而忽视不利的一面。眼光过于狭窄,不开阔,跳不出小农经济、自然经济这座"大山"的遮挡,在观察问题时,就难免出现哲学上所说的"错观察"和"未观察"。所谓错观察,就是在观察问题时,把个人主观的东西当客观存在的东西;而未观察,就是在观察事物时,只注意对象的某一方面或某一部分而看不到事物的其他方面和部分,更看不到事物的整体与全部。进而就像井底之蛙,目光如豆,只见树木不见森林,或者以耳代目,以手代目,干出盲人摸象那样的傻事来。正是从这种意义上说,领导干部的眼界能否由窄变宽,也是能否实现两个根本性转变的重要条件之一。

发展社会主义市场经济,各个市场主体,都会从自身利益出发,讲究经济效益。个人利益、地方利益、部门利益得到一定程度的尊重,这是改革开放的题中应有之义。但在市场经济条件下,各个经济组织、部门都必须在社会化大生产这个环境下生存发展,都是市场经济这个"大链条"上的一个"环节"。因此,追求利益、谋取发展,就不能只顾一

己，而不管其他，这就要求各级领导干部，必须有开阔眼界。邓小平曾指出，各级领导干部都是管大事的，"考虑任何问题都要着眼于长远，着眼于大局"，"眼界要非常宽阔，胸襟要非常宽阔"，这是对各级领导干部的根本要求。有了这种宽阔的眼界与胸怀，我们的各级领导干部才能不囿于各种束缚与限制，跳出小天地、小圈圈，站在大局、全局上观察和分析问题。

王安石在《登北高峰塔》中说："不畏浮云遮望眼，只缘身在最高层。"俗话也说，站得高，才能看得远。只有眼界开阔，不让一时的浮云遮住自己的眼睛，才能看问题长远、全面、准确。各级领导干部身担重任，分析问题、处理问题，不仅影响本地、本部门，而且有时还对其他地区和部门乃至全局产生影响。这就需要把问题放在大局、全局中去分析、比较和判断，做到目光远大、视野开阔。工欲善其事，必先利其器。要使眼界变宽，就必须注意学习。尤其要注意学习马克思列宁主义、毛泽东思想和邓小平理论，掌握正确的立场、观点和方法；要注意学习市场经济知识，树立市场经济观念；还要注意学习现代科学文化知识，提高科学文化水平，真正做到既有较高的政治修养，又有广博的知识。

（《人民日报》1997年9月18日）

功夫在哪里

古人云，功夫在诗外，是说著文写诗，要下一番写作之外的功夫，诸如体验生活，积累素材，锻炼手法，提高技巧等。而做人的功夫并非如此，它重在一个"做"字，要做出学问，做出水平。

那么，为官为政的功夫在哪里呢？这本来也是毋庸赘言的事情。功夫当然在自己的本事、能耐、水平，在于为人民服务的实际行动和实践效果。但是，在有些人的眼里却并非如此。他的当官提干、加级晋职，那功夫全在"事"外，若简单地分分类、划划流派，就可罗列有三：

"玩乐功"。这些人整日流连于歌厅舞榭，沉迷于灯红酒绿，日夜笙歌，而有些领导也把这些人当作能人，列入有本事的之列，委以公关经理之类时兴的重任。

"送礼功"。报载，某单位的经营部门一把手，能力很差，但屡屡得以升官晋级，一路绿灯。后来东窗事发，却原

来他的功夫在送礼上。有些地方揭露出来的组织部门的腐败分子，竟然到了送多少钱给多大官的程度。

"媚骗功"。一些德才平庸的人，却能讨领导欢喜，说话专说领导喜欢听的，做事专做领导看得见的。工作没做多少，但汇报起来，一二三四，甲乙丙丁，慷慨陈词，但做的是表面文章，玩的是数字游戏，求的是宣传效果。而有些领导却也乐于听一些顺耳的话，对这些人提拔重用也就顺理成章了。

虽然如此种种的现象不能代表我们社会的主流，但若使这些把功夫做在歪门邪道上的人手中握有实权，党风必被败坏，民心必定丧失，更是对真、善、美的亵渎，对社会空气的污染。

造成这种"功夫不在正道"的原因很多。主要是个别领导干部在使用和选拔干部时，不能按原则和制度办事。因此，严格按照用人制度办事，走群众路线，才能使我们的干部把功夫用到为人民群众谋利益的正道上来。（此文收入《中学议论文写作教程》一书）

（《人民日报》1998年9月9日）

"小国寡民"到如今

小国寡民,是先秦老庄学派所幻想的理想社会。《老子》曰:"小国寡民,使有什伯之器而不用,使民重死而不远徙。""邻国相望,鸡犬之声相闻。民至老死不相往来。"《老子》作者认为,春秋战国时代兵连祸结、社会纷乱的根源,主要在于各大国的广大民众政策,"奇技淫巧"的工艺发展。民之"智多"而"难治",消除祸乱的唯一办法是建立"小国寡民"的社会。

两千多年的老庄哲学提倡的"小国寡民"思想,时至今日,它不仅顽强地存在着,而且还顽强地表现着。请看以下几种表现:

老子提倡为人的最高境界和生存状态是"无为",要"不争""不言"。这一点有些人已得到真传,并体现在现实生活中了。你看,礼仪之邦的济南,有一位小姑娘路上遇难,过往行人视若无睹,无语而过。一位解放军喊叫周围过客抢救,却被一位中年妇女白了一眼,嫌他多话!也就在同

一个城市的城郊，几位乘客在车祸中受伤，正在痛苦呻吟，穿梭往来的车主旁若无人，擦肩而过……

随着人们生活水平的提高，室内装饰热悄然兴起。于是，风钻声、敲击声，叮叮咚咚，有的人家甚至挑灯夜战。邻居实在忍不住了上门抗议，但得到的往往是无言的回答和连续的响声。这些人家室内如同五星级宾馆般富丽堂皇，但一墙之隔的室外又是个什么样呢？痰渍斑斑，纸屑遍地，如同垃圾场般肮脏不堪，出门就踩上污物，但没有人言语，更懒得去扫一扫，这叫"个人自扫门前雪，莫管他人瓦上霜"。

从做人来说，人们也仿佛要回到小国寡民的社会里去，封闭起来做人行事。什么见人只说三分话，未可抛出一片心；什么人心隔肚皮、知人知面不知心，如此等等，做人的箴言警句厚可成书。有些人表面一套内心又是一套，人前一面人后又是一面，心理防线如同铜墙铁壁，坚不可摧！

在经济领域里，自我封闭、自我隔绝的事也不胜枚举，市场经济在有些"庄园主"那里，就成了"市内经济"、"区域经济"。诸如做生意只是一次宰个够之类，更是司空见惯！

今天的小国里边的寡民已不是两千年前的寡民了。根本不同之处在于，至圣先祖老子首倡无欲，而今天的寡民非但有欲，而且欲望强过了头！古代寡民限于种种条件而无知，而今一些人做人与办事的经验太丰富，以至于成"精"变"猴"了！一事当前不是凭做人的良心和良知以及社会道德责任来做出判断，而是先看看对自己是否有利，有好处。事不关己，高高挂起，本着"人不为己，天诛地灭"的人生哲学，还美其名曰趋利避害，是人的本能，是天经地义的事——这样的良心丢失和道德沦丧，不仅让人忧虑，简直是让人愤慨了！

这里，从古至今贯串着一条粗线，那就是小农意识和一家一户自然经济的封闭意识。而今虽然进入了信息时代，但在社会生活中的各个方面，尤其是人的思想观念方面，仍然残留着浓厚的小农意识和自然经济色彩，充斥脑际中的也仍然是那些个"老婆孩子热炕头"。社会的、民族的、国家的，统统是些空的，有好处才是实的。

古时的"寡民"，尚有一副古道热肠，在一亩三分地里还有个长幼有序，扶残助困，救死扶伤；今天的"寡民"，则是难望古人项背了。国家的现代化，最根本的、最重要的是人的现代化，没有这一点，是不可能实现现代化的。看来，到了在人的现代化建设这个工程中下点工夫的时候了。

(《人民论坛》1998年第3期)

"人事"与"本事"

思考这个题目时,我就留意查遍各种版本的词典和辞海,但到处都没有"人事"这个词。可以说,这也是我的一大发现。怎样解释这个词的含义?我把它解释为人和人之间的事情,人与人之间的关系。人作为社会活动的高级动物,最复杂的关系莫过于这种"人事"关系。尤其是受儒家文化影响的中国人,以人为本,以"人事"为最大的事。"悠悠万事,唯此为大",上下之间,左右之间,邻里之间,家庭之间,无不浸透着微妙复杂的"人事"关系。

"本事"则是各种词典中都有分析的一个概念,指人的能力、本领,有技能、能力之意,可以通俗地认为,"本事"是人们安身立命的本钱。"人事"与"本事"两者是一个什么样的关系呢?经过一番研究,我把这两者间的关系大致分为以下三种类型。

一是"人事"大于"本事"。有些人若论才学或论干本职工作的能耐,没有多大。但有一手绝活,那就是搞"人事"内行，虽无真才但关系多，路子广，眼珠子转得快，耳朵伸得长，腿跑得勤，这种人叫"聪明过人型"。

二是"人事"小于"本事"。君不见有些"老黄牛"，只知低头拉车，不懂抬头看路。经常被路上大大小小的、形状各异的"石头"拦得趔趔趄趄，有时摔一些跟头。这种人叫"愚钝不开窍的老黄牛型"。

三是"人事"等于"本事"。这些人既有真才实学，真心实意干点事，但也明白一些官场人事，应当说这种人生是最佳境界。

当然明白"人事"、通晓关系者也有两种：一种是在社会上生存，就得适应这种环境，就得处理好关系，都是凡人，谁也不是游离社会之外的"超人"，但下面这种则另当别论了。

时下，有些人（这还不在少数）热衷于"人事"，热衷于拉关系走后门，蝇营狗苟，拉帮结派，攀龙附凤，如此等等，不一而足；而对"本事"则已是不屑一顾，乃至没有那份心思了。因为"本事"与取得的"效益"已不成比例，乃至不成正比了，而"人事"与"效益"则是成正比乃至成几何级数的正比了。这里有人们急功近利的思想作祟，更重要的则是现在的体制与制度上存在着一些不正常的东西，如热衷于、熟稔于"人事"的"能人"得到了各种好处，如官

位的晋升、利益的获得，而一些不热衷或不善长此类动作的人，一门心思干点事，增长点"本事"的人反而得不到各种好处。长此以往，形成风气，形成时尚，只能使"人事"大者或热衷于"人事"者趋之若鹜，而长于"本事"者、实心实意干点事的人则伤心落泪，日益减少，那后果是不言自明的。一个社会，人们都不干事，或不好好干事，乃至不干正事，长此下去，于政治风气、社会风气的危害暂且不说，说不定支撑社会这座大厦的顶梁柱会垮掉的。这不是危言耸听，历史上因道德败坏、风气沦丧而垮台的政权、更替的朝代是不鲜见的。

看来，要改变这种重"人事"而轻"本事"的情况，不但要做教育和思想工作，以改变这些人的思想状况，恐怕最重要的还是要在制度、体制上进行一些改革，改革那些不适宜市场经济公平竞争的东西，将公平竞争引入社会的各个方面、各个角落，以制度和体制来保证让有"本事"者、干实事者得到真正的利益，而让那些徒有"人事"的天大本事却没有真才实学者失去耍手段、磨嘴皮子的市场。

（《人民论坛》1998年第10期）

有罪推定

西方国家司法理论和实践中有一条著名的原则,就是"无罪推定"原则。这个原则的中心意思是说,一个人未经法院判决确定为有罪之前,不得把被告视为有罪的人。有罪无罪不能确定时,应当推定无罪,罪轻罪重疑不能定时,应推定罪轻。这里强调的是,成为刑适其罪的人,必须具有法所规定的诉讼程序。无罪推定首先是对受刑事指控的人在诉讼中所具有的被告人法律地位的推定。正因为其是否最终被置于罪犯的法律地位还未被法院依据事实、证据加以证明,所以,法律才给被告人以充分地为自己辩护的权利。这里就分清了事实上的罪犯与法律上的罪犯。

应当说,"无罪推定论"在反对封建专制、铲除野蛮的先人为主的"有罪推定论"的诉讼制度,保护人民的合法权益不受伤害等方面起到了巨大的积极、进步的作用。这也成了西方国家在保护人权方面自我标榜的一道耀眼的光环。

建设市场经济,推进国家现代化,应当吸收别国一切优

秀的文化成果，这当然包括司法理论和实践中的优秀成果。现在，"无罪推定论"中合理的成分已被我国司法理论和实践所接受，有些法律据此进行了修改就是明证。但是，耳闻目睹了社会现实，深思熟虑了腐败现象后我的思路却与人类文明、社会进步唱起了反调，从思想深处强烈主张，应当"有罪推定"。

今年8月7日，被一些人称为"固若金汤"的九江防洪工程大墙发生溃堤，大堤被撕开50多米的口子，江水直扑城区。更出人意料的是，在倒塌的防洪墙里，竟找不到一寸钢筋，这个投资上亿元的钢筋水泥工程，竟是一堆"豆腐渣"。对这些视国家利益和人民生命财产为儿戏，而只知往自己腰包里拿的人，如没有老天开眼，冲开一道裂口，让这些人的行为暴露出来，就只能天地才知，你我绝无可能知道了。面对如此滔天之罪，你能"无罪推定"吗？

在亚洲占有一席之地的"形象工程"北京西客站从开通运营起，顶棚玻璃接连爆裂，吊灯掉落，墙皮脱落，门框变形开裂，具有90年代水平的电梯能正常运行的不到一半。一批蛀虫收买了一些工程项目的负责人，供应了大批劣质物料。就是这些在人们眼皮下的现象，引出了的恶行，在没有揭露出来之前，未经法院审理前，老百姓就已经开始进行"有罪推定"了，因为，工程造价如此之高，而建起的工程质量如此低劣，值超其物，而且严重超值，多花的钱都到了谁人之手？不言自明。

　　受儒家文化影响极重的国人，有一副古道热肠，总是把别人想得更好一些。但眼下的现实却让人心寒，身边的腐败现象层出不穷，窝案、串案、集团犯罪时有曝光。有些地方的腐败确已不是个别人的个别现象，民间一些谚语虽不免失之偏颇，但却是有一定道理的。难怪一个包工头扬言说，这个市70%的桥梁是我承建的，如果我把所有的情况讲出来，起码有100个人要倒下去。这绝不是危言耸听，而是活生生的现实。但就是这些发生在身边的腐败现象，人所共知，但却总是神龙见首不见尾，神出鬼没，为什么？因为有一些人为他们织了一个厚厚的保护网，他们上面有一个遮光伞，有一层保护层。如没有一位铁面包公在世，捅开这层铁幕，这些人还会道貌岸然在台上大讲反腐败，而台下则又大收其礼的。那位让小偷偷出的贪污犯——吉林辽源矿务局的原局长只能自认倒霉了，那层厚厚的保护网保护得多天衣无缝啊！

　　这些现象，绝不会因为没有揭露出来，没有法院审理，就不存在了。存在决定意识，昭然若揭的客观现实使人猛醒。人们通过种种不正常的现象早已把这些人推定为有罪了。用时下一句话来说就是，天地之间有杆秤，那秤砣就是老百姓。一些腐败现象如秃子头上的虱子——明摆着呢，它不会因你的视而不见而悄然隐去的，采取鸵鸟政策只会姑息养奸，养痈遗患，任这些蝼蚁不停地啃噬下去，你的大厦到

时会哄然倒塌的。我们只有像胡适先生说的那样，要大胆假设，把那些表面掩护下的罪恶现象大胆揭露出来，但同时，又要小心求证，一切以事实为根据，以法律为准绳，不能像"文革"时一样，怀疑一切，打倒一切。应当做到重证据依法办事，绝不冤枉一个好人，但也不放过一个坏人。这样，老百姓那冰凉的心才会一点点暖和过来，腐败现象也才会逐步减少下去。

（《人民论坛》1999年第1期）

"群众基础"析

万事开头难,基础最重要。基础是建筑物的根基,是事物发展的根本和起点,是自然界万事万物生存与生活的基点与源泉。我联想到人们常挂在嘴边、写在书面、耳熟能详的一个词——群众基础。

在人事档案材料中出现频率最多的评语往往是某人群众基础如何如何。某单位进行机构改革,专门做出一条规定,因闹不团结连续调动两个单位仍无群众基础者,即转为待聘。群众基础如此重要,也难怪一些涉世不深、不谙世事的小青年,刚踏入社会,总有一些好心的人,更多见的是那些有些社会经验的"资深人士"语重心长地告诫几句:"要搞好群众关系。"

人生活在世间,成不了安泰,不能脱离大地,多数也不能成为陶渊明,过离群索居的田园生活。俗语说:"一个好汉三个帮,一个篱笆三根桩。"从这个角度来讲,处理好人际关系,打好群众基础,也是情理中事。

对这种"群众基础"暂且不去表它，这里单解析一下另一种含义上的"群众基础"。我把用这种"基础"建造起来的"建筑"称为变形的、畸形的"建筑"，粗略分析起来有以下几种情况。

一曰"倒金字塔式建筑"。有些人为了得到提拔重用，采用了"跑"与"送"的战术，人们编了一首顺口溜叫作"不跑不送，原地不动，只跑不送，平级调动，又跑又送，提拔重用"。在这"跑"与"送"中，已运去了大量的"物质基础"或者其他什么"建筑材料"，用于建造一座"上层建筑"，只不过这种建筑不是在基层，而是在上层的"倒金字塔式建筑"罢了。

二曰"家族式建筑"。看一下一些国企或单位，厂长的内弟管经营，姐夫跑供销，妹妹管财务，七大姑八大姨分兵把口。这样的领导票数肯定高，上级考察一定会得出"群众基础好"的评语。都是亲戚，砸断骨头连着筋，办什么事都是众口一词，互相照应。这样的人怎么能没有"群众基础"呢？

三曰"海市蜃楼式建筑"。君不见有些单位领导昨日还春风得意，上级考察也颇为满意，认为"群众基础好"，得到了大家的支持。忽如一夜刮来廉政风暴，发生了"窝案""串案"。原来，在这些单位内部，家长制作风盛行，一人说了算，别人只能三缄其口。高压手段下的基础岂能稳乎？

四曰"基础沙化风化建筑"。有些人为了达到保官升官的目的，精力不放在干好本职工作上，而是用于刻意讨好群众。为自己的仕途铺路搭桥上，有时不惜搞一些小恩小惠，送一些蝇头小利，八面玲珑，而一旦官袍加身，则脸阔心变，过河拆桥。

还有一些干部也天天忙着打"群众基础"。热衷于联系一些大款、企业家，称兄道弟，觥筹交错，权钱交易，一旦树倒则猢狲散。

宋江若没有一百单八好汉的支持，也成不了"头领"。行为科学、领导科学、公共关系科学等也告诉我们，和谐的人际关系，良好的"群众基础"，有助于事业的发展，有利于开展工作、正确决策。这里，最根本的就是要真正的、实实在在、货真价实的基础，而不是变样走形的、虚假的"基础"，更不是"豆腐渣工程"。

(《人民日报》1999年12月24日)

灯塔照亮前进方向

全国各地喜庆建党八十周年的时候，我想起一首歌的歌词："你是灯塔，照耀着黎明前的海洋。你是舵手，掌握着航行的方向。"是啊，党是灯塔，照亮了中国革命和建设的航向，照亮了广大人民群众前进的方向。

一位中学生从她的老师，一位普通的共产党员身上，利用业余时间免费为她辅导功课这件小事上，看出了"共产党的崇高"。共产党人就应当有一分热，发一分光，燃烧自己，照亮别人。一些优秀党员，吃苦在前，享受在后，严格要求自己，处处以身作则，起模范带头作用。像山东济南小鸭集团党委书记李淑敏那样，在大会上敢于叫响"向我看齐"的口号。这是一种"打铁先须自身硬"的气魄和胆量，是敢为天下先的精神风范。她还说，战争年代，共产党员叫一声"跟我上"，自己冲锋在前，所以战无不胜；而国民党反动派打仗时，叫着"给我上"，自己却缩在后面，肯定吃败仗。这个说法形象地说明党员的模范带头作用和产生的号召力。雷锋、焦裕禄这些杰出的代表，就是以他们的模范言行，发出耀眼的光芒。时过境迁，今天的人们仍然以他们为榜样，沿着他们的足迹前进，人民群众才因此发出了"党的光辉照我心"的由衷赞美。

共产党员能"发光"，是由于他们是"特殊材料制成的人"。优秀党员有高尚的人格，闪耀着理想的光芒。这种高尚人格，集中体现了中华民族优秀传统美德，体现了一种科学的世界观、人生观和价值观，体现了新时代的要求。无论何时、何地、何事，他们都以人民的利益为最高的利益，"先天下之忧而忧，后天下之乐而乐"。这种高尚人格具有感染人、鼓舞人、凝聚人的力量。人民群众就是在这种高尚人格魅力的感召下，才聚集到一起，团结一致，万众一心，从胜利走向胜利。

不容忽视的是，现在一部分党员的"光照"意识减弱了，失去了党员的先锋模范作用，自己本身发出的"光"少了，而借别人的"光"多了，占国家的便宜，揩集体的油，还有个别党员干部则发出一种"变色光"，走向腐败堕落，影响恶劣。一些集体腐败案件，在一定程度上，甚至可以说是个别党员干部"误导"的结果，这些现象不能不引起高度重视。

要想照亮别人就要保证自己有足够的"燃料"，保持清

醒的头脑，不迷失方向。新的世纪，作为执政党的中国共产党人，肩负特殊而光荣的历史重任。愿每一位党员都以自己的模范行为，发出灿烂夺目的光芒。

（《人民日报》2001年6月30日）

开会切莫程式化

日前，应邀参加一位企业家捐款助教会。议程十项，讲话占了九项，讲话者既有本地学校校长，也有省、市、县三级领导，还有外地、外省的宾朋。一个捐款百万元的会议，花去的人力物力就是一笔不小的数目。

类似的会议，越来越多，几乎形成了一种固定的程式。一年什么时候、什么季节，开什么会议，从节气上讲越来越形成"节气程式"；由什么部门召开的会议，会议由什么人主持，开场白怎么说，如何结束，什么人讲话，讲什么话，也有了固定的"会议程式"。有话要讲，无话也要讲，否则就坏了规矩；大会如此，小会也如此；这个部门这样，另一个部门也是这样。本来不需要的讲话，变成了必需的讲话；本来几分钟能开完的会，却需要一个小时，乃至更长的时间；本来一个人讲话的会，却要几个人来分开讲，分别强调；本来几个人参加就可以，却邀请各级领导光临；本来花费不多的会，却支出一笔不小的花销。久而久之，有些人开

会多了，也就成了"会精"，有了经验，参会前就可以猜测到会议怎样开，讲什么话，需要多少时间，什么时候去听到的是没有实质内容的开场白，什么时候去才能听到点实质内容，迟到多少时间也没有关系等。

会议讲究必要的程序、规矩，原本的出发点是为了使会议秩序井然，节省时间，收到实效，事半功倍。但一味追求程式，不论什么会，不论有无必要，都要凑一套程式，形成一个"会议八股"。其结果只能使会议规模越开越大，程序越来越复杂，讲话者日渐增多，时间拉长，费用增加。会风奢华，使一些会议失去了原本的意义，成了滋生形式主义、官僚主义的"温床"。不仅老百姓对此种会议越来越反感，就是与会者也是心中生厌。筹备会议的则是会前鞍马劳顿，会中哈欠连天，会后则忘在脑后。

开会是一种重要的工作方法，也是领导机关工作的一项重要内容。我们有开好会的传统。战争年代，不少会议是站着开，在战马上开，在火线上开，就是建设和改革年代，不少同志也是很讲究会风的，该开则开，不该开则不开；该长则长，该短则短。这些会议的内容不见得比不上那些程式化的会议重要，效果也不会比那些程式化的会议差。对那些喜欢将所有的会议程式化、喜欢开长会的同志，我们不妨送上1919年列宁写的一个关于会议章程的建议："一、报告人十分钟。二、发言人第一次五分钟，第二次三分钟。三、每人发言不得超过二次。四、对程序问题的表决，无论同意或反对，均需一次决定，时间一分钟。五、例外情况应根据人民委员会的特别决议。"特别引人注目的是，列宁在每一个时间数字下面，都加了着重号。喜欢会议程式化的同志，按照列宁的这个建议，改进开会方式，这将是有益的。

（《人民日报》2001年7月23日）

"工作方法贫乏症"

现在,一些地方、单位的领导干部和工作人员,患了一种病,这里姑且称之为"工作方法贫乏症"。这种病主要有以下几个特点:一是工作方法"单一化"。纪念环境日,举行街头长跑;纪念别的什么节日,也举行街头长跑;助申奥,搞签名,宣传一项法律,也搞签名,如此等等。二是工作方法"雷同化"。很多地方的领导干部热衷于到各地取经,学现成办法,而一些"经验丰富"者也是热衷于到各地"传经送宝""现场指导"。三是工作方法"程式化"。不论工作内容,不论工作对象,全是开会传达,不管你爱听不爱听,听得懂听不懂。

这些特点共同的表现就是工作越来越"表面化"。开展一项工作,首先想到的不是如何落实,而是如何对付上级的检查,如何对下面做出"交代",如何过关,如何制造一种声势,拉开一个架势。总之,除了"面"上的舒坦外,察之内情,造成的"后遗症"是不言而喻的。首先,助长了形式主义的歪风。办什么事，干什么工作，不是立足于实际效果，而是先选择一个形式，上街、长跑、签名等形式成了"通灵法典"！其次，影响了工作的贯彻落实。很多地方、单位的领导，一项任务下来了，首先想到的是搞什么活动，而不是如何把工作贯彻执行下去，结果上级布置的很多任务、工作，也就停留在了"街头"上、"口号"上、"纸张"上。第三，这种形式主义如果泛滥，必然给党风、政风造成严重不良影响，领导只务虚不务实，懒惰成性，干实际工作的能力必然大大下降。另一方面，这些领导干部工作越来越表面化，省出的吃喝玩乐的时间、琢磨出的娱乐休闲的方式却是越来越多，以至于花样翻新得令人目不暇接。

工作方法越来越贫乏，简单划一，主要是不爱动脑，不思考。俗话说，懒人自有懒办法，不动脑子，依葫芦画瓢，省却鞍马劳顿和栉风沐雨，享现成多好！这样做，对上有交代，对下有说法，左邻右舍也好看。诊断这些"贫乏症"患者的"病情"，从内在"病因"上看，多数是思想贫乏和懒惰。而思想的贫乏和懒惰，则起因于工作热情的消失，缺乏工作压力和动力，这和我们政绩考核、干部提拔、监督检查机制的缺失和不健全是有很大关系的。

早在1934年，毛泽东同志在江西瑞金就发表过一次著名的讲话《关心群众生活，注意工作方法》，提出要注意工作方法。工作内容、现实生活是丰富多彩的，工作方法自然也

应是多种多样的,应因人、因事、因时、因地而异,不同的工作要用不同的方法。千篇一律,千事一法,是违背客观规律的。根治这种"病症",没有什么"灵丹妙药",办法只有一个,到现实生活中去,多呼吸"新鲜空气"。这里关键是给他们走出家门的动力,从根本上端正党风、政风,建立健全科学的监督激励机制、政绩考评机制和干部选拔机制。如果没有这些措施配套跟上,"头痛医头,脚痛医脚",一时好转,还会旧病复发!

(《人民日报》2001年7月28日)

"送穷"与"抢富"

世人最讨厌的莫过于一个"穷"字。对"穷",人们避之如"瘟神"。连"推"带"搡",赶紧"送"掉;最招人喜欢的莫过于一个"富"字。对"富",人们连"拽"带"拖",恨不得从别人手中"抢"过来。从古至今,虽不能说人同此心,心同此理,但可以说如此之人多多。

历史上,人们做了诸多的送"穷"诗,最有名的要数唐人姚合的《晦日送穷》,其一:"年年到此日,沥洒拜街中。万户千门看,无人不送穷。"其二:"送穷穷不去,相泥欲何为?今日官家宅,淹留又几时?"可见,"送穷"由来已久。

送穷的同时,就是迎富。新春对联,"招财童子,进宝郎君";除夕和正月初一,对"赵公元帅"顶礼膜拜;还有正月迎财神,什么"财神今日来,进宝又招财","堂屋四个角,金子银子用皮撮;堂屋四四方,金子银子用仓装",如此等等。

"送穷"可以理解。这里包含着一种精神，人们不甘贫穷，不忍落后，想尽快改变落后现状的积极进取精神，古人如此，今人也如是，穷则思变。可曾几何时，人们谈富色变，以"穷"为荣，越穷越光荣，这是一种反常心态。当神州大地迈开了致富的步伐，在前进的大路上，又有一部分人觉着行走已不解渴，而要跑步前进，露出一种急躁与冒进心态，急于"送穷"，急于"抢富"。这些人，恨不得"忽如一夜春梦醒，金银财富滚滚来"。这种心态也是一种反常。

　　一些人觉得干拿工资致富太慢，于是纷纷"下海"。"十亿人民九亿商，还有一亿跑单帮"的话虽极端，但也反映了一种倾向。经过"沧海洪流"的洗礼后，一部分人经"水呛"后虽有所清醒，但时至今日，这种"抢富""暴富"的心态还在一些人心中不同程度地存在着。一些部门、地方、单位提出了一些"跃进"式的口号，制定了一些不切实际的"规划"，上报了一些根本不能实现的致富"数字"，出现一批"数字干部""数字工程"。

　　更有一些不法分子提出了"要想富，偷铁路，一夜能成万元户"；有的人干脆"公家有啥咱拿啥，瘦了国家肥自家"；成克杰、胡长清、慕绥新等大贪，以身试法，成了历史的罪人。也有一些部门、单位、个人，为了眼前的小团体利益、个人利益，不惜牺牲国家、集体、长远利益，制假、贩假、坑蒙拐骗，无所不用其极，先"富"起来再说，至于对国家、社会、集体、他人带来多大损失那就不管了！

"穷"是可以"送"走的，但富裕却是"抢"不来的，致富不是一日之功，大到一个国家，小到一家一户。"送"穷"致"富都是一个过程，是一个渐进的过程，是一个与时俱进、逐步发展、由量变到质变的过程。正所谓欲速则不达，一些人之所以栽了跟头，就是这种急于"送穷"和急于"抢富"的暴发户心态造成的。前车之覆，后车应当认真鉴之！

（《人民日报》2001年11月29日）

可贵的角色互换

在电视上看到这样一件真实的故事：一位医务工作者，在救治非典患者的战斗中，不幸身染沉疴，经过一番抗争，终于从死神手中逃了回来。有了这次难忘的经历，这位医务工作者看问题的角度有了变化，自己也当了一次患者后，对病人的想法和要求有了新的认识，真正理解了病人是多么的不易！这位医务工作者感叹道："有了这次经历，对人生、对工作有了新的认识，相信在今后的工作中，对病人、对生活会有一种全新的态度！"

在这次突如其来的非典风波中，人与人的关系在一瞬间就发生了变化，人们得以从不同的角度来审视问题，反观自己与他人的关系。在一些医务工作者家庭，母送儿，父送女，妻子送郎抗非典，这样的画面，我们几乎天天能从电视上看到。人们明白这样一种关系的变化，儿女不仅是自己的儿女，丈夫不仅是自己的丈夫，还是担负着治病救人重任的医务工作者！在这样一个特殊时期，不应当只在家中儿女情长、卿卿我我，而应当义无反顾地支持他们走向救死扶伤的战场！就是因着这种服从大局、服务人民的思想，人们在突然降临的变故中，变得舍小家顾大家，更加通情达理，更加眼光长远，更加大公无私，更加团结友爱，这样就产生了一种集体的力量，产生了一种民族的凝聚力，有了这种力量支撑，人们也就变得更加镇静自若、从容坚强！

不唯人与人之间，而且地区与地区、单位与单位之间的关系，也在非典带来的冲击中，折射出发人深思的变化。据报道，山东在本省也出现了疫情的情况下提出，要努力支持首都北京的抗非典斗争，要人出人，要物出物。为此，省直机关干部紧急行动起来，为北京献血，以解燃眉之急；蔬菜产地寿光还准备了大量的蔬菜源源不断地发往北京，稳定和平抑了首都蔬菜市场；河北省委书记白克明响亮地提出，河北省要当好北京的"护城河"，为首都抗非典尽自己的所能！这样的事例举不胜举。非疫区能站在疫区的角度，疫情轻的地区能站在疫情重的地区的角度想问题，急他人之所急，对他人的困难感同身受，竭心尽力。于是，人们看到了这样一副感人肺腑的场景：从白山黑水，到天涯海角，从巴山蜀水，到东海之滨，各省区、各部门弃小顾大，服从大局，不再计较着三多两少，你亏我赚，而是一方有难八方支援，一地有急，情牵全国。正是因为有了这种集体的力量和全民的向心力，我们才能无难不克，无坚不摧！

生活中，人们习惯于从一个角度看问题，久而久之往往会有一些误观察和未观察，往往会有一些失误和不足，处理问题也难免出现一些不当。但是，换个角度看问题，人们又会眼界开阔，思路大变！正是在这种角度的不断变化中，我们的人民不断进步，我们的民族不断成熟，我们的国家一步步走向强大！

（人民网2003年5月9日）

学校不应上演"官场现形记"

这样几则报道颇有趣味：一是北京一小学老师，因向其要求让自己的孩子当"班干部"的家长太多，无奈想出了高招，干脆任命两套班子，隔周一轮；更有一位老师技高一筹，改革力度更大，搞值周班长，轮流坐庄，你方唱罢我登场；二是辽宁省锦州市一小学生在饭店里设生日宴会，请的是清一色的"中层班干部"；三是湖南长沙一学生当上了管七个人的"小组长"，竟然有同学拍马屁，请他吃肯德基。

家长希望孩子当干部，老师改进干部选拔方式，可能有这样一层意思，希望孩子得到更多锻炼，争当先进，更快进步，这无可厚非。值得深思的是，在这些正常思想后面掩盖着的请客送礼等不正常现象！

小小年纪，竟然如此精明成熟，精于"拍吹巴结术"，知道"官大一级压死人"……这些本来在成人世界流行的一些游戏规则、操作原理，已悄然渗透到这些乳臭未干的孩童世界，幼小的心灵已背负起了沉重的人生十字架。

喜矣忧矣？是孩子们早熟吗？可能；是孩子们太聪明吗？一代更比一代强，青出于蓝而胜于蓝，古今同理；是孩子们太过世俗吗？世俗时代，孩子自会耳濡目染，受其影响，不可避免。但我以为，造成这种不正常现象的原因主要还在于我们的家长、我们的社会环境、我们的教育方法。

孩子尚未成年，独立思考能力和行为能力还有限，还处于模仿阶段。社会如同一个大学校，家长如同长伴身边的老师，其一言一行自然会对自己的孩子产生潜移默化的影响。有些家长，甚至手把手地教孩子如何请客送礼。在这样的环境中生活，孩子的心灵产生什么变化，也就不难想象了。孩子如同一棵小树，受这样的熏陶，将来成为的自然是深谙"官场之道""厚黑之学"的"准官僚"。这样的"人才"又怎么能担当建设民主政治、法制社会的重任呢？

在健康的教育环境下，每个孩子都应当有平等的义务，也享受平等权利，而不应当有高低贵贱、三六九等之分，同学关系不应当是"人管人""人监督人""人讨好人"的关系，而应当是相互尊重、平等友爱的关系。鲁迅先生当年曾大声疾呼"救救孩子"，而真要救孩子，则先要救家长，如果污染孩子心灵的社会环境和扭曲孩子性格的教育方法不真正改变，救孩子是没有希望的！

（人民网2004年2月22日）

从包头至延安不能"一车直达"谈起

据《人民日报》报道，内蒙古包头至陕西延安的铁路，历经40年几代人艰苦奋斗终于修通，但是两省人民做了几辈子的"一车直达"的旅游梦却圆不了。原因何在呢？原来包头至神木、神木至延安，两段铁路互不相属，各归一方。这头的人要想去另一边，中间得住宿转车，几经折腾，速度还不如长途汽车快呢！

现实生活中，这种有形的"梗阻"很是多见，这里不去赘述。其实，无形的"梗阻"更是不胜枚举。产于一地的质优价廉产品，要想销往另一地，有时就难于上青天，一道道地方保护政策成了无形的障碍。同样是办理户口，找这个民警办只需四道手续，而找另一民警却可能是五道手续。昨天去一个部门办事，找老张说好了如此这般就可，但次日老张生病没来，只好找老李，情况却发生了惊天大变，节外生出很多枝蔓，事情就办不成了，如此等等。这些看不见的道道"梗阻"在人们面前，把办事的人挡在了门槛之外，任你咋

说都没用！

　　有一首顺口溜这样说道："公共权力部门化，部门权力个人化，个人权力利益化"，就是对这种现象最好的诠释。本来是一道道笔直的单行公交大道，平坦顺畅，却被切割成一段段互不接合的小道，坑坑洼洼，泥泞难行。每一个掌权者都成了各管一段的土皇帝，这可苦了办事者，神得一个一个求，道得一次次重复走，磨破了鞋，说破了嘴，流了不知多少汗水，事能不能办成，办到什么程度，还不好说，这得看掌权者的嘴巴的歪正、胃口的大小、情绪的好坏了！

　　造成这种现象的原因有两个：一是法规制度不完善，存在着漏洞，法制的刚性不足。本来法规的解释只应有一种，但却留下了各种各样的说法；本来应当互相接合的制度，却接合不上，给执行者留下了一大段空白，让他去随意填写；本来只有一条道能到达办事的目的地，但各种小道却也能条条通罗马；二是监督制约机制的不严格。失去制约的权力必然产生腐败，无序的执法环境必然是杂乱无章的。实际上，这些现象背后往往都是权钱交易，如果对这些并不复杂的腐败现象发现一个查处一个，谁还敢如此胆大妄为？

　　对于树木，不直则曲；对于人体，不通则痛；对于社会，大路不通只好走小路，正门进不来，只好走后门。这些看不见的种种"梗阻"，阻挡住了人们办事的正常通道，于是一道道同样看不见的旁门左道就在摸索中形成了，于是腐败就在日益滋生着、蔓延着，社会肌体就被这种种毒瘤侵蚀着。

　　市场经济应是法制经济，社会生活也应当有法可依，有章可守。办什么事应当有各种法规制度制约着，规范着。什么事可以办、怎样办，办事程序和方法都应当是透明的。人们有理由要求，坚决打通这些阻挡日常生活的种种有形无形的"梗阻"，还人们以公正和公平，秩序和规则，顺畅和便利！

（人民网2004年12月10日）

"演戏作秀"该治理的另一种不正之风

据一家报纸报道，某地农业主管部门的领导，为了体现本部门的工作作风转变，专门在当地的广播电台搞了一次办公活动现场直播，现场解答农民兄弟提出的问题，对有些问题当即拍板做出决定。采用这种工作方式，主要目的是更好地为农民办实事，提高办事效率。应当说，出发点和用意是好的，但效果如何，则值得商榷。比如说，农民当场提的问题解决了，没有提出的问题咋办？今天解决了，明天产生新的问题又该如何解决？

党的十六届四中全会召开后，各地采取各种措施，加强和改进党的作风建设，更好地体现人民政府为人民服务的宗旨。应当说，各地在这个方面探索出了不少好的做法，积累了一些成功的经验，但有一种倾向值得重视，这就是一些地方、单位、部门，把作风当成"作戏""作秀"，把改进作风演变成了"舞台表演"。活动形式多种多样，但多是"戏过人散"，活动过后，故态复萌，作风依旧。"演戏"时的

"脸谱"又代之以"难看的官脸",该办的事照样不办,一次次的活动不过成了一场场"表演",一些在台上表演最精彩的人,恰好是作风最不正的人,岂不发人深思?

改进工作作风,一些地方、单位、部门不是根据实际研究制定切实有效的措施,而是把功夫花在搞几场活动,把精力花在导演、编排、搭台唱戏上。实际上,这些人心里也明白,想用一两次活动就彻底改变工作作风,让面貌焕然一新,是不切实际的。但为何还如此热衷于搞这些活动呢?因为,这样做"好处"多多。形式上轰轰烈烈,场面上热热闹闹,对上有交待,对下有说法,对外又好看。有些"戏"演好了,没准还创造个模式,引来取经者,引起社会各界强烈反响,制造一个"政绩炒作"的"新闻点"。这些戏的编、导、演者,不看实际效果,哗众取宠而无实事求是之意。说白了,这不过是形式主义,是应付上级检查的一种暂时措施,是作风不正的另一种表现,说有些人在"作秀"骗人恐怕也不为过!

改进工作作风是一项长期而艰巨的任务,建党立政几十年来,党和政府一直久倡不休,反复强调,收到了很大成效,但总有一些不尽如人意之处,这就说明改进作风之不易。

改进工作作风,关键是加强制度建设。建章立制,以制

度、体制来保证和监督制约党政领导部门改进工作作风，这乃治本之策。否则，一人一法，一厂一策，一事一议，治标不治本，就不会有多大效果。"演戏作秀"，是必须治理的另一种"不正之风"。

（人民网2004年12月4日）

政府部门要谨防"钮扣错位"

一件衣服有几个钮扣,每个扣在什么位置,都是有一定之规的。这种"钮扣效应"说明了一个道理:各有各的位置,各有各的角色。小到一个单位,大到一个国家和社会,每个人都有自己的角色,都像是一个钮扣,应当"扣"在合适的社会位置上。否则,社会就会如同一件扣错钮扣的衣服,显得别扭、难看,就会失去秩序,陷入混乱。

察之实际,这种钮扣扣错位置的现象在社会生活中屡见不鲜。老百姓到政府有关部门办事,本应是这个部门管的事情,但办事人员高兴了就给办,不高兴了就说这不是他分管的事,推来挡去;老百姓办事时不明白到底谁来管,为办一件事不知跑了多少次腿,盖了多少公章,还不一定办成,本应一个部门管的事情,多个部门都伸出了权力之手;消费者买到了假冒伪劣产品,投诉无门,只好向新闻单位反映……如此等等,不一而足。

这种钮扣错位现象如果在社会上滋长蔓延,一些部门、

单位互相"客串",其后果是不言而喻的。其一,种了别人的田,而荒了自己的地。古人云:"越俎代庖,其名不正。"一些领导干部不务正业,热衷于干一些不该自己干,也不会干、干不好的事情。如忙于为一些企业招商引资,牵线搭桥,本来不会经营,却热情地插手具体经营事务,兼任各种职务,干了一些"名不正,言不顺"的事情,种了别人的田,而自己的地却是"杂草丛生"。其二,角色错位、多重角色是滋生腐败的因素。一些人既当运动员,又当裁判员,权力集中到一个人身上,自己评判自己,失去了真正的监督;一些执法部门,近水楼台先得月,管批执照的先给自己批,管批条子的先给自己的亲朋好友批,管招生的先招自己的子女。其三,位置扣错,造成秩序混乱。一些政府部门,该自己管的事情不好好管,互相推诿扯皮,踢皮球,推来挡去。造成的结果就是老百姓办事无人,投诉无门,满头雾水。

钮扣扣错了位置,造成的后果是衣着不整;而社会的"钮扣错位"产生的影响则是多方面的,它造成了社会秩序的混乱,加大了办事的社会成本,给党和政府带来不良影响。

欣喜的是,现在很多地方正在采取措施解决这种"钮扣错位"现象,如一些地方实行政务公开——办事人员挂牌上岗,办事程序、责任明明白白地写在墙上,挂在屋里,让人一看即明,办事找什么人,怎么办,多长时间给答复,一目了然。还有一些地方通过机构改革,把几个部门合并成一个部门,把几个部门都管的事情变成由一个部门来管,把责任不明确的明确起来。

一个人穿衣扣扣,哪个钮扣扣在什么位置,已是习惯成自然。而解决这种"钮扣错位"的社会现象之关键,也正是要把"正确的位置"制度化、法制化,从而形成一种良性循环机制。这也是建设和谐社会的题中应有之义。

(人民网2005年4月15日)

"小锅饭"也要打破

改革开放二十多年了,昔日的"大锅饭"已经基本被打破,可是在有些地方,"小锅饭"又美美地吃上了!

何谓"小锅饭"?它指的是这样一种社会现象:一些掌握公共权力的人,只给"自己人"办事,对于"外人",本来应该办的事,也要研究研究,商量商量,有些干脆拒之门外;国家、集体的财产,成了个人支配的私家财产,想给谁用就给谁用;本来应该大家都有的机会,却只给"自己人","外人"再有能力也没用。

能吃上"小锅饭",要么具备"亲情",七大姑八大姨,内亲外戚;要么具备个人"友情",请客送礼到了份儿上,俗话说"吃人家的嘴软,拿人家的手短";要么关系够"铁",不是同乡同学,就是战友同事。现在,社会上时兴分"圈儿",文艺界有"圈儿",新闻界、体育界等,五行八作,各界各业都有各种各样的"圈儿"。此外,还有形态各异的亲戚"圈儿",朋友"圈儿",同乡同学"圈儿"，如此等等。"圈儿"内的人，"小锅饭"吃得香美极了，把"烹饪技术"发挥得淋漓尽致！"圈儿"外的非"自己人"，即使满口生津，也只能望"饭"兴叹。于是，"圈儿"外的就想尽办法，拼命往"圈儿"里钻。

"小锅饭"好处多多，"圈儿"内的人想怎么使用权力就怎么使，想怎么处置国家、集体财产就怎么处置，想怎么享受各种优惠条件就怎么享受。总之，"小锅饭"想怎么做就怎么做，想怎么吃就怎么吃，想吃多少就吃多少。而"圈儿"外的人，纵使你有天大的本事，纵使本来就是你应有的权利，但也只能对不起了！于是，一些德才平庸乃至无能之辈就能平步青云，掌握重权，一些油水极肥的差事，也就成了自己"铁哥们儿"的私事，好事只找"自己人"，根本就没有"外人"的份儿。

"小锅饭"之所以遍地开"锅"，长盛不衰，是因为其有着赖以生存的肥沃土壤，这就是权力与机会掌握在个人手里，已经被私人化、部门化，本来应当无偿地为全体公民服务的社会资源，却被用来服务于个人和"小圈子"了。掌权者与服务对象的关系，成了上对下、供与求的关系，这样怎么能不产生腐败呢？

昔日的"大锅饭"养懒汉，今日的"小锅饭"则培养了一批滥用权力的人；昔日的"大锅饭"是一种平均主义，今

日的"小锅饭"则蕴藏着机会的不公平；昔日的"大锅饭"造成的是人积极性的损伤，今日的"小锅饭"造成的则是社会公平的丧失。

从思想根源上讲，"小锅饭"与"大锅饭"都有封建社会小农经济的影子，都体现了权力的滥用与制约机制的缺失。要彻底消除这种"小锅饭"，还得靠改革现有不合理的制度，健立健全公平合理的市场经济体制，用健康而健全的制度来保证绝大多数人的利益，让全社会的人都有享受"饭"的权利。

（人民网2005年4月22日）

我们失去思考力了吗？

我产生这样的疑问，起因于这样一则新闻。

一家大报发了这样一幅照片，市法院开展集中清理执行积案活动，采取各种措施，建立案件执行威慑机制，一些农民工终于从法官手中领到了被拖欠的工资。照片上一位农民兄弟边数百元人民币，边开怀大笑。

农民兄弟的笑是由衷的，发自内心的，拿到了血汗钱谁不高兴呢？记者采写的动机、编辑发稿的意图也可以说是"导向正确"。但笔者看过这照片，短暂高兴过后，却渐渐沉重起来，与以前一样，看过很多这样的新闻，每看一次，心中总是像打翻了五味瓶，很不好受。

这是我太多愁善感吗？可能有这种因素，自己本就是一个喜怒形于色的性情中人。但冷静下来，深入思考一下，却也不仅如此。

如果想到，这些农民工拿到的本来就是他们的血汗钱，

本不应该通过这种方式，花费这么多周折，付出如此多的代价，经受这般感情煎熬；如果想到，这家法院通过如此铁腕，采取如此办法，可其他地方的法院不这样，类似的问题怎么办；如果想到，今天这样办了，这位农民兄弟三生有幸，可明天不这么办了，那些没有这般运气的兄弟又该怎么办？如此这般，问题像串珠般滚滚而来，在我心头挥之不去，思想与感情在激烈冲撞，理性与感性在不断交锋。我看到，画面上、照片中农民们的欢笑，仿佛是他们的苦涩无耐，是他们的怨恨悲愤，是他们的可怜不幸！此时我倒觉得，这一切引发的不应当是表面的微笑，应是引发有良知的人们的忧思以及有关部门领导的重视！

在新闻报道中，有一种现象：记者采写新闻报道，不是深入思考新闻事实背后隐含的内涵，不去分析现象背后的实质，新闻报道流于形式，停于表象，以现象当本质，拿痛苦当欢乐，把腐朽当神奇，不仅显得浮浅，有些甚至南辕北辙，字意天壤。在社会生活中，也同样存在着这样一些现象，物欲至上，感觉第一，心浮气躁，见风便是雨，跟着感觉走，眼前的利益高于一切，感官的刺激代替了大脑的思考，只管第一感受是什么，而不问到底是为什么！

勤于思考让人深沉深刻，善于分析使人理性智慧，在这个物欲横流、人心浮躁的时代，我们的新闻工作者要沉下心来，多想想，多问问，勤学习，善思考，对纷繁复杂的社会现象进行一番去粗取精、去伪存真、由此及彼、由表及里的望闻问切。让我们的心态沉实起来,让我们的笔端沉重起来,让我们的画面真实起来,留给后人一笔深刻而真实的史料!由此推及其他,我们的领导干部要多一些落实、扎实、求实,少一些表象、浮华、空话,其他人也要莫为虚浮遮住眼,冷眼向洋看人生,这样就会少一些被虚假欺骗,少一些被空话愚弄,少一些被局部遮蔽,这样才能真正感知统一,不犯或少犯盲人摸象的错误,须知繁花总有落期,本质才最真实。

(人民网2006年5月13日)

社会多么需要这样的"叛徒"啊!

据报载,哈尔滨一位恶性淋巴瘤患者翁先生,在哈尔滨医科大学第二附属医院住院治疗67天。在这期间,家属交了140万元的住院费,买了400万元的药品交给院方,却仍未能留住老人的生命。此事经新闻媒体披露后,已引起有关方面的重视,调查组已进入调查。然而出乎常人意料,也让人百思不得其解的是,在接受采访时,唯一对调查组提出质疑的只有一位在职博士研究生,也仅仅是说出了其中一点真相,竟然冒了很大的风险。这位唯一的良心发现者竟然心理负担这样沉重。据他说,当初同意接受采访时就做好了走人的准备。而这竟然不幸被他言中了,因为他的一些同事已把他当成了"叛徒",他已经无法在那里立足!

之所以被当作"叛徒",是因为他背叛了他所在的集体,损害了他们的小团体的利益,破坏了业界约定俗成的行规业矩,暴露了他们都曾守口如瓶的秘密。作为异类,自然是要付出代价的,是要被清除掉的!实际上,不仅在医疗卫生行业，其他领域也以不同方式存在这样一些约定俗成的"潜规则"。轰动一时的巨贪马德在刚开始收钱时心中也是惊慌不定，几次想一拒了之。但好心的铁哥们儿提醒他："你这样就没有朋友了，人家谁也不来找你了，你还怎样在官场上干？"言外之意，你若不收这些钱，就是"叛徒"！

各行各业、方方面面存在着的这些潜规则，就像一股寒潮，在大地上空滋生着、浸渍着，成了与国家法律法规、党的纪律相对抗的"行规民约"，约束着业内人士，顺之者昌，逆之者亡。遵守者生存，违背者清除，遵守得好得实惠，是自己人，不好者是外人，更有不识抬举者，就成了人人喊打的"叛逆"。这些潜规则，保护的是自己人的利益，他人、集体和国家的利益就不用管了，需要时还可以损公以肥私、损人以利己。于是一些单位、行业、团体，就成了针插不进、水泼不进的"独立王国"，就成了享受世袭优惠者的家天下，成了个人和团体获取利益的"治外之地"。于是，国家的事业成了个人谋利的工具，公共利益掌握者成了损害公共利益的始作俑者，而本应得益于这些公共事业的广大民众则眼睁睁地看着自己的利益被一点一点剥夺了！

社会多么需要这样的"叛徒"，是因为社会多么需要良知和正义！社会需要这样的"叛徒"，是因为社会多么需要规则和秩序！而社会需要这样的"叛徒"，更是因为在我们的社会生活中，在一些地方、单位和行业内，这些违背良心

和道德的行为，有些已经是违法乱纪的行为，已经把处于弱势地位的人们的忍耐力和承受力，逼到了无以复加的地步！

（人民网2005年12月3日）

杂文

只需把病人当病人

在日前召开的新闻发布会上,卫生部新闻发言人谈到解决医患关系紧张问题时说:"这不是个简单的沟通问题,而是医生和患者的感情问题,医生应该把患者当作自己的亲戚、朋友,看他该不该做这种检查,该不该用这种药。"发言人的用意是好的,希望医生站在病人角度,为患者着想,急患者之所急,解除患者的后顾之忧,减轻他们的负担,但如果认为这是解决目前医患紧张关系的一剂良药妙方,就有可商榷之处了。

我们知道,目前医患关系紧张的核心问题,是医方因处于强势地位,部分单位和个人利用行业垄断优势和资源紧缺状态,谋取不当利益,收取好处,把病人当成获利的对象,两者关系实力不相当,相差悬殊,一方是富在深山有远亲,而另一方则是穷在闹市无人问。正因为这种地位上的巨大差距,一些处于弱势地位的患者,本来就已痛苦不堪,还要托亲求友,找对门路才能看上病,正常的求医问药,却包

含着沉重而复杂的感情因素，不得不用非正常手段，历尽千辛万苦，才能得到诊疗机会，特别是一些优势资源集中的医院更是如此。难怪有些患者视上医院看病为畏途，更有甚者认为，求人看病太难了，没病也得折腾出病来，小病也得折腾出大病来！这样的双方怎么可能在一念之间感情上迅速接近，并成为亲戚朋友呢？

正常的医患关系本来并不复杂，只需要医方遵守职业道德，按照本身的职责给人看病，该怎么看就怎么看，该看什么就看什么，该收多少钱就收多少钱。现在这种正常的关系之所以变得不正常，根本原因就是因为太多的个人情感和其他不正常因素掺杂其中。人的感情最容易变化，最容易喜怒哀乐变化无常，最容易厚此薄彼，靠亲情关系不能从根本上扭转这种不正常关系，这不是喊两句口号，提几点要求就能做到的。关键是加强管理，改变一些医院管理不严，甚至部分管理人员根本不会管理的弊端，堵住管理中存在的漏洞。有关部门也要加强监督检查，确保公正行医，按标准收费。总之，变不正常的医患关系为正常的关系，最根本的是靠制度、靠管理！

和谐是一种秩序，是一种规则，依法办事，依序行为，是题中应有之义，社会上任何本来正常的关系变得不正常，或多或少都受个人情感因素的影响，人治是从有序变得无序甚至混乱的根本原因。如在一些地方存在的干群关系紧张，警民关系紧张，上下级关系紧张等，都是如此。感情虽然有时会很美好，但不是解决这些问题的最佳办法，送一点温暖，办一点实事，给一点实惠，说几句好听的话，建几件样板工程，这些小恩小惠和感情投资，虽然有效，但很有限。人们最关心和企盼的是把这种靠个人因素、靠不正常手段才能实现的事情，变成靠制度、靠正常手段就能实现，最大可能减少所谓的感情投资和个人行为的干扰，这才是改变一切不正常关系的最正常的方法和途径，构建和谐社会也同此理。

（人民网2006年3月14日）

心舒气缓才和谐

按常理推论，社会冲突应当集中表现为利益冲突；时下颇为流行的人生信条，就是事不关己，高高挂起。但在无关自己利益的时候，偏偏就有一些爱管闲事的人，其中不乏路见不平拔刀相助者。据新闻媒体报道，在江浙等发达地区，一些地区的社会矛盾冲突事件中，已出现了一种苗头和趋向，即无直接利害冲突者也参与事件。不少参与群体性事件的群众，本身并没有直接的利益诉求。这些本来与事无关者，由看客一跃变为间接参与者，有些甚至一跃变为直接参与者，进一步加剧了事态的严重性，给社会带来了新的不稳定因素。这种现象在一些地方已带有一定的普遍性，这是和谐社会建设中我们不能不面对的一个重要问题。

虽然从一时一事来看，这些间接参与者并无直接利益关联，但考诸这些间接参与者的情况，很多人往往都有利益受损的历史，触景生情，才引发了他们不愉快的记忆。有的是曾有过不公正待遇，有的是受过一些委屈，或者这样那样的不同遭遇。这些经历在他们的心灵上留下了或深或浅的创伤或印痕，一旦遇到相似情景，就会勾起他们的回忆，于是旧伤复发，淤积于心中的不满情绪就会在瞬间爆发，并借机宣泄出来。

由此笔者想到，我们的和谐社会建设，要面对这些活生生的人，不能仅限于解决表面上的现实利益，给点钱物，建点硬件，搞一些看得见的政绩工程。更重要的是要关注人们的内在精神需求，特别是那些心灵上受到不同伤害，或者有些历史问题解决得不好的人的需要。多在心灵上舒筋活血，让内心得到舒缓，这也是题中应有之义。在一定意义上讲，这项工作更显重要和迫切。一个内心充满焦虑的人，是不可能真正在精神上放松的，只有把他绷得紧紧的那根弦放松下来，他才会心绪宁静、神定气畅。只有让最广大的人民群众从内心深处感受到党和政府的关爱呵护，让他们发自内心的满意，才有真正的和谐社会。

我们的和谐社会建设，也不能仅限于解决现实问题，历史上的一些矛盾疙瘩，也不能麻痹大意。这些时过境迁的事情，往往也会对人们产生一些意想不到的影响。我们不提倡算旧账，纠缠于历史恩怨，或者来个平反冤假错案运动，但有些问题是不能这样认识的。更何况有些旧账，确实也是我们工作没有做好遗留下来的，有关部门应当梳理一下，看看怎么能妥善地处理好这些老问题，能补救的补救，不能补救

的，则做出必要的说明，让当事人明白是怎么回事。不能新官不理旧账，对此漠然置之。这样才能让最广大的百姓，特别是一些有这类经历的人，最大可能地解开心中郁积已久的情结，真正放下思想上的包袱，舒缓心态，轻装上阵。

中医讲究脉络通畅，通则气顺心和，不通则气滞血瘀。同样，一个单位、一个地方乃至整个社会，也如同人的肌体，和谐与否取决于内在肌理是否通畅。一些地方之所以上访频频，事件连连，很重要的一个原因，就是现实问题连着历史旧账，物质利益勾起思想积怨，一个人带动了其他相似经历的人，产生滚雪球效应。从这个意义上讲，建设和谐社会不能头痛医头、脚痛医脚，而应当把它作为一个系统工程来对待，干什么，怎么干，都要根据肌体病理的需要来安排，这是需要下一番望闻问切的诊治功夫的。

和谐社会的关键是人的和谐，人的和谐则取决于内心和谐，内心和谐最重要的是内在诉求的满意度。因此，各级党和政府要把满足人的内在合理需求，当作重中之重，真正关心人、爱护人、帮助人，真正把以人为本贯彻到和谐社会建设的各项工作中。

（人民网2006年11月24日）

有些贪官为什么能顺风惬意多年

看了这则新闻,更强化了久存心中的疑问。

涉案金额高达3500万元的安徽第一贪,原双轮集团董事长刘俊卿,早在2000年前后就不断有举报信飞向各级纪检机关,揭发其腐败事实:此前的十几年,这个刘俊卿已经把原单位搞得乌烟瘴气、怨声载道。原安徽省副省长王怀忠落马后,刘就被列入调查名单,但他却逍遥法外达五六年!也就是说,刘在贪官这条道上悠闲自在地走了十几年!

再以四川贪官高勇为例。1987年本科毕业分配到省计委工作,次年6月,不到一年就下到县挂职锻炼,研究生毕业后到省政府办公厅,之后是副处长、处长,一路绿灯,官运亨通;1998年即出任副州长,后又任中国证监会成都证管办党委副书记、副主任,中国证监会贵阳特派办党委书记、主任;2002年6月,任成都市委常委,后任宣传部长,上任不久出事被抓。高勇在贪官的路上,大摇大摆地跑了几年,一路顺风,非常惬意!

这些职位或高或低、权力或大或小的贪官，几乎都有一个特点，走上这条道路，大多数不是一夜骤变，刚迈步就被抓，而几乎都平平安安地走过很长的路。难道有什么魔力在保佑他们？其实不然。

其一，在有些地方，贪官之路的"路况"好，路边的"保护伞"大，大树底下有荫凉，凉风习习好走路。在刘俊卿案中，目前已经核实的受贿对象就有涡阳县和亳州市的十几个人。而且，当刘俊卿的辩护人问："在你检举提供的线索中有没有省部级官员？"刘俊卿答："有。"又问："有没有厅局级官员？"答："有。"这说明，刘俊卿的行贿对象中，还有更大的"鱼"没有收入"网"中。由于其关系网遍布省市县要害部门，可能还有更高层的保护伞，刘贪官自然是安若磐石，在贪官的路上快马加鞭，健步如飞。

其二，贪官的胆子大。有些地方、有些部门虽然命令似钢，法规如铁，但执行起来却如同稻田里的草人，只能吓唬小鸟，胆大如鹰者不放在眼里，刘俊卿不是就吹他能摆平中纪委吗？正因为这种什么事都能"摆平"的冲天心态，一些人才有恃无恐，对党纪国法置若罔闻。撑死胆大的，饿死胆小的，放胆豪赌一把，过把瘾就死，死不了就赚一把，成了这些贪官的共同心态。

其三，贪污的技术驾轻就熟。贪官们深谙官场之道，熟知当官秘诀，平时谨言慎行，内敛收缩，办事小心，但不过是阴阳两重天，前后两面人。办公室里、礼堂讲台上，大讲特讲反腐倡廉；宾馆饭店，侧室小间，则是放胆收钱，阔绰送礼。技术特有讲究，特有艺术，什么人的要，什么人的不要，什么时候收，什么时候不收，怎样做得天衣无缝、自然天成，足可成书。

其四，最重要的是，我们的选人用人制度还有一些漏洞和不足。虽然在选拔干部时也有民主推荐，但在一些地方只不过是走过场，搞摆设，仍然是某些领导内定，合乎领导意图的就听，不合的就只能按领导意图行事。再说考察，谈话对象多数是拟任领导的下级和同事，出于人际关系的考虑，很多人说的不过是客气话和表面话，真有意见不敢提，谁知道传到当事人耳朵里会是什么结果？再说民意测验，一些能说会道，专会察言观色、善谋表皮利益的人颇得民意，而干事认真的人则不一定为人喜欢。这样的民意能有几成真实？有些制度，只追求表面的公正，没有注重实际效果。这些制度上的缺陷和漏洞，给贪官提供了便利条件，让他们有空可钻，贪官仕途一路飙升，也就不难理解了。

道好人胆大，技术又高超，视夜晚同白昼，履山地如平川，这样，贪官的路就越走越长，官越升越高。但这毕竟不是正路，而是条不归路，想半路改道，溜之大吉，是不可能的；想永远顺畅，一条道走到底不出事，可能会侥幸过关，

可风险和惊恐会伴随你一路，个中滋味也不好受。最好的办法是，在没有走上这条路之前，尽快改到正道上来，或者在初涉时，及时收脚。须知，走正道最保险！当然，这需要打掉厚厚的保护伞，设置上严密的防护网，最关键的还是要健全选人用人制度，以健康有力的制度来管人，让选拔出来的人少几个走向贪路，多几个走上正道！

（人民网2006年7月13日）

弃母之痛与统筹之喜

两则消息，一则以痛，一则以喜。

痛的是，在礼仪之邦的齐鲁大地，发生了一件天理难容的弃母事件！一名男子将身患绝症的生母送到济南市千佛山医院，三天之后竟不辞而别！看完这则消息，我感到的不仅仅是愤怒，更多的则是痛心！这名男子在留下的信中解释说，他是因为再也无法承担高额医药费，为给母亲治病，他家已花去15万元，他甚至还要"卖肾救母"！其实，当真的没钱给母亲治病时，他内心真的也很痛苦！

喜的是，同是齐鲁大地，山东省政府近日下发了《关于开展统筹城乡就业试点工作的通知》，决定从今年8月起，将在部分县市开展统筹城乡就业试点工作，建立城乡一体化的人力资源市场运行机制，建立城乡劳动者平等就业制度。按照这一规定，试点县的农村就业劳动者失业计入社会失业率，农村失业者持《山东省劳动者失业证》可享受免费就业服务，农民工和被征地农民的社会保障有望一揽子解决。

两则消息，喜忧不同，但都蕴含着一个主题，这就是如何对待我们的衣食父母——农民。虽然我们想了很多办法，采取了很多措施，确实减轻了农民不少负担，但察之实际，仍是困难重重、问题多多。仍以农民医疗负担为例。据统计，虽然全国约有42%的农民参加了新型农村合作医疗，但由于筹资额度有限，保障水平低，大多数地方的农民最多只能报销1万元，有的地方更少，加之医药费长期居高不下，农村合作医疗对缓解农民看病难、看病贵问题仍然是杯水车薪。据山东大学一项调查显示，一些农民有病应就诊而未及时就诊的比例高达50%，未就诊率高主要是农民支付能力比较弱。由于相当多的农民缺乏有效的医疗保障，完全靠个人支付医疗费用，自己拿不起就向亲朋借，有的农民甚至干脆放弃治疗，"小病养，大病抗，重病等着见阎王"！

遗弃生身病母，毕竟是个别现象，我们与其谴责儿子不孝，不如去反思当下尚且不够健全的医疗保障机制和有关政策。对于农村出现的劳动力转移困难，农民工求职门槛太高，与城里人同工不同酬，以及拖欠农民工工资，农民工权益屡被侵害，进城农民受歧视，生活困难重重等问题，社会在给予同情和资助的同时，在帮助讨薪追债的同时，恐怕更多的则应是从制度上、从体制上、从根本上想办法来解决这些问题。曾几何时，城乡二元制结构，把两者天壤分开，一纸小小的户口本，就把国家对农民的责任，社会对农民的义务，轻易地抛给了农民自己！农民只能尽义务，权利却是少得可怜，特别是经济上的权利更是少之又少！而今这种制度虽然已被动摇，但还有很多门槛儿没有砍掉，很多障碍没有消除，很多政策没有配套。例如，能覆盖全社会的救济机制，能惠及全民的养老保险制度，特别是急需完善的农村医疗卫生服务网络等。

市场经济的题中应有之义是，所有公民都是国民，待遇一样，权利同等，尽同样的义务，享一样的权利，也正如那位弃母而去的儿子在信中所说："母亲虽然以种田为职业，可她的大半生也像国家干部、军人、工人、教师等职业一样，都是国家公民，只是岗位不同而已，没有高低贵贱之分。"目前因经济社会发展水平所限，所有国民待遇完全平等还不现实，但从政策上、从根本上解决农民经济上、生活上的过重负担，为农民兄弟创造一个相对平等的工作生活环境，更多地保护他们的合法权益，却是迫在眉睫的大事。山东已迈出了重要而有实质意义的一步，其他地方，特别是一些有条件的地方，应当起而仿效，修改一些过时而不符合实际的政策，制定适宜市场经济发展和社会要求的新政策，让作为中华人民共和国公民的9亿广大农民兄弟，也能慢慢享受到改革开放的成果！

（人民网2006年7月21日）

责任空转养痈遗患

一个负责任的人，会得到别人的尊重；一个负责任的政府，也会得到人民的拥护和爱戴。石家庄市的"市民短信"自9月22日开通以来，截至10月底，共收到市民发来短信8800多条，大多数问题都得到了满意合理的答复或解决。这些短信中，既有问题反映，也有建议咨询，涉及城市管理、环境保护、文化教育等诸多方面，但就是没有一条骚扰短信。在如今骚扰短信满天飞的社会环境下，发人深思。这说明，政府坦诚、负责任，人民群众就会真诚爱戴你！

人民的信任源自政府的认真负责，这是正话。但反过来说，如果不负责任，又会是另一番难看而又难堪的景象！

两节即到，年关靠近，带有鲜明时令色彩的"三症"又该旧病复发了。一是各地方驻京办又该忙活起来了，迎来送往不说，还要铆足干劲，大干一阵子把礼送好；二是各单位又该计划着怎样大吃大喝几次，过过瘾了；三是，也是病情最重的，又该请客送礼了。真可谓，两个节日，一月狂欢，笑死礼品店，忙死、愁死送礼人！

整治"三症"，已成了年底的固定动作，年年提要求，发文件，定制度，但总是久治不愈，这些年不仅未见收敛，反而愈演愈烈，病情日重，已由刚开始时"轻度病症"步步加重成今日之"顽症"！这是为何？非不能也，而不为也。何以不为？责任不清，无人落实，怎么作为？责任空转，无人负责，是养痈遗患的根本原因。

这种责任空转现象在现实生活中所在多见，表现多样。一是落在口头上，大会小会讲，要求提了很多，书记市长轮番登台，党政领导反复强调，典型经验轮流介绍，上半年讲了下半年还讲，去年讲了今年还要再重复一次。但多是讲完就拉倒，至于怎么办，则无人过问，督导组下去也不过是走走样子而已；二是落在纸张上，经验材料厚可成册，具体办法也荦荦大端，但只是救活了印刷业和造纸厂，好端端的经验就是进不了寻常百姓家；三是落在墙壁上，口号中。一些地方口号提了一大堆，目标也喊得震天响，远学这个，近学那个，这个计划做到这样，那个计划实现那样，真是鼓舞人心，形势喜人，但只是高高挂起，总也落不到地上，如此等等。

这种责任空转现象，造成的后果是可想而知的。直接后果就是，长此以往，政风社会风气也必然会受到破坏。从下

到上，一级骗一级，村骗乡，乡骗县，一直骗到国务院；你哄我，我哄你，老张哄老李，人与人之间，领导与百姓之间，上级与下级之间，互不信任，如此政风社风，其情其景，是不难想象的。

再下来就是，人心的丧失，信心的下降，士气的低落。一个人总说空话假话，如同喊狼来了一样，时间长了，人家是不会再相信你的。一个单位、一个地方乃至一个国家也是如此。这样的机关，你再喊一万遍为人民服务，老百姓也不会相信，连基本的信任都没有，又何谈干群一致，齐心协力！空话破坏的是工作效率，假话损失的是人的诚信。一个人如此，损失尚可限度，但扩而大之，形成星火燎原之势，那损失和后果是非常可怕的。责任空转不仅浪费国人的信心和感情，也无谓消耗了大量宝贵的资源，更造成了人民群众对政府极度的失望和愤懑。干群之间，上下之间，人人之间，始则貌合神离，最后离心离德，好端端一番基业，只好作鸟兽散，倒也落个干净！

开车人最忌讳空档轰车，干耗油不说，还费车。做人光耍嘴皮子不行，干工作也是如此。如果责任不落实，只是空口白牙，无处咬着，责任落在空档上，抓而不实，等于不抓。这样层层互相推诿扯皮，人人只顾争名逐利，事事高高挂在空中，工作无人去抓落实，长此下去，我们面临的千载难逢的发展机遇，就会失之交臂，这绝不是危言耸听。人体脓水积多了包总是要鼓破的，社会病也得诊治，否则一病不起，只能玩儿完。工作责任空转导致的"节日三症"，已从一个侧面给我们敲响了警钟。前辙不远，后人应鉴之。

（人民网2006年11月5日）

卷土重来未可知

近日，新闻媒体报道说，我国商业贿赂的"重灾区"——医药购销领域传来振奋人心的好消息，很多制药企业的医药代表开始"放长假"，原来曾经活跃在医院各个科室的身影，神秘地消失了！

如果真是这样，这些"贿赂特使"们就此销声匿迹，那确实值得高兴，这毕竟是为广大患者除掉了一大群吸血虫。但我还有一种担忧，甚至可以说是一种强烈的预感，这些"身经百战、驰骋沙场"的"高手"难道真的会偃旗息鼓，善罢甘休？

这次专项整治行动来势很猛，正是这种狂风暴雨、以迅雷不及掩耳之势，打得一些人晕头转向，产生了畏惧恐慌心理。阵风突降，暴雨乍临，一些人慌不择路，甚至落荒而逃，送者不敢上门，收者闭门谢客。但是阵风过后会怎样呢？答案似乎不难得出。人们经历了太多这样的运动，几乎都摸出了规律。先是发几个文件，采取几项措施，规定几项制度，然后派出检查督导组，抽查几个下级单位，最后抓几个典型，揪几个倒霉蛋，杀几只鸡给猴看，以儆效尤。但过后，制度贴在了墙上路边，规定睡在文件袋里。长此以往，一些人也就学精了，掌握了一整套察风观向的高超技术，胆小者先是探听虚实，测试风力，等风头过去了，环境变得宽松了，又故技重演。他们清楚，阵风是刮不久的，卷土重来会有时！

正是出于这种躲风心理，各种不正之风和腐败现象才会雨过地皮干，风去尘又落。很多问题不仅未得到解决，反而愈演愈烈，更趋严重。以大吃大喝为例，从20世纪80年代就严禁，以后每过一段时间，尤其是逢年过节，总要发文行令。但20多年过去了，这股歪风不仅未见收敛，反而花样不断翻新，有些地方已成家常便饭！反腐败在一些地方也有类似现象，以至于有少数地方已呈公开化趋势，原来还装模作样的"潜规则"，大有跃上地面呈公开化之势！于是，腐败和歪风成了顽症，积以时日，社会感觉神经都有些麻木了，人们的是非标准也好像颠倒过来了，仿佛没有这些东西反而不正常了！

看来，治标不治本的阵风式治理，不能从根本上解决问题，体制、机制上存在的漏洞才是治理的重点。不改革财政管理体制，不搞阳光财政，还是暗箱操作，甚或是领导手中的"笔杆财政"，公家的饭就是最好吃的。医疗领域贿风久

禁不止，值得深思。记得去年发生过这样一件事：美国司法部调查发现，全球最大的诊断设备生产企业DPC公司在天津的子公司——天津德普公司，10多年间向中国医疗机构的医生等行贿160多万美元，用来换取这些医疗机构购买DPC公司产品和服务。由于违反了美国《海外反腐败法》中有关"禁止美国公司向外国有关人员行贿"的规定，DPC公司被处以巨额罚金。看来，老外还是老道，依法治理。

什么时候工作成了常态，法制健全起来并得到真正的贯彻执行，真正吹起四季风，风吹各处而不是仅及表面，人们再欢喜也不迟。

（《人民日报·文艺副刊》2006年8月29日）

给干部招商引资减负

浙江省出台了市、县（市、区）党政领导班子和领导干部综合考核评价实施办法（试行），在总共26项指标中，取消了招商引资等考核指标，要求约束形象工程，加大民意调查，看重绩效分析。这项规定受到人们关注。

一个时期以来，在许多地方，招商引资成为干部政绩的重要考核依据，有些地方甚至成了干部职位升降的重要标准，而且不论从事什么工作，都有招商任务。一位乡镇干部曾说，每天醒来想到的第一件事，就是到什么地方去找项目，引资金，这成了压在心头的一块大石头，没有心思和精力去想日常和本职工作。

这并不是个别现象。不少领导干部整天忙于招商引资，自己负责的工作，没空处理；本应及时办理的政务，无人问津，老百姓到政府部门办事，也常常找不到人。结果是正常的工作没做好，领导干部还特别忙。

招商引资减负，有利于领导干部轻装上阵，专心干好本职工作，也有利于让领导干部少一些瞎指挥和盲目蛮干。招商引资是经济工作的一项重要内容，有其内在的规律和要求。特别是一些专业性很强的项目，需要专业知识和经济知识，并不是什么人都可以做的。我们不否认一些领导干部对经济工作比较内行，但多数人恐怕不是这样，对一些专业项目的总体情况、发展前景、应当注意的问题，如何规避风险，本地的优势和适合发展的项目等情况，很难真正做到心中有数。

但他们为了完成任务，凭借领导权威，可以发号施令。于是一些不应该上的项目，就在种种重压下，盲目立项上马。可常常是庆祝的鞭炮硝烟刚散去不久，工程就停在那里，成了烂尾项目。这种工程项目，每年给国家和人民造成的损失恐怕也不是一个小数目！

转变政府形象和作风，反腐败工作也需要给干部招商引资减负。现在有的地方和单位，干部作风不正的重要表现之一，就是打着招商引资的名义到处游山玩水，冬去海南，夏到龙江，春逛沿海，秋游青藏。但最后，项目没招来几个，报销票据却叠得厚厚的，弄得公私不分、泾渭合流。更有甚者，招商的足迹踏到了国外，带上几个老板，全球飞来飞去，行踪飘忽不定。这些干部出国招商的真正用意，大家都很清楚，他们在人民心中会是什么样的形象？

当然，多数地方把招商引资作为领导干部考核的重要指标，有其良好的初衷，本意是建立激励机制，引来凤凰，加快发展，造福桑梓。但经济社会发展有其自身规律，不能慢，也急不得，欲速则不达，过度强调招商引资的重要性，很容易让领导干部的工作重心发生偏移，造成负面影响。

浙江省改革领导干部考核办法，减掉一些容易引发不良后果的指标。以此引导各级领导干部，切实转变工作作风，除去浮躁心理，坚持求真务实，从而以良好的工作为社会提供优质的服务，按照客观规律来管理社会，发展经济，构建和谐社会。

这是值得提倡的。

（《人民日报》2006年8月28日）

"道歉"背后的喜与忧

近日,安徽省萧县闫集镇李阁村出了个远近闻名的"秋菊"式人物,名叫张朝侠。她性格倔强,敢于"讨个说法",在长达十几年的时间中,执着地与行政不作为、乱作为和执法违法相抗争,最终打赢了"民告官"的官司。

1991年,萧县土地管理局分批为农民办理了宅基地土地使用证。张朝侠家的土地使用证却一直没有下发。原来,土地证被土地局弄丢了。由此,张朝侠打起了"民告官"的官司,把县政府告上了法庭。经过十几年的不懈努力,张朝侠终于拿到了属于自己的土地使用证。

这是个让人欢喜的结局,可这个看似圆满的结局中,渗透了多少辛酸!

告诉期间,张朝侠一败再败。打官司打出经验的她开始分析其中原因。通过走访调查,张朝侠认为自己聘请的律师涉嫌被对方"拉拢",有关部门调查后,证明情况属实。之后，有关部门找来当事律师向张朝侠当面道歉，并依法给予经济赔偿。

十几年间，在漫漫上访路上，张朝侠痛苦不堪地追讨着本不复杂的公道：一个孱弱的农妇，曾7年怒讨遗失卷宗，败诉的部门只好道歉。一次执法过程中，有关人员滥用职权，经调查属实后，这个部门只好再次登门致歉。她所在的镇政府在事情处理中，也承认有错误，还专门设下"赔情宴"，向张朝侠赔礼道歉！

在一系列道歉的背后，折射出一个农妇的苦涩和无奈，也反映出我们个别地方和部门，行政行为是多么无序、混乱！上级的意见，下级可以不执行；不同部门的决定南辕北辙，让人无所适从；一个部门内竟也会因人而异，意见相左。如此执法，何谈依法办事？人民的权利怎能得到保证？

针对部门执法中的差错，公开道歉是一种进步。然而，只有道歉是不够的。还要看道歉之后，有关部门是否做好赔偿等善后工作，是否及时反思执法差错屡屡出现的原因，是否对出现差错的公职人员给予相应处罚，是否举一反三、找出并弥补制度方面的种种漏洞，避免类似问题反复出现。

道歉是为了不再道歉。张朝侠的曲折经历集中地反映出，在建设和谐社会、建设法治国家的今天，农民的维权之路依然漫长艰辛。法律是刚性的，但即便是刚性的法律，也

难免在执行中出现这样那样的问题。如何杜绝法律执行中的种种漏洞，让刚性的法律不走样？如何在执法过程中确保公平、公正、公开，确保群众利益不受损害？这是张朝侠事件给我们提出的问题，值得认真思索。

多一些事前治理，才会少一些事后道歉。只有加强制度建设，才能减少和弥补执法中屡屡出现的各种漏洞；只有切实提高执法人员的素质和水平，才能减少和避免执法部门的不作为和乱作为，才能让刚性的法律真正成为保护人民权益的尚方宝剑，让基层群众的维权之路少一些坎坷，多一些平坦。

（《人民日报》2006年12月15日）

"遮羞墙"折射了什么

国家重点扶持的贫困县甘肃省永靖县境内，到处是荒山瘠坡，土黄沙厚。但在这个县的部分公路两边，却有一道亮丽的人造景观——总长度两公里多的"文化墙"。这9处崭新的砖墙沿路壁立，墙面被统一涂成蓝色，并画上了图案，一些墙上还铺上琉璃瓦，煞是好看。当地政府称，这是美化农村环境的举措，是"建设新农村的一种探索"。而当地农民却不买账，毫不客气地称之为"遮羞墙"！

永靖县全县贫困面为10%，个别乡镇的贫困面达到70%以上。这个县的三条岘村就位于兰刘公路边，是通往刘家峡旅游区的必经之地，村民的房子绝大多数是已建成十多年的破旧土坯房。"建了墙，从马路上经过的人就看不到我们的破房子了！"农民说出了建墙的真实用意。令人震惊的是，有些被高墙遮掩的村庄，农民吃水都成问题，由于没有足够的经费购买建造引水渠的砖石，远处的水无法入村。而据报道，每建一米"遮羞墙"，仅材料造价就在100元

左右。

也许在当地有关部门的眼里,农村的表面景观看起来是否很美,比村民们的实际生活更重要。他们不是通过发展生产"为民造福"改善民生,而是"造墙遮羞"掩盖贫困落后的现状;不是从产业支撑、农民培训、社会帮扶等基础做起,而是热衷于制造村容整洁的假象。这种漠视农民疾苦的做法,与新农村建设的初衷背道而驰。

"遮羞墙"折射出的心态发人深思!部分干部急功近利,面对困难和问题,不是穷则思变带领群众去克服、去打拼、去奋斗,而是想抄近路、走捷径;一些干部善于揣摩上级某些领导的意图,摸准了少数领导干部爱看好景、爱听好话、走马观花的习惯,投其所好,扎台造景,以悦其耳目,怡其心情。还有一些干部,无实事求是之意,有哗众取宠之心,总想标新立异,拍拍脑袋的工夫就有了锦囊妙计,许多面子工程、样板工程就是这样出来的。

这种劳民伤财的有形的"遮羞墙"好拆,现实生活中,还有很多无形的"遮羞墙",拆起来就要下一番工夫了。比如领导来了,汇报专拣好话说,文过饰非,报喜不报忧;总结工作,成绩说起来滔滔不绝,尽数罗列,问题要么避而不谈,要么一笔带过;干工作、办事情,方法简单,总想举全力抓几个典型,造几个样板,喜欢以"点"代面,以偏概全。

这些有形无形的"遮羞墙",遮住的是问题和困难,盖住的是真情和实况,折射出的是干部作风的浮躁和浮夸。如果任由这种形式主义的歪风蔓延,长此以往,问题越积越多,积以时日,不但遮不住羞,小羞可能积成大羞,造成大丑,酿出大祸。

建设新农村要从农民群众最关心、要求最迫切的事情抓起。贯彻党中央提出的一系列战略部署,更需要各级领导干部真心为民、真抓实干、求真务实,让广大人民群众得到真正的实惠才是抓工作、干事情的正道。

(《人民日报》2007年4月20日)

让乡镇干部心无旁骛地工作

为进一步纠正乡镇政府和村级组织经济管理活动中的各种不规范行为,山东省近日要求各级政府及其部门不得向乡镇下达招商引资指标,乡镇政府不得为经济活动提供担保。此举有让乡镇干部"解放"出来、还原"角色"的意义。

一段时间以来,在一些地方的镇村两级,繁重的招商引资任务,压得干部喘不过气来。真可谓层层下达指标。级级分解任务,有些地方甚至实行一票否决制,完不成任务将面临或解职,或调离等种种处理。于是,乡镇干部们在招商引资上殚精竭虑,整天谋划找关系、拉项目、引资金,走东去西,北上南下,多数时间办公室铁将军把门,百姓的诉求无人问津,该办的事情无法打理。

一位乡镇干部曾坦言,在乡镇工作,压力太大,招商引资让人寝食不安,名目繁多的考核使人应接不暇。乡镇经济多欠发达,还要发展经济造福桑梓。上面千条线,下面一根针,多少层上级,多少个部门,乡镇就这么几个人,于是,觥筹交错，迎来送往，人人肩负接待任务。重重压力下，一些乡镇成了"摆渡场"，有些干部到这里稍事逗留，便找人托关系开溜回城。在部分乡镇，一年看，二年干，三年就往城里转，领导像韭菜似的换了一茬又一茬，乡镇面貌难以改观。还有个别乡镇领导干部以"落实上级经济指标"为借口，为个人私利，谋乱政、谋私政，出现了腐败行为。

对非经济部门下达招商引资指标，近年来普遍存在。这不仅反映出当地政府部门的"行政错位"，用经济目标"蚕食"政府职能，更反映出一种不正确的发展观。一些乡镇为出成果，显政绩，以招商引资成果"论英雄"的考核机制，不仅影响了日常工作，降低了政府工作效率，也严重误导了乡镇干部，异化了政府职能，使他们无法全力以赴地行使本应履行的职责。

作为一个整体，机器上的任何一个零件都不能出毛病。社会组织也是如此，每级政府都是有机组成部分，任何一级如运转不畅，就会整体失灵。乡镇等基层组织和政府，位处社会神经的末梢，沟通着角角落落，连缀着方方面面，其敏锐与灵活程度反映着社会整体的健康状况。基础不牢，地动山摇。乡镇干部虽职微位低，但承上启下，关涉千家，真可谓位卑责重，一举一动，代表党和政府形象。加强基层政权建设，特别是镇村一级的建设，事关和谐社会大计，事关千家万户利益。

用制度禁止各级政府和有关部门向乡镇政府下达招商引资指标，有利于卸掉乡镇干部身上的招商引资重担。有关上级组织和部门，还应采取切实措施，为乡镇干部们营造一个良好的工作环境，多解决他们的燃眉之急，多关心他们的学习、工作和生活，让乡镇干部心无旁骛地工作。

（《人民日报》2007年7月6日）

"走路"与"观景"

老天好像偏爱贵州这片土地，冬无严寒，夏无酷暑，年平均气温15摄氏度。典型的喀斯特地貌特征，造就了群峰竞秀；漫长而奇妙的地质构造运动，孕育了奇山秀水。在"绿色喀斯特王国"参观，被这琳琅满目的景色深深吸引。同行朋友用当地一句俗话提醒：走路不观景！

乍听有些茫然，仔细一想，恍然大悟。喀斯特岩溶地貌，多沟深道窄，山路崎岖，稍有不慎，就会被旁逸斜出的岩石树枝磕伤碰倒。走路不观景，为的是自身安全，为的是更好地欣赏美景。

比照现实生活，这句话也蕴含着发人深思的道理。

人生如行路，每个人都是人生道路上的行者，不停地跋山涉水。在起伏不平、曲折多变的旅程中，多元的生活、激烈的竞争、动人的诱惑，有时慷慨地馈赠给我们各种各样的机会；但也有时，在这些色彩斑斓、光怪陆离的"美景"之

下，可能潜藏着一个个或深或浅的"陷阱"，隐伏着一些或大或小的危机。在人生"苦旅"中，我们专心"走路"而不"观景"，是为了安全而顺畅地走好人生的每一步。

生活中，有很多时候、很多地方，都要我们处理好"走路"与"现景"的关系。例如，领导干部就要权为民所用，情为民所系，利为民所谋，而不能总想着一己之私，聚敛财富；经商者就要合法经营，而不要见利忘义，总想着最大限度地打擦边球；白衣天使就要尽到治病救人的责任，而不要在与富商巨贾攀比时心理失衡，更不能因此乱收患者红包。每一个人，不管干什么，都要专心致志，心无旁骛；做任何事情，都要潜下心来，踏踏实实。古人云，"业精于勤，荒于嬉；行成于思，毁于随"，这个随就是心思杂乱，游移不定。任何在自己行业做出成绩来的人，都有着心专意一的敬业品格。

人的欲望在有些时候，特别是在失去监督和制约时，容易膨胀，无所顾忌，什么好处都想得到。因此，在旅行般的生活之路上，也不管路有多窄，道有多险，忘却了种种规则和提醒，一些人被旁边不时闪过的"奇景异色"吸引住了，不停地东张西望，随心所欲，四处游荡，以至于失足绊倒，甚或跌落山崖！人世间，有多少人就是在这种心态支配下，摔了跟头。一些欲念极强的贪官有着惊人的相似之处，这就是一眼望着官位，总想拾级而上，步步高升，而另一眼则不停地逡巡，不择手段地搜罗各种不义之财。到头来，目光迷离，脚步飘摇，一失足成千古恨。

当然，我们也大可不必机械地把"走路"与"观景"完全对立起来，在一定条件下，两者也可以兼顾。在漫漫人生路上，会有各种坎坷曲折，走得太累了，也可以放慢匆匆脚步，静心欣赏美景胜色，体悟人生百味，梳理散乱思绪。这里需要把握的是，在一些法规失之不全的时候，在一些制度还约束不到的地方，需要在思想深处打牢一道防线，不要纵情山水而忘乎所以，不要目迷五色而失魂落魄，不要心猿意马而失去方向。要守住人生的底线，看准行走的方向，纠正走偏的脚步，时时处处恪守做人行事的道德准则。庶几，我们才能走稳人生的每一步，在顺利地到达预设的目的地欣赏到美丽景观的同时，也让自己的人生旅途成为一道美丽的景观。

（《人民日报》2007年11月16日）

实事如何办实

近些年来，一些地方和部门，每年都会承诺给群众办各种实事。这些实事，原不在政府有关部门日常工作之中，但都是人民群众的大事、急事、难事，关涉千家万户，影响社会生活。因此，将这些事项另定计划，逐项落实。对于克服官僚主义、改进工作作风、解决实际问题、惠及人民群众，有着重要作用。

然而，有些"实事"的办理却在现实中走了样。

北京市近日在检查实事办理情况的过程中，发现有些部门将自己下一年的工作计划也当成实事上报，令人大跌眼镜。为此，北京市政府有关部门负责人日前表示，今后属于政府各部门分内的工作，原则上将不再算在每年拟办的实事之列。实事项目将以市民和市人大代表、政协委员的建议为主，只有市民急需解决的问题才能这样称呼。

做好事热衷于表面文章，类似的现象在其他一些地方和部门，也不同程度地存在：有的虚报数字，把计划要办的事情当成已办的汇报；有的夸大其词，尚未办结的事却说已办妥当，刚办两件便说成十件；有的"拿来主义"，把人家办的事拿来为我所用。

各级政府和有关部门都有本职工作，认认真真做好这些事，本是题中应有之义。在其位谋其政，无须专门表白。把这些事情当成额外办的实事来逐级上报，甚或弄虚作假，这是一种动机不纯的表现。这样的"实事"罗列再多，只能蒙蔽上级，人民群众恐怕不会领情。

实事办虚了，好经念歪了，究其原因，是这些部门缺少实事求是之意，却有哗众取宠之心。换言之，是不怕群众不满意，就怕领导不注意。

对于实事的主体人民群众来说，真正的实事往往既难且急，若不办理或办理慢了，就会影响生产生活。有关部门如果真心为民办实事，就需要扑下身子深入基层，倾听人民群众呼声，认真分析研究，制定切实可行方案；特事特办，急事急办，加快速度，提高效率。只有这样，才无愧于"办实事"之名。反之，如果没有正确的政绩观，心浮气躁，急功近利，重"显绩"，轻"潜绩"，做一些既虚情假意又劳民伤财的所谓"实事"，其结果不仅与办实事的初衷背道而驰，还将严重损害党和政府的形象。

年终岁尾，又到了各级政府和有关部门向上级报总结的时候。希望各地上级部门能像北京市那样，不仅要研读下级的各种方案和报告，还要仔细检查实事办理的效果，认真听取人民群众的意见，看看有几件是真正的实事。对实事的检查应求真务实，让办实事者实心实意地真正办几件人民满意的实事。

（《人民日报》2007年12月26日）

"运动式推动"病症诊治

一站式办公、集中办公、政务大厅、领导接办日、市长热线,如此等等,这些时兴不久的词汇,已在媒体的炒作下为人们耳熟能详,因为这是目前各地方各部门时兴的政风行风改革、办事方式改进,已经被上升到政治体制改革的高度来宣传推广。应当说,这些方法于一时一地很有效,为人称道。但冷静思考,深入分析,从总体宏观和从长远来看,这些方法却有着一个共同的特点,就是都有明显的运动式特点,都是发挥外力的推动在医治内病。

现在社会生活的方方面面,从政治、经济乃至文化生活等诸多领域,一些本应是日常工作的题中应有之义。对老百姓的事只需有关办事人员举手之劳,也就是抬腿动手的事儿,却无人问津,懒得搭理;本来是日常之事,应随来随办,却非要等到一个节日,开次会议,搞个仪式,隆重热烈、欢天喜地喜庆一番;本应是主动办理的分内之事,却非要借领导写个批示,打个电话,来个招呼,非有其他外来强

力猛推一把不可才重视起来、跑动起来、神速起来，如此等等。

运动式推动工作方法的最大特点是它的偶然性和爆发性，就像患病无定期无规律，运动来了排山倒海，运动走了去如抽丝。政府部门的工作靠这样反复无常的抽风式运动来推动，效果可想而知；普通百姓运气好的赶上运动来了，办事如沐春风，超常规特别热情；但运动过后，门难进、人难见、脸难看、事难办，一切故态复萌，旧病再发，又难煞办事人；办事要找运动期，碰运气。可千家万户，千万种事并不会像运动一样，择期而遇，事不等人，候着运动来了再发生，岂不是削足适履般难受？办事不是靠制度按规矩，而是察言观色，揣测态度，这不是因人而异、因时而异、率性而为吗？更何况这也要靠个人觉悟，"高"者对上级精神重视，还可以拿鸡毛当令箭，借机售些私货也未可知，于是办事劲头十足。有些阳奉阴违，甚至对上级精神抵触对立，如此这般也大有人在，这样的土皇帝又奈他如何？再说，偌大国家，诸多行业，部门林立，不靠内在动力运转，外力失灵时必然停转，至多也是空转，岂不是瞎猫等着碰死耗子吗？

正路不通走便道，前门不畅改后门。肌体内在的运行机制被破坏，必然要靠外施药物才能维生。在我们一些办事部门，之所以出现这么多的问题，根本原因就像内在肌体的病变，气血不畅，运转失灵，渠道堵塞，是运动式后遗症的根本病因。我们一些权力部门办事效率低下，设计渠道堵塞，是引发这种靠非常规的外力才能保证权力机关运转的根本原因。但诊治这种病，最需要也是最根本的是从内因入手，而不是体外排查，最需要的是清理内在病灶，而不是擦洗表皮灰尘。须知，靠上级的推动，靠外敷猛药，一时有效，但不解决根本问题，而且还有明显的副作用，造成药物依赖，最后病情加重，乃至一病不治，也不是危言耸听！

（《人民论坛》2006年第7期）

让"长尾"真正摆起来

发端于山东等三省的"家电下乡"活动，近日又有了新的重大进展：地域进一步扩大，品种增添不少，从今年2月1日起推广到全国，连续4年在全国农村对彩电、冰箱、洗衣机、手机四类农民需求量大的产品实施"家电下乡"，可实现销售近4.8亿台，累计拉动消费9200亿元。

在当前的经济背景下，面对世界金融危机给我国经济运行带来的挑战，在全国范围内推广"家电下乡"，对农民购买家电实行财政补贴，是扩大内需，尤其是挖掘农村消费市场潜力、缓解家电行业困境、确保经济平稳较快发展的一项重要措施，有利于统筹城乡发展，是民心工程、和谐工程，善莫大焉！

启动农村消费市场，对于内需的拉动和企业的发展，利好之处人人皆知。但要切记，参与主体是广大的农村消费者。扪心自问，我们真正了解农村和农民吗？恐怕还不能这样说。这样一件好事，在个别地方，为什么有部分农民不买账，甚至还皱眉头，因为农民有教训，要么优惠也没有钱买，要么买得起也用不起，要么怕上当受骗，要么暂时不需要。电视机买回来，结果收不到台；有线电视要收费，一年一两百块，加上电费和维修费，开支不菲；坏了找不到维修点，必须抬到城里去，经常是敲竹杠乱收费如此等等，不一而足。

要真正启动这个市场，就要了解它。中国是农业大国，这是最大、最基本的国情，最广大的消费群体、最广阔的消费市场、最旺盛且持久的消费潜力，都在这片广阔的大地。但潜力不等于现实，转化为消费和市场，任重道远。改革开放以来，随着中央一系列强农惠农政策的实施，农村各种条件发生了很大变化，但不可盲目乐观。农村基础设施进步很大但还不平衡，有些地方还刚刚起步；市场环境虽有改善但很脆弱也不成熟；农民收入有增加但参差不齐，花钱的地方还很多；农民消费欲望有提高，但顾虑重重，疑窦丛生，处于重重压抑之中。

在网络时代中国农村的文化娱乐、生活方式、消费观念变化很大，很多地方消费的主力军是"80后"年轻人，受过一定教育，长期在外打工，消费爱好和购买行为上有更多个性化选择。而我们一些企业家习惯于发展城市经济，做惯了城市市场开拓，把目光投向农村的时候，可能还有些不适应，还要在思维方式和行为方式上不断调整改进。现在一些

企业对市场推广的兴趣，明显高于对农村市场调研了解，形式大于内容，办法也是陈陈相因。这就需要企业家以政策为导向，结合自身实际和市场特点，制定合理的推广策略和产品策略，完善物流和售后服务体系，把工夫下在推出适销对路的产品上。

美国人克里斯·安德森提出的"长尾理论"认为，由于成本和效率因素，过去人们关注重要的人和事，用正态分布曲线来描绘就是曲线的"头部"，而曲线"尾部"则需要更多的精力和成本才能关注到。表现在经济行为上，就是企业家们注意力更多的集中于城市或者富裕成功人士，而无暇或很少顾及大多数的普通消费者。随着政策导向作用的显现，信息传播方式的嬗变，以及其他因素的进步，开拓农村市场的成本在降低，效率在提高，农村市场正在开始显示出活力。有关方面、企业家们的注意力应由头向尾转变，把目光投向这个广阔的市场，把橄榄枝抛向基层的农民兄弟。但中国农村市场还是"小尾""短尾""嫩尾"，真正让它壮大结实，仍然是路漫漫其修远兮。真正让这个"长尾"摆动起来，首要任务还是要提高农民收入，建立健全保障体系，完善售后服务体系，解除他们的后顾之忧。这是一项系统工程，需要各方面动真感情制定政策，下真工夫办好实事。

（《中华工商时报》2009年2月20日）

顺应人民新要求奏响时代最强音

2011年的两会将永载史册！本来的例会显示了明显的"不例"。"让人民生活得更加幸福"、更有尊严，保障和改善民生，成为会场内外最响亮的声音、最重大的主题。"十二五"规划纲要中明确提出，要"顺应各族人民过上更好生活的新期待"；"要以人为本，把保障和改善民生作为一切工作的出发点和落脚点"，温家宝总理在政府工作报告中这一铿锵有力、掷地有声的表述，在会场上激起热烈掌声，国内外舆论更是好评如潮。这是人民的期盼，是党和政府的关切，更是时代的最强音！

民生问题是什么？简单形象地说，就是老百姓的柴米油盐、吃喝拉撒、衣食住行，但它不仅仅是单纯的经济问题和生计问题，更是重大的政治问题和社会问题。它既是人民的生存、国民的生计，更是人民的幸福和尊严，甚至是高于一切的生命。一定意义上讲，没有民生就没有一切！当今时代，把民生问题上升到这样的政治高度来认识，有其历史必

然和内在逻辑。

中国社会经济发展的历史方位，决定了民生问题到了非解决不可的时候了。"十一五"期间，我国综合国力空前提升，经济总量已跃居世界第二位，城乡居民收入大幅提高，人民生活显著改善。但我们一定要清醒地看到，与此同时，各种社会问题也明显增多，不稳定因素还在不断累加，一些群众反映强烈的问题，如优质教育、医疗资源总量不足、分布不均，物价上涨压力加大，部分城市房价涨幅过高，各种保障体系不健全，就业压力持续偏高等问题，这些历史欠账基本上都集中在民生领域。未来的"十二五"乃至更长一段时期，中国所处的既是一个黄金发展期，也是一个矛盾凸显期。民生问题已经是事关全局和未来的大问题，事关国家政权稳定和社会长治久安！

民生连着民心，民生凝聚人心。民生无小事，保障和改善民生，我们一定要有一种只争朝夕的精神，要有紧迫感和使命感，不能等、不能慢，但也不能指望毕其功于一役，指望搞"歼灭战"，更不要搞"运动战"，打一枪换一个地方。要有统筹规划，运用各种现代化手段，广泛听取人民群众的意见，按轻重缓急做好周密安排；要注意实际效果，不搞形象工程，不留尾巴，做到有目标、有任务、有监督、有落实；要有求真务实的作风，从一件件具体事情做起，从事关百姓切身利益的事情做起。检验民生问题解决得如何，唯一的标准就是看老百姓的"钱袋子"是否更鼓，看社会保障"安全网"是否更加坚实细密，看是否有更多人圆"安居梦"，看是否为百姓提供更多"饭碗"，看病求医是否还要托亲靠友。

改善民生是一项系统工程，关涉方方面面，首要的是转变经济发展方式，没有这一点保证，是很难实现的。试想，如果干部考核评价"唯GDP论英雄"，表面上把民生捧得很高，一些地方仍紧盯速度，只顾铺摊子，上项目，"好"让位于"快"，"民生"让位于"增长"，何谈民生？改革旧的体制机制，转变旧的思想观念，特别是选人用人方面的，就显得弥足珍贵。今后五年，我国经济增长预期目标是，在明显提高质量和效益的基础上年均增长7%。与"十二五"的增长目标相比，调低了0.5个百分点。数字调低的背后，是发展理念的巨大提升。有些地方提出以幸福指数来评价工作优劣，也不失为一种有益的探索。

当然，民生问题最根本的还是利益分配问题。首先要做大蛋糕，发展经济，国家富强，但是分好蛋糕，确保公平公正也至关重要。"十二五"规划纲要草案提出了明确的发展路径和宏伟蓝图，这就是今后五年，我国经济增长预期目标是年均增长7%，而城镇居民人均可支配收入和农村居民人均纯收入年均实际增长要超过7%，迈出了居民收入增长与经济增长同步甚至略高的历史性一步，并强调"合理调整

收入分配关系"。总的思路就是，一方面要创造更多的社会财富，为提高居民收入奠定物质基础；另一方面要深化收入分配改革，规范分配秩序，健全收入分配体系，实现共同富裕。就在两会召开之际，部分省份已上调了最低工资标准，国务院也原则通过了个税改革方案。保障和改善民生，就是需要上下一致、各方协力，多做这样实实在在的惠民之事！

(《中华工商时报》2011年3月16日)

解决食品安全重在治本

食品安全与百姓生活息息相关，这个本应"甜蜜的食业"现在却是问题不断。前不久，中原大地暴发的"健美猪"阴云尚在；近日，一场由馒头引发的食品安全监管风暴正从上海刮向全国。4月11日，上海超市"染色馒头"事发，由此拉开了全市范围内的"馒头大检查"。内蒙古、天津、山东、江苏、浙江等多省市也紧随其后，展开了专项整治；日前湖北省宜昌市又有一种食品出现了问题，那就是我们经常食用的生姜。近些年，类似的事件已是耳熟能详。三聚氰胺奶粉事件、苏丹红风波、"一滴香"谜案等，我国的食品安全问题警钟频响。令人震惊的重大事件发生后，各地可谓高度重视，雷厉风行地进行过一次次大规模整治。但为何不仅屡禁不止，反而还愈演愈烈呢？

综合各地整治食品安全案件的做法，可以发现这样一个显著特点，就是实行"事后追惩"，或者叫"运动式治理"。绝大多数此类事件，有些不法行为就在人们的眼皮底

下，而执法部门、监管部门却熟视无睹。往往是偶然事件引爆，引来举国关注和万众声讨，才不得不被动地开展一场又一场轰轰烈烈的专项整治行动，对相关企业的司法追责做到了雷厉风行，相关责任人和不法分子才纷纷得到了惩处。

声势浩大的整治行动对解决此类问题虽然起到了一定的遏制作用，但收效甚微。这种整治办法立足于大检查式的专项整治，就事论事，因事而动，没有做到举一反三，加之对失职、渎职的监管者的司法问责也远未到位，这就决定了不能触及食品安全问题的制度之痛。一时的整治风暴可以拍死苍蝇，却无法改变滋生苍蝇的环境。不法分子敢顶风作案，以身试法的根本原因在于我们的法制环境存在着漏洞和缺陷。近些年来，国家已经制定了大量的食品安全法律法规，但在一些地方，执行情况却大打折扣，有些地方有关部门不作为，甚至乱作为，造成了整体上法制环境软弱涣散，为不法分子、不良企业留下了很大空间，埋下了很多隐患。在暴利的驱使下，一些不法分子就玩起了"躲藏游戏"，撞到枪口上倒霉，否则就"不尽财源滚滚来"。

正因为忽视了对整个制度环境的治理，才给企业和监管者以逃避责任的借口。上海"染色馒头"事件中，监管机构"坚决不护短"、华联超市给"不法制作商钻了空子"，这些诿过于人的自我辩白，或可窥见一斑。这也造成了一些地方食品行业"潜规则"大行其道，甚至大有呈公开化之势。

上海有关监管机构就透露，超市把临近保质期的食品退还给生产商，过期食品被生产企业重新作为原料进行再加工，此乃行业"潜规则"——既已明知是行业"潜规则"，监管机构如何能多年视而不见？食品安全事件频发，无良企业自然难逃其咎，但行政监管缺失与混乱才是根源，甚至在"瘦肉精"事件中，某些监管者与不法企业、商家结成利益同盟、监守自盗。

食品安全事关民生，已引起了中央高层的高度重视。近日，国务院总理温家宝同国务院参事和中央文史研究馆馆员座谈时，就近年来相继发生的恶性食品安全事件提出，诚信的缺失、道德的滑坡已经到了何等严重的地步，要在全社会大力加强道德文化建设，形成讲诚信、讲责任、讲良心的强大舆论氛围。温总理的话可谓振聋发聩。

我们正处在社会转型期，一种社会制度的形成、巩固和发展，需要有相应的文化为其提供指导和奠定基础。食品行业存在的问题，也与整体社会文化环境有着重要关系。要创造有利于从根本上铲除滋生唯利是图、坑蒙拐骗、贪赃枉法等丑恶和腐败行为的文化和法制环境。这里，最重要的还是要深化体制改革，完善法律法规，重点是加强执法和监管的力度，改变时下流行的运动式治理方法，确保已经制定的法规不是束之高阁，而是落地生根，以刚性的执法驱逐行业盛行的"潜规则"，使有道德的企业和个人受到法律的保护和

社会的尊重，使违法乱纪、道德败坏者受到法律的制裁和社会的唾弃，这才是解决食品安全的治本之策。

(《中华工商时报》2011年4月19日)

怎样才能让农民不盲目跟风

对于时下多地出现的蔬菜滞销、低价伤农现象,社会舆论几乎众口一词,这就是农民兄弟盲目跟风,"一窝风"种植是罪魁祸首,这是个最浅显易懂的道理,连一点经济学也没学过的人都明白。我们不能仅仅停留于此,而应当深入思考,找到原因,对症下药,逐步找到解决问题的方法和对策。

市场经济是逐利经济。从本能来讲,农民最实在,最讲实惠,最不会讲大道理,也无须这样,只要跟着市场走就行了。从经济学角度来观察,农民兄弟看到什么挣钱多就种植什么,这本无可厚非。问题在于,农民对市场的感受是否真实?他们的判断是否准确?现实已经做出了回答。可为什么农民兄弟的感觉屡屡失误呢?

农民兄弟之所以如此,并不是他们心甘情愿,实在是迫于无奈。他们也想有一双火眼金睛,能洞悉市场上的波诡云谲,但实在是力不从心。因为种种条件限制,他们看到的只是眼前和一隅,很少感知真正的市场,无力顾及未来及更大

范围市场的波翻浪涌，春播秋种很多都是依据经验来判断，很容易被市场的表面现象所迷惑，等残忍的现实来临，已是追悔莫及。

我们要对农业现状有个清醒的认识。我国有着悠久的封建传统和小农经济历史，时至今日，这还是最大的国情。改革开放以来，农业和农村改革也进行了三十多年的市场经济探索，取得了不凡的成就。但对此估计要实事求是，要冷静理智地认识我国农业现代化和市场化程度。很多地方，包括像山东这样农业经济相对发达的地区，都出现了农民因菜价低自杀的悲剧，其他地方更是可想而知。在我国农村，能组织起来与现代化大农业和市场经济接轨的农民只是一部分，能有条件上网查询信息的农民也不是很普遍，绝大多数仍是一家一户的小农经济，这也构成了我国农业和农村生活的主体。没有组织，没有引导，缺乏方法和手段、与真实的市场相去甚远，加上人为设置的重重"关山"，对市场需求情况不了解，只好盲目跟风，左顾右盼随大流，你种什么我也种什么。可以说，我们的农民兄弟绝大多数仍然在小农经济的汪洋大海里苦苦挣扎，农村经济市场化程度很低，与成熟的市场经济更是相去甚远。在这样的历史背景下，要求农民自己去闯市场是不现实的。只有加快推动农业现代化进程，积极推动农村市场经济体制的建立，用市场的手段把农民组织起来，形成合力，才会增强趋利避害、搏击风险的能力。

缺少为农民服务的手段，服务的低效甚至无效，也是造成这种现象的重要原因。绝大多数地方也设有相关的服务三农的机构和部门，很多人也怀有对农民兄弟的真挚感情，想尽千方百计，做了很多有益的工作。但在很多地方，尤其是在基层农村，三农机构形同虚设，人员参差不齐、经费捉襟见肘，开设的一些服务也是文不对题、药不对症。一些信息和思路往往也是事后诸葛亮，有些根本就是虚假的；更有甚者，一些地方领导还习惯行政命令，喜欢用计划经济的手段，对农民的种植活动发号施令，今年砍了种这个，明年再砍了种那个，但对市场前景却是不明就里。农民听话是听话了，但就是效益不好，结果是劳民伤财，怨声载道。这只能是扬汤止沸，适得其反，有些甚至还酿成了群体事件。

要真正让农民生产的产品适销对路，让农产品市场不再"抽风"，让农民不再盲目跟风，就需要真正摸准市场的脉搏，让农民与市场密切接触。这里最关键的是深化农业和农村经济体制改革，如加快农村土地流转步伐，让土地向种植能人和大户手里集中，尽快完善农村基层商会协会等服务组织和涉农网络建设，配备有真才实学的专业人员，改变有些地方基层农业站所徒有虚名或者滥竽充数的情况，为农民提供真实准确、专业可靠的信息和服务；另外，还要摒弃不符合市场经济规律的一些做法。当然，农民兄弟提高自身素质和能力，也是当务之急。

（《中华工商时报》2011年4月26日）

坚守住我们的底线

近日,"天价酒"事件初步水落石出。这一事件的主角,中石化广东分公司总经理鲁广余被免去现职,降职使用,已消费的13.11万元红酒费用,由鲁广余个人承担。这起事件,影响至深且巨。中石化新掌门人傅成玉就曾说过,这件事对中石化、国有企业形象造成了严重伤害,也给百万中石化产业大军带来沉重伤害和心理压力。"尽管大家都辛辛苦苦、兢兢业业为保国家能源安全和市场安全在拼搏,但是由于他一个人的行为,导致了上百万职工的耻辱"。

这起事件还远未尘埃落定。傅成玉曾说过这样一句发人深省的话:"我们上百万职工因为这件事抬不起头来。"知耻近乎勇。一句"抬不起头来",看似让人羞愧,但也照出了主人公的内心世界,体现了其对道德的积极追求,表达了对法律的坚定尊重。

守住了这条"底线",有了正确的起点,事情就会向着正确的方向发展。还以中石化为例,通过此事举一反三,抓好整改，对超标准、超规定的行为，要进行认真彻底的整改，树立中国石化负责任的国有企业良好形象。这样，才能肩负起社会责任和经济责任，才能对社会公众和投资者、员工负责，才能实现健康、可持续的发展。

人有人品，官有官德，厂有厂规，国有国法。不讲道德，寡廉鲜耻，不讲诚信，阳奉阴违，坑蒙拐骗，最让人痛恨；身在其位不谋其政，推诿扯皮，揽功诿过，敷衍塞责，最让人看不起；不遵守法律，自然会得到应有的惩罚。这些都是触碰不得的"红线"、做人处世的"底线"，逾越之后须付出巨大代价。这些本来应像血液深深地溶入心中，化为行动，但就连这样一个最基本、最普通的要求，在我们的社会生活中都已失守或有失守的危险。现实告诫人们，社会到了要守住这个最后的"底线"的时候了。

市场经济本应是法治经济，现代社会也应该是法治社会，健康的社会应当是崇尚道德的。没有法治，不守道德，必将是腐败丛生、一片混乱。一些地方存在的问题就让人忧心忡忡。与我们日常生活息息相关的食品加工车间里垃圾遍地，污水横流，天长日久，以至于我们的要求一降再降，不再奢望营养美味天然绿色，只要毒性不大就可以了；进城务工的农民是否得到公平待遇不再重要，只要不被欠薪就满足了；到政府机构办事遭遇潜规则吃拿卡要都可以忍耐，只要潜规则过后能办成事就谢天谢地了；给医生送红包不要紧，

病人只求能得到及时诊治；官员只要少贪点，能为老百姓办实事，就可得到"清官"的美誉，如此等等，不一而足。虽然也有很多人在苦苦地坚守着这最后的底线，但在一些地方，已是溃不成军，连连后退，以至于这种正常的道德坚守被当成了神经不正常。贪污数额扶摇直上，不断刷新纪录，腐败方法花样百出，让人目瞪口呆；有些地方已是潜规则盛行，大有公开化之势；有些地方和单位，选人用人无法无天，任人唯亲，跑官买官者大行其道，老实干事者得不到重用，好人受气，坏人挡道，有人称之为"逆淘汰现象"；过去很多曾经被谴责和愤愤不平的行为，现在却不知不觉中成为一些人无奈而共同的选择，过去看不惯的东西现在已是习以为常。这种现象，显然要比一个人、一个行业、一个地方失去"底线"更加可怕。

当然，我们不能以偏概全，不必灰心丧气，不能就此认定这是一个"底线失守"的时代。大道中天，法律无情。现在要做的，是要守住这个底线，不能再节节后退，再退下去，将是万丈深渊，将会是道德沦丧、人性丢失，将会是怨声载道。这就需要从每个人做起，不能仅靠部分人在苦苦坚守，不能仅靠部分有良知的人独木硬撑，不能再让道德、规则甚至法律被一些人无限度地破坏和践踏。虽然每个人境界各不同，人性很复杂，不能指望大家都能站在同一个高度，但也还是要遵守法律这条有形的底线，恪守道德这条无形的底线。显然，这必须靠每个人实实在在的行动。无论达官显贵，还是平民百姓，人人都是道德的守护者和法律的执行者时，这个社会才会有希望。

(《中华工商时报》2011年5月3日)

朝令夕改现象折射出了什么

近日，深圳出台的"禁止农民工上访讨薪"文件在全国被炒得沸沸扬扬。有关方面先是承认此前公布的文件"文字表述确有错误"，在内部行文程序和文字把关上不够严格，宣布立即撤回该文件，修改完善后重新发布。10日，深圳市住房建设局再次发布名为《关于切实做好建筑行业农民工工资结算支付工作共同维护大运会期间社会和谐稳定的通知》，严禁农民工非正常讨薪的字句已删除，取而代之的是"建筑业农民工应当依法反映欠薪诉求；自觉维护信访秩序和社会公共秩序"。

深圳有关方面及时修改有违民意的政策，闻过则喜，有错必纠，令人欣慰，应该肯定。但这件事并没有烟消云散，它背后折射出的问题发人深思。

在现实生活中，类似的情况也是屡见不鲜。有些地方和单位，在决策上表现出的草率和随意让人瞠目，造成的影响和后果贻笑大方。比如，一些地方和单位，一任班子一个思路，新人不理旧人账，推倒重来成了新官上任的"三把火"；还有一些地方和单位，决策之前三缄其口，让人不得而知，突然公布后引来一片哗然，在各界的巨大压力下，不得不匆忙改弦更张。某部就曾先是公开允许地方政府出台有关调整当地房地产市场的政策，但一个多月之后，又公开声明不允许地方政府再出台相关的政策；某市公布了个人购房减免个税的措施，没想到细则尚未出台又被上级一纸紧急文件叫停了。如此等等，此类事件不胜枚举。更有甚者，在个别地方和单位，这种不正常状况反而变成了常态，严肃政令在他们那里成了一种可以任意变更的儿戏，成了一日多变的"猴子的屁股娃娃的脸"。出现这种现象，原因很复杂。首先是思想作风上，有些人没有实事求是之意，唯上唯书不唯实，不进行深入细致的调查研究，对现实情况不甚了然，靠拍脑袋决策。盲人摸象式的决策，必然是心中无数点子多，问题不明胆子壮。还有一些人，决策民主化科学化成了一句时髦口号，对不同意见置若罔闻、熟视无睹，必要程序演变成了走形式摆过场；二是工作方法上，一些地方和单位的领导，仍习惯于计划经济体制下的一些思路和做法，习惯于长官意志和行政命令，以言代法，把个人的意志凌驾于组织和法规之上，把自己的想法强加于人，个别人的一时心血来潮成了圭臬圣旨。也有些人方法简单，喜欢搞突击和运动；三是动机不纯，干工作、作决策不是为了维护人民利益、解决实际问题、发展各项事业，而是为了迎合上级指示意图，为

了对付有关方面检查验收，为了形象工程和政绩工程，评比和达标成了唯一目的。当然，对这种现象缺乏必要的监督和制约，造成的损失没有人来追究，犯错误的成本太低甚至没有成本，一句道歉了之，也助长了这类问题的发生。

政令规章、重大决策代表着政府的尊严和形象，反映着领导者的决策水平和能力，也体现着这里的执行能力，是件严肃而重大的事情，来不得半点马虎，更不能朝令夕改，随意修改和中断甚至废弃，这些都是极端的不负责任。这就需要有求真务实的精神，要充分发扬民主，集思广益，听取各方意见，反映社会要求，体现人民愿望，从群众中来到群众中去，进行科学论证，缜密思考，慎重决策。这样，才能保证制定出的法律规章、政策措施，经得起实践的检验和历史的考验，保持权威性和严肃性，确保连续性和稳定性，避免大起大落，避免因政令多变而失信于民，避免由此给社会生活带来不应有的干扰和损失。

减少和杜绝这种现象，端正思想作风，改进工作方法很重要，但更重要的是加强立法决策的制度建设，堵塞漏洞，强化监督和制约。一些地方也在进行不懈努力。江苏省就率先制定了《江苏省发展规划条例》。这项开全国先河的地方性法规，主要目的就是解决近年来出现的地方各级政府编制发展规划方面存在的随意性大、经常擅自改变的问题。解决类似问题的根本出路还是用制度来规范决策行为，这样才能避免因人而异、率性而为的现象，避免因人施政、因人废政的行为，为科学发展、依法施政提供刚性保证。

(《中华工商时报》2011年5月16日)

解决"三公顽症"公开透明是关键

"三公问题"举国关注。在一些地方,这个问题不但没有得到很好解决,反而日趋严重。"三公"开支增长迅速且花样百出,成了久医不治、广为诟病的"顽症"。众所周知,根本病因就在于不公开,缺乏透明度。让"三公"开支真相曝光于天下,还社会一本明白账,是人民群众的迫切要求,也是责任政府的基本义务,更是纳税人的应有权利。

近日,温家宝总理主持召开国务院常务会议,研究部署推进财政预算公开工作,要求中央部门加大公开力度,增加部门预算和决算公开的内容,进一步细化公开中央财政总预算和总决算。会议提出了具体细致的要求,2011年中央公共财政预算支出中部分重点支出和2010年度中央财政总决算要公开到"项"级科目。这次会议还明确,要大力推进地方财政预算、决算公开,地方政府及其有关部门要比照中央财政做法,公开经同级人大或其常委会审查批准的政府财政总预算和总决算,并做好部门预算、"三公"经费等公开工作。

中央高度重视解决"三公问题",三令五申,进行了很多探索和努力。国家推行政务公开制度已有多年,不少地方还专门成立了政务公开领导机构,做专门的综合协调、督办和指导工作。国家还以国务院行政法规的形式,出台了《中华人民共和国政府信息公开条例》。各种典型经验也可谓荦荦大端。政务公开、厂务公开、村务公开的典型也树了不少。这项工作积累了一些成功的经验,取得了一定成效,但真实效果仍不尽如人意,社会各界仍然意见很大。本来深得民心的"德政工程""阳光工程"在执行过程中,遇到了强硬的"中梗阻",各地应付的办法也可谓高招频出。以吃喝问题为例。你提出几菜几汤的数量要求,他就在内容上做文章,搞换汤不换药,或挂羊头卖狗肉;有些地方表面文章做得可谓驾轻就熟,道理讲得头头是道"雷声大",落实起来却是轻轻放下"雨点小";有些地方重表面形式,轻实质问题,避重就轻,含糊其词,公开的内容让人犹如雾里看花水中望月;有些表面事项公开很多,深层次问题则很少公开,特别是涉及敏感事项,则是顾左右而言他。

　　出现这种羞羞答答的"半公开",甚或明知故犯的"伪公开",根本原因就在于,这些当事人无公开之意,有应付了事之心,所作所为是为了做给上级看。上级来检查时,手忙脚乱凑材料定口径;检查人员一走,又我行我素,故态复萌。还有一些则是敷衍有关方面,例行公事。总而言之,

这些公开实质上已经变味，演变成了"上有政策，下有对策"、应付差事的"公开秀"。还有一些地方和单位原因复杂，确有难言之隐，问题太多，不便公开，个别部门就出现了把部分"三公"经费转移安排到其他预算项目里"避人耳目"的问题。

解决"三公问题"，中央制定规定、提出要求很重要，但确保落到实处，还有很多艰苦细致的工作要做。温总理曾指出，管束公款消费最根本的在于两条：一是透明公开，二是民主监督。这里的透明就是确保真实准确，让人民了解真情，真相最有说服力。必须用真心实意对待这项工作，而不能虚情假意，或是虚张声势。要做到这一点，仅靠号召是不行的，还必须有完善健全的监督和制约机制。这就要求多方配合，在刚性制度建设上取得新的进展，特别是要增加行政权力运行透明度，增大政府对公共资源配置决策过程中的公众参与力度；增大预算约束力度和预算外资金的约束力度，同时让公众在了解真相的基础上，广泛参与监督，发挥新闻媒体的舆论监督作用等。

（《中华工商时报》2011年5月9日）

要高度警惕形式主义的新变化

　　近来，一个老掉牙的问题再度引起国人关注。本来设立政府网站，对于公开政务，服务大众，便民利民，善莫大焉。但在一些地方和单位，这项本来的惠民之举却变成了"聋子的耳朵"。近日，某媒体记者通过对海南省部分市县一级政府网站调查发现，网站互动栏目形同虚设，在线办事效率低下，链接指向错误，长期不更新，滚图新闻更新缓慢，且多是旧闻。另据报道，在山西省大同市也是如此，政府网站不是打不开，就是内容陈旧，有些栏目更是徒有虚名。此类形式主义现象在一些地方和单位已不胜枚举。"观赏"工程、形象工程层出不穷，文山会海、迎来送往应接不暇，"坐着车子转，隔着玻璃看"式检查比比皆是，如此等等，不一而足。

　　形式主义弄虚作假，劳民伤财，祸国殃民，为人痛恨，党和国家反对形式主义由来已久。早在延安时期，毛泽东同志就予以痛斥："形式主义是一种幼稚的、低级的、庸俗

的、不用脑子的东西。"新中国成立后，历代中央领导集体都坚决反对形式主义，要求各级领导干部要树立实事求是、求真务实的思想作风。然而，形式主义不仅未销声匿迹，在一些地方和单位反而愈演愈烈，成了久治不愈的"顽症"。如今，形式主义仍像一个"幽灵"，在一些地方和单位逡巡徘徊，而且，随着时代发展和环境变化，形式主义又出现了新的动向。

一是形式主义从日常表现上，日益呈现常态化特征。在一些地方和单位，形式主义已是司空见惯。具体问题解决得如何，实际效果怎样都不重要，重要的是摆出形式，拉开架式，形式已成为工作主要内容；一些地方和单位，工作内容就像四季歌曲一样，方法也简单雷同；一些地方做工作、办事情，目标和方向不明确，应对上级、对付检查、达标评比、评个名次、拿个奖杯成了终极目标；有些地方和单位，本应付出艰苦努力的过程却成了摆样子走过场，官场、职场成"秀场"，不少人习惯于作秀的工作方式，挂横幅、奏鼓乐、登台面、上镜头，已成许多人日常工作不可或缺的内容，人们戏称他们为"演员"；一些地方以会议贯彻会议，以文件落实文件，贯彻落实也就落在了口号、讲话、标语、文件、总结报告上；个别地方甚至欺骗成风，"村骗乡，乡骗县，一直骗到国务院"。

二是形式主义从主现愿望来看，功利性特征日趋明显。

私心和贪欲是滋生形式主义的"温床"。个别领导为了显示所谓"成绩",热衷于搞一些声势浩大的"明星工程";有些人眼睛长到头顶上,"只要领导满足,不怕群众骂娘";有的抓工作只顾眼前,不顾长远,以牺牲单位长远利益为代价换取个人名利。从实际情况来看,在一些地方和单位,形式主义确实能给一些人带来诸多"好处":一是得到领导赏识,有利于个人提拔重用;二是短时间内出政绩,工作"省心、省时、省力";三是能带来经济"效益",为了给自己及其小集团捞好处,就是要哭出"花样"和"水平"来,节日庆典名目繁多,研讨会、论坛活动泛滥成灾,就是因为搞这种活动红包满天飞。

　　三是形式主义从影响效果来看,已渗透到社会生活的方方面面。个别地方和单位已呈现社会化特征。在一些地方和单位,形式主义已不是个别和局部现象,政治、经济、文化、社会各方面无所不及,触角伸延到了各个角落。无论是在党政机关还是企事业单位,无论是上级机关还是基层单位,无论是领导干部还是一般职员,无论是日常工作还是社会活动,形式主义如影随形,似乎只要有人的地方,都能寻到它的踪迹。尤其令人忧虑的是,这股歪风已渗入学校这块净土,甚至浸入幼儿园,幼小的心灵也在遭受毒害。瞒和骗公行,对付"官差"泛滥,会使一个地方和单位乌烟瘴气,也危害党和国家各项事业,贻患无穷。在新形势下,一些地方和单位肆意蔓延的形式主义及其出现的新变化,一定要引

起我们的高度警惕。思想作风和工作方法是产生形式主义的表层原因，更深层原因是体制和机制，是选人用人和政绩考核上的政策。只有不断深化体制改革，特别是改革选人用人方面的体制和机制，完善政绩考评政策等，才是解决问题的治本之策。

（《中华工商时报》2011年6月7日）

本地人与外地人摩擦是制度之痛

改革开放30年来，我国以市场为取向的经济体制改革，推动着社会组织结构、人们的生活方式、思维方式、思想观念发生了历史性巨变。城乡居民流动迁徙、交流融合的规模和程度超过了历史上任何一个时期。人流的浪潮沿着从农村到城市、从欠发达到发达地区的路线图在运行，给流入地注入了强大的经济活力，也促进了当地社会繁荣发展。

但是，由此产生的另一种现象，不能不引发人们深深的忧虑和思索，这就是很多地方发生的当地人与外地人的冲突、驱逐等摩擦事件；还有一些地方外地人比较多，这些人感到很难融入当地社会，于是就结帮成会，目的就是维权护己。此外，还有一些无形的"摩擦"和横亘在人际之间的"鸿沟"：一些地方的当地人抱怨外地人鸠占鹊巢，侵占了自己的利益，呼吁清理外地人，有些地方干脆制定了一些限制外地人购车买房的政策措施。本是同根生，彼此相煎的现象，深深刺痛着人们的心。

地域分群，拉帮结派，投门路，攀老乡，划圈子，是封建社会的产物，是小农经济、自然经济的特征，是观念落后、思想封闭、人格偏狭的表现。自然经济时代，尚可以鸡犬之声相闻，老死不相往来，各居封地相安无事。当今市场经济时代，这些封建思想和做法不仅没有退出历史舞台，在一些地方仍有很大市场。办事靠老乡，人按地分群、事给乡朋办的现象如影随形。再者，就业、上学、房地产等资源的稀缺和有限，与人欲的极度膨胀和无限形成了尖锐冲突和矛盾。当地人因担心资源被挤占而产生的心理预期和焦虑，导致了行为失范，加上个别地方性政策的引导和暗示，也激化了这种社会矛盾。

但归根结底，造成这种现象最根本的原因，还是现行的城乡二元结构和户籍制度。这个设计于解放初期的制度，在一些地方虽然已发生了一些变化，但进展不大，一直顽固地维系到现在。在这种制度下，人群被分裂得支离破碎。一部分人自以为高人一等，用异样的眼光和情绪性的心态看待这种不平等，稍有不满，利益受一点损失，不理性的浮躁就会迅速蔓延。就是这项制度，造成了城里人与农村人的隔阂，造成了本地人与外地人的差距，造成了体制内与体制外的分裂，造成了优势阶层与弱势阶层的区别。不仅农村人进城之路坎坷不平，外地人要融入当地社会，"圈外人"变成"圈内人"，也需要冲过重重"关山"。户籍制度的门槛、用工制度的壁垒、利益诉求的无门、讨薪历程的艰难、社会歧视的冷眼，造成了"社会拒人、权利亏人、心理贬人、文化伤人"的"社会排斥"现象。仅仅是地域和户口的不同，却染上优劣之分和贵贱色彩，打上了无法摆脱的"胎记"。面对人际隔阂给社会留下的深创巨痛，有关人士不无忧虑地指出，这将导致局部社会动荡，最终会危及全体社会成员的利益。

市场经济最讲公平竞争和人格平等，人们理应不分地域、身份、民族，理应相互尊重。建立在市场经济基础之上的现代社会，应当是市民社会大家享有公民待遇，能自由流动、自主迁徙，机会对每个人都应当是均等、公平的。但是，囿于中国的国情，我们仍处于社会主义初级阶段，我们建设的还不是完全成熟的市场经济，因此，有些目标还只是一个美好的愿景。但是，市场经济应当遵循的一些规律我们不能违背，加快推进体制机制改革，加快社会管理制度创新，是建设和谐社会的迫切要求，更是人民群众的强烈愿望。

当然，体制和制度改革不是朝夕之功，不能指望毕其功于一役，需要顶层设计和全面创新，也需要地方政府积极作为，根据当地条件进行局部探索，比如一些地区进行的城乡一体化改革、试行新市民政策等。这里，要改革不合理的城乡二元结构和户籍制度，从完善社会保障制度入手，尽快

实现各种保障全国一卡通，实现全国性的互相接续等；要按照市场机制配置资源，特别是宝贵而无形的人力资源，不仅不能再设置各种人为障碍，而且还要主动拆除已有的"隔离带"，拆除捆绑在人们身上的种种枷锁和羁绊。总之，要通过体制和制度改革创新，让全民尽早享受到公平公正的国民待遇，让第二大经济体的阳光照射到每个人身上，让每个人都拥有愉快的心情和阳光的心态。

（《中华工商时报》2011年6月21日）

警惕某些地方冒进式"硬发展"现象

在近日召开的中共河北省委七届七次全会上，省委书记张云川批评了少数部门在工程建设上的浮躁作风。表示将坚决取消"决战90天""大干快上"等冒进标语口号，强调工程建设必须尊重科学规律，走科学发展之路。现实生活中，像河北这样充满"跃进口号"的地方所在多见，但提出要改变这类做法的还不是很多。河北此举头脑冷静，清醒理智，求真务实，弥足珍贵。

在我国经济社会发展历程中，急躁冒进好像成了部分国人的一种"顽症"，久治不愈。有些人好像也特别崇尚标语口号，对好大喜功的标语口号更是青睐有加。大跃进年代，"超英赶美"等口号响彻云霄，如今能留下来的只是些不堪回首的记忆。几十年过去了，这种现象并没有消失，在市场经济条件下，又有了新的时代特征。

发展是硬道理，这是颠扑不破的真理，已成为全党和全国人民的共识。但是，一些地方出现的"硬发展""强行起

飞""弯道超车"等现象,就让人深长思之。在这里,市场经济就像鞭子在催赶着人们本已急促的步伐。定计划,办事情,不考虑客观条件和实际可能,好高骛远,硬是提出一些不着边际的目标要求:"追赶""超越""跨越"等口号震天响,从思想深处暴露出大干快上、一夜暴富的心态;还有些地方把发展经济等同于打人民战争,要求全民招商,政府官员几乎人人有任务,政府部门平时门锁高挂,人都出去招商了;有些地方还互相攀比,在争"先行"、抢"第一"的口号鼓动下,一些技术含量低、能源消耗大、经济效益差的项目又盲目酝酿上马。西南某省基础条件本不是很好,但旅游资源比较丰富,也提出了"工业强省"的口号,全民动员发展工业,招引项目人人有责,目前全省已有111个工业园区列入计划,已组建园区管委会80个。表面看这里的工业化步伐在加快,但暴露出很多发人深思的问题,如能源不足,项目一开工就难以为继,有些管委会也是形同虚设,提出的目标空洞,口号也很难落实,类似这样的冒进式"硬发展"现象已是屡见不鲜。

  这些地方所提口号响亮无比,描绘的前景也十分诱人。但冷静思考就会发现,无实事求是之意,有哗众取宠之心,目标口号我只管提,具体实施任由他人。大部分要么交了学费,要么改弦更张,一些地方甚至"一任领导一张蓝图,一届政府一个规划"。历史和现实都已证明,这种现象危害很多。提出的目标计划是靠拍脑袋做出的决策，没有多少科学依据，执行起来困难很大，有些根本就不可能实现。结果只能是半途而废，劳民伤财；更有一些地方只不过是把这些目标要求写在了墙上和纸上，成了忽悠人的"小品表演"。这只能是败坏党风政风，损害党和政府形象，降低党和政府的威信和公信力，也使社会心态变得更加浮躁和焦虑。

万丈高楼平地起，路要一步步走，饭要一口口吃，楼要一层层盖，事要一件件办。不想扑下身子干好每一件具体事情，见到困难就想方设法绕开，只想抄"近道"，走"捷径"，要"聪明"，享"清闲"，就想得便宜，世上没有这样的"好事"，有也不正常不长久。看到前方是"馅饼"，伸手去接，有可能误入"陷阱"；弯道超车稍有不慎，有可能翻车；人生路上总想跨越式迈进，蹦得很高但可能跌得更重；干工作办事情要循序渐进，欲速不仅达不到目标，还可能会受惩罚。经济建设、社会发展也有不可违背的客观规律，发展要讲科学，所谓全面、协调、可持续，讲得就是这个道理。做人做事都一样，要实实在在做人，踏踏实实做事，忠诚实干，不投机取巧，不偷奸耍滑，不偷工减料，舍得吃苦，肯下功夫，才能办成事，才会取得事业成功。清除急躁冒进式标语口号很容易，但要治愈这种"心病"，减少乃至杜绝此类现象，并非易事。如果不对诱发"GDP崇拜""数字排位"式的考核政策和用人制度等进行改革，仍

然会有人前赴后继、赴汤蹈火。要建立健全有关法律和规章制度，规范经济社会发展的决策程序，认真而不是敷衍地听取社会各界意见，特别是专家的意见，切实提高决策的科学化水平，监督检查及至追究失职渎职责任等，从体制制度改革上下功夫，逐步铲除滋生这种心态和行为的土壤和环境。

（《中华工商时报》2011年7月18日）

"惠民工程"惹民怨折射出了什么

最近，黑龙江省某县一项惠民工程招惹民怨，引发社会各界关注。一项被当地官员定为"产业结构调整工程""菜篮子工程"的"天字号项目"——大庆温泉果菜基地，不仅因征地问题造成上访，而且被部分村民指为"败家子工程"。

本来的"惠民工程"，结果却背道而驰，成"伤民工程"，甚至"毁民工程"，38栋实验大棚撂荒损坏，大部分大棚未投入生产，上百万元的别墅成了种子商店。更有专家指出，根据土壤本身条件，此地要种植蔬菜有一定难度。

在现实生活中此类事件已是屡见不鲜，它们的共同特点是，干工作，办事情，就连规律性很强的经济建设，也喜欢用运动式的方法，大哄大嗡，大干快上，大吹大擂。回顾过去，证诸历史，这种现象由来已久，源远流长。我们曾为抽风式的大跃进和人民公社化运动付出过深重的代价。而今，这种通病不仅没有根除，在一些地方和单位，反而已是病菌

广布，在有些地方甚至可以说已是病入膏肓。

这类现象表现各异、千差万别，从总体上看，主要有这样几种情况。首先是领导批示型。某些人平时对一些问题置若罔闻，但上级领导在一份文件、材料、内参上做出批示，就像接到圣旨，立即闻风而动，雷厉风行，坚决贯彻，又打雷又下雨；其次是新官上任型。上任伊始三把火，火多大，全凭个人偏爱和喜好，冲天干劲上来了，有些人干脆把前任种下的"草"烧掉重栽；再就是事后追惩型。突发事件引起社会各界强烈反响和关注，纸已是包不住火。于是就来一场运动，处理一些人，解决一些问题，好对上有交代，对社会有回音；另外还有一种心血来潮型。逢年过节，遇有活动，就访贫问苦，办些实事，到了平时则若无其事，有求无应。当然，也有些人为了个人和集团利益，如为一时的晋升和提拔重用，干工作办事情带有明显的个人利益和政绩色彩，凡此种种，不一而足。

实事求是地说，在现有的体制制度之下，对这种现象还不能一概否定，有它的优点和好处，可以举全力办大事、办好事，有些地方确实也干成了一些好事情，有关方面也得到了一些鲜花和掌声。但冷静思考不难发现，这类现象有着明显的缺点，这就是也有可能举全力办坏事、办错事，造成极大的危害。因为这种工作方法带有明显情绪性、阵发性特征，时好时坏一阵风，好时大干快上图痛快，但热度持续不了多久，会随时突然降温转方向，个人色彩浓厚，主观情绪明显，可变因素很多。热度过去了，触底反弹，又推诿扯皮，敷衍塞责。在很多地方和单位，官僚主义严重，推一推动一动。不推干脆不动，问题久拖不决，引发一系列不稳定事件后搞一场运动。如此循环往复，最后是积重难返，怨声载道，长此以往，后果不堪设想。

俗话说，吃不穷、穿不穷，考虑不周就受穷。小至一个地方和单位，大到一个社会和国家，都是一个道理。以经济建设和社会发展为例，如果一届班子一个规划，一任领导一个主意，各个环节标准不一，要求各异，没有规矩，没有章法，随意性太大，这样的发展是不可持续的，是没有内生动力的。地方和单位发展步子太慢，人民辛勤劳作仍不富裕，各项工作总是起色不大，有些则干脆是原地踏步、出现了"内圈化效应"，就是穷折腾，翻烧饼，漫不经心，决策失误造成的。经济社会发展事关人民根本利益，一定要进行科学严格的论证，制订周密细致的规划，建立规范有序的工作秩序，明确各级的权力和责任，事后还要有严密细致的监督检查。这样，才能为干工作、办事情、谋发展提供坚强有力的制度保障。

从表面看，产生这种好大喜功、急于求成现象的原因是思想不正与作风不实，仅凭长官意志而罔顾客观规律，但从深处看，体制和机制是根本的病因，特别是选人用人方面的

政策和政绩考评机制更是直接成因。因此,加快体制和机制改革,才是解决这个顽症的唯一出路。

(《中华工商时报》2012年2月13日)

"挟洋自重"屡禁不止为哪般

近日,一类消息再次引发国人关注,这就是一些产品身份造假问题。身价不菲的名牌家具,原是人造胶合板代替了进口实木;被部分国人视为身份高贵标志的红酒"拉菲",只不过是披着洋装的低劣产品。联想到以前"洋奶粉"澳优、施恩,服装品牌卡尔丹顿,这种现象如影随形,时时出现在我们的社会生活中。好端端的中国产品,为何要冠以洋名,"挟洋自重"屡禁不止为哪般?

刚刚改革开放打开国门时,人们对外面的世界一片惊呼和赞叹,一度出现了"东西是外国的好,月亮是西方的圆"的崇洋心理。在当时的历史条件下,产生这种极端现象有其历史必然性。随着改革开放的深入和经济社会生活水平的不断提高,国外的科学、文化、技术以及思想观念、价值取向、生活方式等都在深刻地影响着我们的生活。如今,这类浅层的媚外现象已消于无形。但是,在深层次,这种潜意识还大量存在,在这种意识的支配下,为了追逐无穷的利润,

一些人已把它应用到了企业的生产经营活动中。

近年来，市场上名酒、家电、服装等行业"傍名牌"现象日趋严重，手段可谓五花八门，令人眼花缭乱，难辨真假，以至于出现了外国到中国来打假的咄咄怪事。可以说，这种"傍名牌"现象在一些地方已呈蔓延态势，主要特点有三：一是目的明确清楚，这就是营利赚钱；二是手法大同小异，都是依附他人的驰名商标、著名商标、知名商标或者企业名称；三是方式手法不正当，在市场上突出使用他人商业信誉、商品声誉，目的是让消费者误认、混淆，从而扩大销售业绩的不正当竞争行为。

从商业道德和诚信意识来看，这是一种典型的不讲诚信和有意造成混淆的行为，严重损害了驰名商标和知名企业的合法权益。一个企业创造名牌，需要几年、十几年甚至上百年的努力，一旦被恶意仿冒，企业及商品的声誉必然会受到极大伤害。

从法律上看，这种"傍名牌"现象更是一种典型的违法行为。《反不正当竞争法》规定，禁止擅自使用知名商品特有的名称、包装、装潢，或者使用与知名商品近似的名称、包装、装潢，造成和他人的知名商品相混淆，使购买者误以为是该知名商品；禁止擅自使用他人的企业名称或者姓名，让人误认为是他人的商品；禁止对商品的质量、性能、用途、生产者、产地等作引人误解的虚假宣传等。这种现象也是有关国际公约不允许的。《保护工业产权巴黎公约》是国际上保护知识产权和反不正当竞争方面的一个重要公约，也是ＷＴＯ保护知识产权规定的重要组成部分。我国是该公约的缔约国之一。这种行为不仅为国内法所禁止，而且违反了有关国际组织和国际公约的规定。有关方面应该堵塞法律法规的一些漏洞和缺陷，加大执法力度，严刑峻法，让违法者付出高昂的成本。

国务院总理温家宝日前在人民大会堂会见出席中国发展高层论坛2012年会境外代表时说过，改革开放三十多年的历史已经告诉我们，我们一定会持开放、包容的态度。因为我们懂得一个道理，只有开放包容，中国才能进步。这种开放包容的态度，也就是科学的态度。鲁迅先生在20世纪30年代写的杂文《拿来主义》中就给出了很好的答案，要运用脑髓，放出眼光，自己来拿，要或使用，或先存放，或毁灭。就企业经营管理来说，最重要的是要学习借鉴国际知名企业的管理和创新的成功经验，加大研发和创新的投入力度，强化企业的现代化经营管理，打造出傲然屹立于世界名牌之林的中华民族的知名品牌，而不是简单地只借其行头，不吸收其精髓，更不能借尸还魂，欺骗消费者。

（《中华工商时报》2012年3月21日）

企业家为何提倡看官场小说

在市场经济意识和功利主义色彩日益深入生活、影响行为的时代，人们阅读文学作品已很少是从专业的角度来批判地阅读，很多人则是带着功利和实用目的，从中汲取教益营养，比如为人处事之理、为官经商之道等。近日，一位国内外颇有影响力的企业家，就推荐人们阅读官场小说《二号首长》，他的目的很清楚，就是希望人们从中学习与官员打交道的技巧和经验。这位企业家是在改革开放后的各种风浪颠簸中成长起来的企业领袖。这样冰雪聪明的人物尚有如此爱好，可见这些作品所描写的官场确实不简单，着实有一些"潜规则"可学。

无独有偶，今年两会期间，国内一位顶尖级的经济学家说的一番话，与此有异曲同工之妙。这位经济学家是多届全国政协委员，在国内外经济学界有着广泛的影响力。在解读本届两会经济界讨论的热点话题时，他就提出，民营企业最大的困难不是要素成本上升，也不是人民币升值、出口订单减少，甚至不是大家都说的融资难，而是地方杂费比税还重，社会公关成本越来越高。他说："烟酒红包已经少了，现在兴送出国游、冬虫夏草。"

这两位人士的观点可能有特定的背景和语境，不能就此得出全局性的定论。但这种观点就一些地方的情况来看，确实具有一定的代表性。这两件事都透出了一个共同的信息，这就是在一些地方，部分民营企业面临的投资经营环境确实存在一些问题，这些问题虽严重程度不同，但有一定的普遍性和共同性，时下十分畅销流行的所谓"官场小说"，就描写了这些现象。

就一些民营企业家的经历和感受以及一些地方民营经济发展的现状来看，民营企业有很多困难，但最困难的恐怕还是在某些行政管理部门存在的不作为、乱作为，以及一些人纳贿滥权的行为，由此造成权力这只有形的手太强大有力，而市场这只无形的手则会"重症肌无力"。换句话说，有些地方经济发展太慢，民营经济发展更是困难重重，就是因为投资环境无序失范造成的。

民营经济肩负着重大的责任。无论是转型升级，还是投资实业，无论是管理创新，还是技术进步，都离不开一个稳定恒久、公平公正、透明有序的经济管理体制和外部保护环境。这是经济发展最重要的保证和前提条件。用这个标准来

衡量对照，一些地方差距确实太大。正如温家宝总理在一次会议上语重心长说到的，当前反腐倡廉建设与人民群众的期待仍有较大差距，腐败现象在行政权力集中的部门和资金资源管理权集中的领域易发多发，社会事业、国有企业等领域腐败案件逐渐增多，发生在领导干部中的腐败问题依然突出。

这里有两项改革是解决问题的关键。一是深入推进行政审批制度改革。要改变一些地方存在的行政审批过多过滥的状况，对各部门和地方政府现有的管理职能和审批事项要逐一审核，该取消的坚决取消，绝不能借故推托。该保留的要公开透明，让社会广泛了解，同时对权力做出明确的界定和限制，让权力阳光运行和规范使用。第二项就是切实推进公共资源配置市场化改革，让市场这只手伸到一切应该伸到的地方。这就需要切实放开对社会资本投资的限制，确保打破垄断、扩大开放、公平准入、鼓励竞争的政策落到实处，而不是停留在纸面上。这是经济体制和行政体制改革的核心内容和基础条件，是建立现代市场经济体制的题中应有之义。没有这些基础性的制度保证，其他所谓市场化改革都是一句空话。

就现阶段我国经济体制改革进程来说，仍然是任重道远，一定意义上讲，已到了最困难的攻坚期。这个阶段最大的特点，是利益的再分配和蛋糕的再切割。对绝大多数既得利益者来说，是不会甘心情愿让出利益的，对少数既得利益者来说，此举无异是"与虎谋皮"。这样艰巨的改革任务，仅靠个人觉悟和文件要求，没有外力助推是很难完成的。这需要上层的周密设计和制度创新，也需要从上到下的强力推动，更需要基层的切实贯彻和效果的监测评估。

（《中华工商时报》2012年3月18日）

"内卷化效应"及其他

20世纪60年代末,一位名叫利福德·盖尔茨的美国人类文化学家,曾在爪哇岛生活过。这里是印度尼西亚第四大岛,人口稠密,风光旖旎,作为世界著名旅游景区,天南地北的观光客纷至沓来。这位长住风景名胜区的学者,却无心观赏诗画般的景致,而是潜心研究当地的农耕生活。他眼中看到的都是犁耙收割,日复一日,年复一年,原生态农业在维持着田园景色的同时,长期停留在一种简单重复、没有进步的轮回状态。这位学者把这种现象冠名为"内卷化"。此后,这一概念便被广泛应用到了政治、经济、社会、文化及其他学术研究中。"内卷化"作为一个学术概念,意指一个社会或组织既无突变式的发展,也无渐进式的增长,长期以来,只是在一个简单层次上自我重复。作为学术概念,其实并不深奥,观察我们的现实生活,就有很多这样的"内卷化现象"。

由此,笔者想起了多年前,中央电视台记者到陕北采访一个放羊的男孩，曾留下这样一段经典对话：

"为什么要放羊？"

"为了卖钱。"

"卖钱做什么？"

"娶媳妇。"

"娶媳妇做什么呢？"

"生孩子。"

"生孩子为什么？"

"放羊。"

这段对话，就形象地为这种"内卷化"现象做了注解。

笔者注意到，社会生活中这种现象可以说无处不在。大到一个社会，小到一个组织，微观到一个人，一旦陷入这种状态，就如同车入泥潭，原地踏步，裹足不前，无谓地耗费着有限的资源，重复着简单的脚步，浪费着宝贵的人生。我国农村一些地方，特别是老少边穷地区，改革开放三十年过去了，农民兄弟过的仍然是三亩地一头牛，老婆孩子热炕头的农耕生活；同样在一个单位供职，有的人几年一个台阶，士别几日就当刮目相看，而另一些人却原地不动，多少年过去了却一切照旧。

一些企业，特别是中小企业和民营企业，这种内卷化现象尤其突出。一些民营企业内部实行家族化管理，重要岗位不是七大姑，就是八大姨分兵把手，管理哲学是"打仗亲兄弟，上阵父子兵"，用自己的人放心。于是，在企业内部，鸡犬之声相闻，老死不相往来，外部的新鲜空气难以吹进来，真正优秀的人才也吸引不进来，经验和观念陈陈相因，措施和办法因循守旧。十几年乃至几十年过去了，厂房依旧，机器依旧，规模依旧，各方面都没有多大变化。企业进入了一种典型的"内卷化状态"。

无论是社会组织还是个人，进入内卷化状态，根本原因就在于精神状态和思想观念。人们常说，信心决定命运，观念决定出路。一个人如果总是自怨自艾，不思改变，不求进取，不谋开拓，民无信心，军无斗志，只能是原地不动，还有可能倒退。总是因陋就简，循规蹈矩，按部就班，只能进入周而复始的轮回状态。两千年的小农意识，生产的只能是两千年的自然经济，不可能产生出市场经济和现代经济。

笔者想到，当前弥漫全球的金融危机和经济危机，给世界经济造成的影响仍在不断深化，如何应对危面，化危为机，冲出险境，各界说法颇多，但有一点却是共识，这就是信心最重要，坚定信心，有良好的精神状态，是重要前提。但笔者认为，思想观念更重要，观念决定出路，观念一变天地宽，思路开阔办法多，办法总比困难多。作为企业带头人的企业家，更是责无旁贷，任重道远，下决心改变陈旧落后的思想观念和办法，利用这段时间，学点新经验新知识，了解一下外界的情况，特别是与本行业相关的情况，做到胸中有数情况明。市场经济讲究的是竞争，竞争讲究的是"人无我有，人有我精，人精我特，人特我转"，要义是适者生存，顺势而为。要做到这一点，必须有开阔的眼界和灵活的思维，这才是走出"内卷化状态"，开辟出一方新天地的根本出路。

（《中华工商时报》2009年3月25日）

破窗户为什么会越来越破

笔者读到这样一则故事，讲的是一家店铺的窗户玻璃破了一个角，但由于生意忙，主人无暇打理。一天，一个小男孩路过此处，看见破窗户后就拿起一块石头砸过去，玻璃就更破碎了。店主本想换玻璃，但因为忙，人来人往，这事又搁下来了。不久看到的是，玻璃终于完全破碎了，于是不得不重新换装了玻璃。店主本想在此等待，抓住打破玻璃的人，但让他意想不到的是，再也没有人来打玻璃了！

这件事中包含着这样一个道理，一件破碎的物品，如不及时修复，会给人一种心理暗示，这就是：这是一件残次品，别人可以破坏，我也可以，于是在被人打倒在地后，会有另外的人再踏上一只脚，因为它给人的感觉就是物品是无主的，至少主人是不在意的。慢慢地，从众心理、麻不不仁的心理造成的是更多的破坏行为。这也就是政治学家威尔逊和犯罪学家凯琳提出的"破窗效应"。

笔者认为，从"破窗效应"中可以得到这样的启示：任何一种不良现象的产生，任何一种过错的发生，都有一个积少成多、逐步演变的过程。在这个过程中，已经存在并会通过各种方式，通过各种渠道传递出各种信息。这种信息会导致这种不良现象和过错的步步深化、慢慢扩展，最终发生意料不到的后果。从哲学角度讲，事物都有一个从量变到质变的演进过程。这也警示我们，必须在问题发生的开始阶段，就要高度警觉那些看起来是偶然的、个别的、轻微的、不引人注意的细节和现象。如果放任不管，不闻不问，或熟视无睹，纠正不力，或反应迟钝、漫不经心，最终就会发生窗户完全破碎的事情。

这种"破窗效应"现象在现实生活中还有很多，特别是在经济管理和企业管理中更是如此。一些企业对于违反公司规定的行为，认为是小错，暂时无伤大局，就放任不管，没有引起高度重视，类似行为就不断发生；对工作中不讲成本效益的现象，管理者不以为然，于是此类问题日趋严重；一些企业管理者对于一些出工不出力的人和事畏首畏尾，不敢管理，最后挫伤了其他人的工作积极性。如此种种，不一而足。很多企业，创业初始阶段还严格管理，人勤业精，随着时间推移和人事变更，惰性积多了，管理放松了，制度成了摆设，好端端的企业就垮掉了。创业容易守业难，说的就是这个道理。

在这场席卷全球的金融危机中，一些企业倒闭，还有一

些企业陷入深深的危机中。一些企业在危机之前，"外观"看起来还很漂亮，但突然"窗户"破了，变得四面透风，危机重重。还有一些企业，也都不同程度或多或少、或轻或重地暴露出来一些问题。仔细想一想，这些"窗户"的破掉和问题的暴露，难道就是一夜之间的事情？其实不然，这些问题都已经存在了，这次危机只是导火线。没有这场危机，这些问题也会在将来某个时机暴露出来。从这个角度讲，这场危机也有积极作用，坏事可以变好事，负面事情也可以产生正面效用。它帮助我们发现问题，引爆了早就埋在脚下的"地雷"，发现了已经存在而且冷风频吹的"破窗户"。由此，笔者想到，在经济行为和企业管理中，管理者必须高度警惕一些现在看起来还不明显，还是个别而不是普遍，还很轻微没有产生严重后果的细节。"千里之堤，溃于蚁穴"，小错可能酿成终生遗憾。企业家和管理者要冷静下来，下一番望闻问切的功夫，诊断一下病因，寻找一下"窗户"破坏的根源，采取切实措施，修补好破"窗户"。现在看来暂时没有破的"窗户"也要加固，做到防患于未然。磨刀不误砍柴工，借用金融危机这个机会，改掉原来的过错，补上原来的漏洞，锻造更加坚实的基础，迎战这场金融危机，迎接今后可能遇到的各种挑战！

（《中华工商时报》2009年3月28日）

附 录

·附录一·

希望，流淌到笔端

李忠春同志出生于20世纪60年代初，日照市五莲县人（这里原属潍坊市），父母都是普普通通的老百姓，父亲是20世纪50年代入党的老党员，为人热情，耿直正派，可以说疾恶如仇，而母亲则少言寡语，心地善良。这些在他身上则有机地结合在了一起。忠春是性情中人，率性而为，对人生、社会，不能说领悟得多深多透，但也品评出了一些道理，积累了一些感想和观点。他最信奉的一句话是，"忠厚传家久，诗书继世长""做人一定要厚道，与人为善"，一位著名评论家说过一句话，评论家一定要为人"厚道"，这句话让他印象很深。"为人不厚道，是写不出真正的好文章的。"即使写出来文章，也会是双重人格，为人与为文严重

悖离。

在人民日报社工作二十多年，李忠春采写了大量的新闻报道，但给他留下印象最深、也让他最满意的是，到报社最初的五年时间里，在群众工作部采写的大量批评性报道、分析性报道、深度报道。那是个充满激情而单纯的时代，也是为事业奋斗不讲代价的时代。研究生毕业时，他主动要求到人民日报社群众工作部，因为这个特殊的部门和老百姓联系最紧密，可以为最普通的基层百姓说话，可以反映来自基层民众的愿望要求和呼声。他以此为荣，更以一些以批评报道为主的名记者为榜样。其间，他几乎每年都采写许多有分量的稿件。有些稿件至今还记忆犹新，如《不容忽视的干群关系》《虚假广告何时休》《为了孩子，为了未来》等。可以说，自参加工作到20世纪90年代初采写的大量作品，在他的新闻生涯中烙下了深深的印记。1989年4月26日，由他采写发表的《不该爆发的战争》一文，披露了华北油田所在地被哄抢盗窃的严重情况，引起了各级领导的高度重视。时任河北省委书记邢崇智专门做出批示，要求严厉查处，有关部门迅速打响了一场国有企业保卫战。至今，这篇报道对于解决同类问题仍有很强的启示。当时，他还采写了大量的批评性报道和内参稿件，获得过各种奖项。

李忠春曾在《人民日报》上发表了很多时事社会评论，在人民网上开设过个人专栏，在《中国青年报》《工人日报》《杂文报》等报刊上发表了大量的评论和杂文。写时政评论，是他从事新闻工作以来一直的爱好，有些时评还获得过各种奖项，他还成为人民网十大网评候选人。目前，他已出版一本专著。这些文章或针砭时弊，抨击丑恶，或呼唤美德，直抒胸臆，让他感到了良心的存在和意见发表的畅快。这也是从事新闻工作以来让他满意的成果。他说："我写评论，没有什么雄心壮志，也不想用一篇文章就改变社会现实，只是感到心有所感，不平则鸣，抒发心志而已。"

平凡中实现自身价值

李忠春老家地处五莲县最西北角，与著名革命家、党的一大代表王尽美的家乡诸城市北杏村仅有3里地！这里属于潍河流域，潍河河水虽不深，但浅浅细流却孕育出了王愿坚、臧克家、刘大为、王统照、李存葆等一代大家！就是淌着这源远流长的河水，从小他的作文就经常受到老师的表扬，到了初中、高中，更是经常作为范文讲解。李忠春一路走来，走到了新闻工作的队伍之中！

有人说新闻记者是无冕之王，艳羡不已。其实，李忠春明白，新闻是易碎品，如何在人生的轨道上留下更深的记忆，他一直在思考，也一直在努力。虽然他也参加过很多大型报道活动，如1997年召开的党的十五大，采写的作品也多

次获过全国好新闻奖，但总感觉这些命题作文，写得再多，也有些美中不足。于是悄悄拿起了手中的笔，利用业余时间，撰写了大量的理论研究、业务探讨的文章。坚持下来，也颇有收获。二十几年下来，他撰写了三十多篇近十万字的新闻业务理论研究文章，在全国权威的《新闻战线》《中国记者》《中国新闻年鉴》等刊物上发表，有的作品还获过奖；现在已经在《人民日报》《中国青年报》等中央级报刊上发表杂文、随笔、评论文章近百篇，并有文集出版，还有几篇作品入选大学、中学写作参考书。在《人民日报》总编室、中宣部挂职期间，担负协调管理职责，主持起草多项规章制度，有新闻采写编评、组织协调管理经验等多方面的内容；其中，代表《人民日报》起草的有关经验介绍多次被收入中宣部的有关文集中。到《中华工商时报》一年多来，已参与组织了两次改版，组织指挥了多次战役性报道，撰写的有关财经新闻报道的理论文章《如何提高财经报道的质量》一文，还被收入中宣部编写的《加强和改进经济报道论文集》，在新闻界产生了很好的反响。

为家乡父老祈福

2006年8月12日，李忠春在《人民日报·文学作品》版上发表了一篇长篇散文——《通往家乡的路》，文章开头这样写道："我是一个乡情比较重的人，家乡那香味四溢的泥土，碧绿欲滴的麦苗，蝶飞蜂舞的杏花，时时氤氲在我的思绪中，徜徉在我的梦乡里！儿时小伙伴儿的身影，房东大娘的粗嗓子，还有亲邻瞩望的目光，更有小时候满地打滚儿的豌豆秧，时时在唤起我回乡的欲望。于是，位于鲁东南，靠海不远，在沂蒙山边缘丘陵地带的那个村庄，一个颇有诗意的名字——东云门，就成了我魂牵梦绕的地方。不经意中，沿着当年辞乡求学的土路，我的心也就时时回望着家乡的山水草木，回味着过年的饺子饽饽，回响着年三十的鞭炮起花！"

是啊，这是他的真情实感！可以说，自从离开家乡，在外求学、工作、生活，李忠春每时每刻都惦记着家乡发生的每一个变化。老师、同学、家乡的每一个信息，都牵动着他敏感的神经，哪怕是再细小的一件事，也会让他的心灵得到满足。每次阅读家乡来信，翻看家乡的《日照日报》，或者亲朋相见，老乡聚会，能了解到家乡同学和朋友们取得的每一个令人鼓舞、让人欣喜的成就，都是他最大的精神享受。2010年"两会"期间，家乡五莲新任县委书记马强正在中央党校学习，这位日照的大笔杆子，也是位淳朴厚道的沂蒙山人，很重感情。李忠春与他几次相聚，相谈甚欢，一见如故。马强明确表态，要把在首都的五莲老乡们组织起来，成立一个老乡会，定期见面，交流情况，增进了解，加深感情。这让李忠春深受感动，从中体会到了家乡人民对自己的深情厚谊，也将圆五莲老乡多年的一个梦想！

游居在外，他乡创业，异域漂泊，不管时间多长，对家乡的那份真挚感情，总是历久弥新、与日俱增！人到中年后，回忆家乡、回忆学生和青少年时代的生活，更是带给他无比的温馨。现在，李忠春增加了一个小小的爱好，这就是收藏连环画。他已经收藏了好几百本，而且乐此不疲。至今，《一块银元》《东海小哨兵》《敌后武工队》，作为一个时代的文化符号，就像血液一样，在他的心中流动，在他的梦中上演！

挑战自我追求新目标

2008年9月，李忠春从人民日报社调任《中华工商时报》总编辑。在党中央机关报工作二十多年，长期搞党报宣传报道，思维方式无疑受到了很大影响。《中华工商时报》是一家机关报性质的财经报纸，创刊于1989年，宣传对象是民营经济，读者对象都是国内外有着重要影响的大企业家，换句话来说，都是大款和老板，是一批特殊的读者。目前，民营经济已成为中国经济的半壁江山，在中国的经济社会生活中发挥着重要作用。从这个角度看，这家报纸有着何等重要的地位，在国内外发挥着何等重要的影响！

从《人民日报》到《中华工商时报》后，从部门领导到报社领导、从政治到经济、从局部到宏观、从实践到理论，各个方面，李忠春的状态迅速调整过来。从记者到总编辑，角色不断调整，压力和责任也越来越大，需要搞好管理，从选题到策划，再到决策，不但要从全局的高度、政治的高度来分析研究问题，更要有政治意识、大局意识和责任意识。作为全国工商联主管主办的机关报，《中华工商时报》自创刊以来，"推动民营经济健康发展，树立民营经济人士健康形象"一直是报纸最根本的报道任务。李忠春明确提出，办报要紧紧把握目标读者定位，把公信力建设放在核心位置，着力打造"责任财经"和"诚信财经"。自2008年年初以来，中国中小企业面临着前所未有的压力，对社会经济影响深远。帮助中小企业就是帮助中国经济，保中小企业就是保增长、保民生和保就业。为此，李忠春集中全社骨干力量，连续把报道重点放在关注中小企业生存发展这一话题上，先后在显著位置推出"破解困扰民营经济发展的十大问题""中小企业困境突围""助力中小企业各地在行动"等专栏，反映中小企业迎战全球金融危机的真实画面，引起了强烈的社会反响，也引起了中宣部领导同志的重视。

作为总编辑，李忠春也有一些困惑和思考。而今，新闻界形势发生了重大变化，如在同质化的时代怎么样来做报纸的品牌，在内容上怎样会更吸引读者，这些问题是他最关心的问题，也是办报最核心的问题。

（《日照日报》2010年4月22日发表，记者南方整理）

·附录二·

赤子情怀
——读李忠春新书《深情浅论》有感

忠春同志曾在人民日报供职二十年，和我是老同事，也是我在中国社会科学院研究生院的学弟。过去在一起共事时，曾读过他采写的大量新闻报道，但给我留下最深印象的，还是他写的散文杂文和评论作品，特别是发表在人民日报的文学作品版、副刊上的作品，更是篇篇皆读。这一次由中华工商联合出版社出版的《深情浅论》一书，更是让我对忠春同志的散文、杂文、评论作品有了一个整体的印象，对他的为人和品质有了更深的感受。

山东是中华文化发祥地之一，受传统文化的浸润濡染，自古多忠义之士，文人武将，风流辈出。忠春的家乡，就位于沂蒙山区与昌潍大平原交界处，潍河自西向东穿过这里，孕育了无数文化名流和文坛巨擘。在这种文化环境中生活，忠春年少时就敬爱作家，敬慕文学，敬惜文字，从这里走出来的大作家，象王愿坚、臧克家、李存葆等，更是让他景仰不已，在他的思想深处，有这样一种感想：作家是世界上最伟大的人，最让人敬爱！因此，能成为一个作家，用笔来表达自己的思想和情感，就成了他少时最强烈的梦想。从读小学时，他就不停地到处借书找书看，课余饭后看了不少小说，还有大量的小人书。读这些作品时，忠春为他们那优美的文笔、真挚的感情折服，总想像他们一样，也能有一支得心应手的笔，也能写出这样的美文，有时候还偶出奇想：也能在文学史上留下一笔！于是，大学选择了中文，研究生选择了新闻，毕业后长期供职于党中央机关报，后又调入其他新闻媒体，既当记者编辑，又当过地方分社社长和报社总编辑，在人民日报时就评上了高级编辑、高级记者，还被选为北京杂文学会理事，可以说，忠春同志与文字、文学，结下了终生不解之缘！

忠春同志给我印象最深的是他的为人，纯朴厚道，真诚善良，这一点在他的散文作品中表现得淋漓尽致。这本作品集的第一部分，是"深情篇"，虽然篇目不多，但却是我最喜欢的部分，是最让我心动和品味的部分。因为这些作品表达的是他内心最深处的感受，是留在记忆中份量最重要的片段。忠春同志充分利用散文这种文体形散而神不散的特点，

用不拘一格的方式，优美动人的语言，千变万化的结构，抒发了心中最真挚的感情。虽然篇目不多，但篇篇精美感人，如《通往家乡的路》《温馨的记忆》等，这些作品语言优美、文采斐然、结构精巧、情深意切、真挚感人，表达了对家乡的思念、对美好生活的追忆，对同学朋友之情的珍重。而《怀念父亲》一文，则从一些生活细节入手，描写出了老一辈沂蒙山人为人处事的重情厚义、古道热肠、真诚善良的品格，读来感人至深！《回望家乡的窗口》《那明媚的阳光》等作品，读后也让人心潮难平，让人又回忆起一些难忘的情景，回想起中学时光和青春年华，回想起激情燃烧的年代，回想起美好而单纯的生活！我想，忠春同志今后还会写下去，写出不尽的家乡情、亲友情、同学情、美景情，写出永生难忘的家乡美丽、童年欢乐、友情真挚、人生美好！

我和忠春同志共事的时候，很注意阅读他写的杂文和评论作品，这类文章也是他所有作品中份量最重、数量最多的部分。凭我对他的了解，这一点应当说是顺理成章的。从为人处事这个角度来看，我有一个偏爱，这就是喜欢、敬重山东人，我喜欢山东人性格外向、感情真挚、为人诚恳，重情厚义。忠春同志的身上就体现了山东人的典型特征，在日常工作生活中，无论在什么时候，和谁相处，忠春同志都率真直爽，感情外露，有啥说啥，有些朋友说他透明度很高，亲和力很强，这也是他无论走到哪里，人缘都很好的原因。而这种性格特点在他的杂文和评论作品中得到了很好的表现。发表在二十世纪八十年代中期的人民日报评论员文章《一条重要的学习途径》，是他读研究生时的作品。当时还在中国社会科学院研究生院读书，到人民日报评论部去实习，报社安排他和另一位同学，以实习生的身份，到新疆采写了一篇大学生志愿扎根边疆的人物通讯，没有和编辑部的老师商定，就凭自己的理解和一腔热情，连夜提笔配写了一篇人民日报评论员文章，用信寄往北京总部。他自己事先一点都不敢想，还是从中央人民广播电台的节目中听到，作品竟发表在有新闻界"总统套房"之称的的人民日报头版头条。研究生自己主动撰写人民日报评论员文章，这在当时是不多的！

这一意外收获，坚定了他写杂文和评论的信心。参加工作后，陆续在《人民日报·文学作品版》《人民日报·海外版》《工人日报》《市场报》《中国青年报》《杂文报》等报刊上，发表了大量的杂文随笔作品，如《变味的乡情》《有感于老乡管质量》《复员兵与二道贩子》《"走路"与"观景"》等篇目，读来鞭辟入里、直言时弊、观点鲜明、切中要害，其中有的作品还因写作风格独特，被收入写作教材，作为范文解析。这些作品题材涉猎广泛，政治、经济、社会、文化、人生等，不一而足。其中，有些发表在《人民日报·要闻版》的名牌栏目《人民时评》上，如《给干部招商引资减负》《"道歉"背后的喜与忧》《"遮羞墙"折射

了什么》等时评篇章，作品有着鲜明的党中央机关报风格，题材重政治，说理居高位，风格讲程式，文字简约，语言简练。当时读来催人警醒，十多年后的今天，读来仍感铿锵有力，议论风生，针砭时弊，抒发心声，酣畅淋漓，还能体会到作者当年写作时一挥而就的激情和感动！

近些年来，因为身份和岗位的调整，忠春同志写作的题材和领域转向了经济，如《本地人与外地人摩擦是制度之痛》《警惕某些地方冒进式"硬发展"现象》《"惠民工程"惹民怨说明了什么》《"挟洋自重"屡禁不止为哪般》等。可以看出，题材虽由政治转向经济，但观察的视角仍然有着明显的政治色彩，这说明人民日报记者这段工作和生活经历，对他有着深入骨髓的影响。《坚守住我们的底线》《朝令夕改现象折射出了什么》《解决"三公顽症"公开透明是关键》《要高度警惕形式主义的新变化》等作品，共同的特点就是，无论观察分析什么问题，作者总是从政治角度、社会广度、历史深度来分析把握，说理议事总有一种正义凛然的风格气质，忧国忧民的家国情怀，心怀天下的忧患意识。但有一个明显的不足，就是经济学功底还有些欠缺，专业化水平还不高，这是我希望今后忠春同志要加以改进，认真补课的重要方面。

总体上看，收入这本集子中的作品，以近十年来写作的篇目为主，其中在人民日报期间写作的杂文评论是我最看重的部分。因为这些作品留下了忠春同志在人民日报工作经历中最浓重的记忆。阅读本书，我也感到有些文章语言还不够精炼，结构还不够精致，有些篇章还不够精彩；有些作品观点还不够深刻，分析也不够深入，说理也不够深透，但仍不失为一部值得认真阅读的作品，它见证了一位新闻工作者的真挚情怀，更见证了一位追梦者的心路历程！

2014年仲春时节于京
（作者为原人民日报经济部主任皮树义）

真诚为人　真情为文
——百名媒体人之李忠春

二人转演出马上就要开始。陪我们一起观看的李忠春接了一个电话："好的，我马上赶过去。"放下电话。他面带歉意，小声对我们说："各位老兄，省委那边有个会，我马上得赶去。"我们理解记者站工作，更理解他，开玩笑说，"李站长去忙大事吧，不过这次请客不能算。"

这事发生在十多年前吉林长春一个晚上。当时，李忠春还是人民日报驻吉林记者站站长，我们几个新闻媒体的同行受邀去吉林采访，顺便看望他。他很忙，好容易安排了这场活动又让电话叫走了。

李忠春有着乡村小伙走进城里之后的淳朴帅气，他温和率真，热情厚道。有人曾说他像电影明星达式常，还有人说像郭凯敏。一次我开玩笑逗他女儿说你爸像明星，他女儿说我爸就是我爸，谁也不像。

他出生于山东沂蒙山区五莲县一个叫东云门的村庄，父母都是地地道道的农民，父亲是农村老党员，为人热情，嫉恶如仇，母亲少言寡语，心地善良。血脉相传，这些特点在他身上有机地结合在一起。记者长期的采访活动让他对生活有了积累，丰富了他的做人做事经验。他信奉的一句话"忠厚传家久，诗书济世长"，与人为善。这句话让他印象很深，为人不厚道是写不出真正的好文章，即使写出文章也会是双重人格。

李忠春自小就是一个爱学习的乖孩子。那时大家都穷，山里孩子能看到的就是连环画小人书，书里一个个小英雄让他着迷，他立志要当一名记者，为人民鼓与呼，干一番大事业。从兰州大学中文系毕业后他考取了中国社会科学院研究生院新闻专业研究生，毕业后先后在人民日报群工部、总编室、记者部工作，后提拔到报社吉林省记者站工作，再后来回到北京总部担任记者部领导，再后来被作为人才选调到中华工商时报总编辑，全国工商联宣传部领导。这些年，李忠春还增加了一个小小的爱好，就是收藏连环画小人书，他已经收藏了好几百本，而且乐此不疲，像《一块银元》《东海小哨兵》《敌后武工队》等，作为一个时代的文化符号，就像血液一样在他心中流动。

李忠春是一个善思考的记者。无论消息、通讯、杂文、评论文章他都有自己的想法和特点。让他最满意的还是大量

的舆论监督类报道、分析性新闻和深度报道。

研究生毕业后，他主动要求去群工部，为啥呢？他说这个部门与老百姓最近。在这里更能反映基层百姓的呼声和要求，为最基层的百姓说话。如《不容忽视的干群关系》《虚假广告何时休》《为了孩子，为了未来》等，他采写的那篇《不该爆发的战争》，批评揭露华北油田所在地被哄抢盗窃的严重情况，就是一例。这篇调查发出后，在当时影响很大，引起各级领导批示，要求严查。

自古英雄出少年。20世纪80年代中期人民日报评论员文章《一条重要的学习途径》是他读研究生时的作品，当时他还在人民日报评论部实习，报社安排他和另一位同学到新疆采写一篇大学生扎根边疆的通讯。没有和编辑部的老师商量，他凭自己的理解和热情，连夜赶写了一篇人民日报评论文章，用信寄到北京报社总部，自己一点也没敢想，还是从中央人民广播电台的节目中听到，发表在新闻界有"总统套房"之称的《人民日报》头版头条，研究生自己主动撰写人民日报评论文章，在任何时候也不多见。这一意外惊喜，激励了他对评论的热情。之后，他在《人民日报》发表了不少时事评论，在人民网上开了个人专栏，在《中国青年报》《工人日报》《杂文报》等报刊发表了大量评论和杂文，获得过各种奖项。出版了《人事与本事》《深情浅论》等专著。这些文章，针砭时弊，抨击丑恶，呼唤美德，让他感到了良心的存在和意见发表的畅快。一些作品被选进大学、中学生写作参考书。这也是从事新闻工作以来让他最满意的成果。他说我写评论没有什么雄心壮志，也不想用一篇文章改变社会现实，只是感到心有所感，不平则已。

小时候乡愁是一枚小小的邮票，我在这头，母亲在那头。这是余光中的《乡愁》。李忠春的乡愁是融化在血液里的。他的爱家乡爱亲人的情怀不仅反映在他的新闻作品中，他还直叙胸意，表达乡土情感、乡情、友情和亲情。沂蒙山区的一草一木深深扎根在他的心里。他在一篇文中写到："我是一个乡情比较重的人，家乡那香味四溢的泥土，碧绿欲滴的麦苗，蝶飞风舞的杏花，时时飘进我的思绪中，徜徉在我的梦乡里，儿时小伙伴的身影，房东大娘的粗嗓子，还有亲邻瞩望的目光，更有小时候满地打滚儿的豌豆秧，时时唤起我回乡的欲望。"这是他的真情实感，可以说自从离开家乡在外工作，李忠春每时每刻都惦记着家乡发生的每一个变化。每次阅读家乡来信，翻着家乡的报纸，了解家乡的变化他很高兴，也很享受。这种享受成为他笔下的美好记忆。如《通往家乡的路》《温馨的记忆》《回望家乡的窗口》，读后让人心潮难平，美好的家乡情、家乡美，他用散文文体，不拘一格的描写，优美动人的感情，跃然纸上，顺手拈来，形散而神不散。

记得那年他代表家乡邀请我们去采访，山高路远，我们

是夜里赶到五莲的，他跑前跑后，直到安排好每一个人休息他才赶路回家。第二天早饭他带着妈妈摊好的煎饼在等我们，"尝尝吧，这是老妈的手艺，好吃极了。"看着还冒热气的煎饼，我很感动，仿佛看到了年迈的老妈妈倚门送子的身影。

那年全国"两会"期间，家乡五莲县委书记在中央党校学习。李忠春去看望，他们相谈甚欢，一见如故。书记表态要把家乡的乡亲们组织起来，交流情况，增进了解，加深感情，这一想法与李忠春不谋而和，这件事情在他们张罗下，活动组织开展的很有收获，也让他深受感动，从中体会到了家乡人民对自己的深情厚意。

人生每一次变化都是一次历练和成长。李忠春就是这样，从小山村到大都市，从大学毕业到北京，从研究生到报社，再到成熟老道的新闻人，每一次变化都是提升和跨越，唯独不变的是他做人做事的真诚和对事业对家乡的爱。

（作者为原农业部直属中国农业影视中心党委书记、主任、总编辑赵泽琨，该文写于2021年初）

春趣 春韵 春清音
——《春趣集》读后

壬寅年端午节到来之际，著名学者、新闻专家、作家李忠春，从微信朋友圈发来一部出版社刚排完版，余墨飘香的书稿清样，名曰《春趣集》。

这是作家继《人事与本事》、《深情浅论》两部著作出版后，又一部精品力作。我如饥似渴地认真读着。

《春趣集》这闪耀光辉的书题，十分有情趣。耄耋将军著名书法家邵华泽挥笔题写书名，为本书增光添彩；画家刘新特意画的乡村风格鲜明、充满盎然春意，人物栩栩如生，意境妙趣无穷，思想艺术俱佳的十多幅插图，文画相映成趣，艺术魅力互生，增添了书的大俗大雅，趣味横生，春趣盎然。

春趣盎然

趣味横生，魅力无穷的《春趣集》，是作家对于童年，对于青春时代童心，童趣的回忆；是对模糊而又清晰的故乡，故土那些似流水的往事和动心、动情、动人的趣闻轶事的难以割舍，难以忘怀！

当读过那一篇篇余墨飘香，字字珠玑，句句生辉，原汁原味的散文力作之后，让每一个读者回味无穷，意趣盎然。

春趣，春韵，春清音，把你仿佛带到鲁东南春光明媚，春色满园，春风送暖，春意盎然的百花世界，满山遍野的樱桃花，桃花，杏花，梨花，枣花，苹果花，山楂花，栗子花，让人沉浸在花的世界，花的海洋。

在《春趣集》里，让人们更加兴奋的是每篇散文大作中所呈现的"趣"字，它是童心的回归，是童趣的激动，是"春趣"对游子的呼唤，是一条无形的风筝线，牵动着在外谋生的每一个忙碌的人。

春，是一年四季第一个季节，夏历正月至三月；春，指一年。牛僧孺《席上赠刘梦得》诗："粉署为郎四十春，今来名辈更无人。"春天，是生机勃勃，春意盎然，阳气上升，万物复苏，阳光明媚，春暖花开，蜂忙蝶飞，春风和煦，生气蓬勃，令人神往的季节。

青春，指季节，因春季草木一片青葱，故称"青春"，杜甫《闻官军收河南河北》诗："白日放歌须纵酒，青春作伴好还乡。"指人们的青年时期，"春趣"是指阳光明媚的春天，人们青春年华的情趣、趣味。

正当春趣盎然、春光明媚的日子刚刚过去，夏天的大门洞开的时日来临时，作家李忠春奉献出沉甸甸的新作《春趣集》，使我情不自禁地回到了物资匮乏，而从来不缺乏童心、童趣、童雅兴的童年时代，回到春趣，春韵，春清音的春意盎然青春时代，青春年华的时光，是多么美好，多么有趣味，多么令人神往！

我与作家李忠春是同乡，读《春趣集》每一篇文章，都有同乡、同音、同样童年生活和青春时代的感觉，读着那一篇篇散发着故土清香味儿，飘洒着每种植物花香的馨香味儿，令人陶醉，像是畅饮甜蜜的蜂蜜，又像是狂饮甘霖般的陈醇老酒，酣畅淋漓，流连忘返！

当春光明媚，春风拂面，百花盛开，春意盎然的时刻到来时，五莲山、九仙山的杜鹃花的芳香，潍河，潍河两岸的杏花，桃花，梨花，苹果花盛开的季节到来时，春趣，春韵，春清音溢满满山遍野时，作家的乡情，乡愁，乡思爬上心头，故乡那棵杏树花开了吗？"最让我刻骨铭心的记忆，还是我老家园内那一树春色。那棵老杏树上，在红白相间，耀眼夺目的簇簇杏花中，小蜜蜂们在花蕊中开怀吸吮，

尽情放歌,蝶儿们在枝上翩跹起舞,参与伴舞,整个院子在沸腾着。"

大地开始奏响春的旋律,最早的春趣当是"听春",此时,雷声,风声,雨声,虫鸟声,声声入耳;最有意思的春趣是"打春"游戏,爬树,捉雀,捉迷藏,下河摸鱼;最为深刻的记忆是"闻春",到空旷的原野,去闻大地散发的阵阵清香,有沾着露水的草香,有飘着甜味的花果香,还有氤氲在薄雾中的泥土和雨水香。

"五莲不仅有清山秀水,更有一种独特诱人的五莲'味道',让我们记忆犹新。它带着母亲的关爱,勤劳,精巧。母亲用特殊手艺,用春天新鲜蔬菜做成的家乡美味,牢牢印在了我的味蕾中,留下了保持至今,顽固至极的饮食习惯和口味偏好;东邻大娘家那棵香椿树上的头茬香椿飘出的阵阵香味,让我垂涎欲滴;碧绿欲滴的头茬韭菜,让我想起饺子的香味。远远望着菜园里鲜嫩碧绿的菠菜,芹菜,黄瓜等,我们那填不饱的肚子就咕咕叫起来,好像闻到了那阵阵香味。"

在故乡五莲山野丘陵上的小果光苹果,飘着青菜香味的小豆腐,让人垂涎欲滴的白面饽饽,满山遍野的小酸枣和不知名的野山果,点缀着像一幅幅浓墨彩抹的山水画,景景秀丽,四季可看,是五莲山人终生的精神家园,更是外乡游人难舍的世外桃园。

两行深深的脚印

作家李忠春，在三十多年的记者生涯中，写出了许许多多脍炙人口的新闻稿件，这是他应当做，并且是应当作好的，这一切，他做到了，并且做得十分出色。在作好新闻工作者的同时，他撰著了大量杂文，政论文和散文，见诸于全国性报刊，成为一名有成就的现代作家，用他那如椽巨笔为时代鼓与呼，为故乡的春趣，春韵，春清音填词谱曲，唱赞歌。

正如南方老朋友所说："2006年8月12日，李忠春在《人民日报·文学作品》版上发表了一篇长篇散文——《通往家乡的路》，文章开头这样写道：'我是一个乡情比较重的人，家乡那香味四溢的泥土，碧绿欲滴的麦苗，蝶飞蜂舞的杏花，时时氤氲在我的思绪中，徜徉在我的梦乡里！'"

是啊，这是他的真情实感，可以说，自从离开家乡在外求学、工作、生活，李忠春每时每刻都惦记着家乡发生的每一个变化。老师、同学、家乡的每一个信息，都牵动着他敏感的神经，哪怕是再细小的一件事，也会让他的心灵得到满足。每次阅读家乡来信，翻看家乡的《日照日报》，或者亲朋相见，老乡聚会，能了解到家乡同学和朋友们取得的每一个令人鼓舞，让人欣喜的成就，都是他最大的精神享受。

南方老朋友将李忠春不忘初心，对故土的留恋，对同

学，朋友，家人的深情流淌在笔端。这深深的情，浓浓的意，化作春趣，春韵，春清音，飘洒在春色的百花园中，成为天籁之音，震撼着每一个人的肺腑，感动着每一位亲人。

李忠春在新闻记者与作家两种身份中，相互转换，相互辉映，走出了两行深深的脚印，令人叹服。

我与李忠春相识、相交几十年时间，他是一个朴实诚恳，温润如玉，谦恭有礼，文质彬彬，是当今人中少有的古雅之风，自古人们常言"文如其人"，他的篇篇作品，如其本人那样质朴真实，不事雕琢，原汁原味，大巧大雅。他从事新闻事业，业余坚持创作，三十多年，一路走来，留下了两行坚实，有力，深深的脚印，形成独特的朴实与巧雅的创作风格。

在人民日报工作二十多年，曾在《人民日报》群工部任记者，到中宣部挂过职，在总编室任过职，到吉林省任过站长，采写了大量的新闻报道。采写了大量批评性报道、内参稿件获得各种奖项。

曾在《人民日报》发表许多时事社会评论，在人民网开设过个人专栏，在《中国青年报》《工人日报》《杂文报》《中国电力报》发表了大量的评论和杂文，有些时评获得各种奖项，成为人民网十大网评候选人。这些文章或针砭时弊，抨击丑恶，或呼唤真善美，诚信美德，直抒胸臆，心有所感,不平则鸣,抒发心志和真挚的情怀。

长期以来,李忠春除了作好本职工作发表了大量新闻稿件的同时,在中央级报刊发表杂文,随笔,评论文章百余篇,并有三部文集出版,有的作品被选入大学,中学写作参考书。

他撰写了三十多篇十多万字的新闻业务理论研究文章,在全国权威的《新闻战线》《中国记者》《中国新闻年鉴》等刊物上发表,他撰写的新闻工作研究,新闻工作经验作品多次被收入中宣部有关文集,在新闻界产生很好的反响。

作家李忠春,由一位普通的新闻工作者,华变为新闻专家、学者,成为著名的新闻专家,作家。

学者　专家　作家的炼成

作家李忠春撰著出版几部著作,对于我来说,既不感到惊讶,更不感到突然。根据他的文才,他的学识,他的历练,他的文学修养,他的生活积累,生活经历和文学基础,文学积淀应当出版更多,更厚重的著作,我仍然在期待着!

我打开《春趣集》,读到(《希望,流淌到笔端》——《日照日报》记者访谈录)。

这是我的老朋友，《日照日报》著名记者、总编南方12年前采访李忠春所撰著的"访谈录"，现在阅读仍然感到十分新鲜、耐读，文笔老辣，文才飞扬。他说："李忠春同志出生于20世纪60年代初，日照市五莲县人，父母都是普普通通的老百姓，父亲是20世纪50年代入党的老党员，为人热情，耿直正派，可以说疾恶如仇，而母亲则少言寡语，心地善良。这些在他身上则有机结合在了一起。忠春是性情中人，率性而为，对人生，社会，不能说领悟得多深多透，但也品评出了一些道理，积累了一些感想和观点。他最信奉的一句话是，'忠厚传家久，诗书继世长''做人一定要厚道，与人为善'，这话让他印象很深。"成为他终生的座右铭。

李忠春老家地处五莲县最西北角，是日照市与潍坊市南端的诸城市阡陌相连，两地分界线。与著名革命家，党的"一大"代表王尽美家乡诸城市北杏村仅3里地。用他自己的话说："我老家是个小山村，位于鲁东南沂蒙山与潍坊大平原交界处，坐北面南的丘陵，一条河在村前蜿蜒流过。"这段描写是真实的。但是，李忠春老家，五莲县汪湖镇东云门村，原先是高泽河和潍河交融处冲积平原上的一个富庶美丽，古老的文化底蕴丰厚的村庄，离村不远处建有一座东汉初年的梁衡祠，一座土崮称之为"衡台"。

梁衡于东汉初年，因写讽刺朝廷的"反诗"，得到朝廷的通缉，他在渭河流域生活不下云，隐居临潼，离朝廷只有几十公里，随时都有被捕、被杀害的危险。他是一个淡泊名利的文学家，博学名士，他怕暴露身份，为了生命安全，携妻子孟光，走出函谷关，进入中原大地，他逃得越远，越安全。

梁衡选择天高皇帝远的东夷之地，海曲逃难。梁衡落脚海曲后，当地人们见他博学，崇敬他，保护他，并且帮助他建起安身立命之地，为其建了生祠。

梁衡是一位有骨气的文学家，他在海曲和五莲隐居期间，为传播古文化方面，做出重大贡献。

在东云门周围村庄，有大仲崮道观，"汉王庙"，"关帝庙"，"张仙庙"，"碧霞行宫祠"挖掘出许多汉代墓葬，有许多出土文物，有些是珍稀贵重文物。

正如作家李忠春所言："齐鲁是文化之源，鲁东南文化，潍河文化等，都是重要源流和组成部分。五莲县建县时间虽不长，但文化深厚，历史悠久，积蕴丰富。邻近的莒县、诸城、日照更是名人辈出，大家云集。这就为五莲注入了丰厚的文化资源禀赋。这里既有享誉世界的作家，也有学贯中西的学者。"

"五莲是齐鲁文化，吴越文化，楚莒文化融汇的地域。文化的多样性，方言土语的多元化，构成五莲文化的深厚积

淀。境内丹土文化，刘村文化，昆山文化，城仙文化，车村文化，李家庄子文化，以及白鹤楼，光明寺，孙膑书院，大青山，乃至《金瓶梅》诞生地和丁氏文化等，都曾是五莲人民的骄傲自豪。"

这些历史文化的传承延续和发扬，如丰厚的营养，滋补着故乡一代代的人民，作家李忠春更是受到故乡古文化的滋补和营养。

作家李忠春出生的东云门村，上世纪60年代中期，是全国库区移民村庄的一面红旗，农业学大寨的先进典型。1965年初冬，全国库区移民现场会议在五莲县召开，现场参观点只有两个，一个是东云门村，另一个参观点，就是户部乡龙湾头村。这两个村，都是因为原村址成为库区水域，肥沃的土地已成为汪洋一片库水，而被迫搬到山岭薄地立村生存。东云门村的村民从富裕的生活环境中，一下子被跌于低谷之中，他们没怨天尤人，没有怨气，而是坚持自力更生，艰苦奋斗，挖山不止的无私奉献精神，硬是用双手劈山造田，用山石垒出一道道梯田，解决了移民后的口粮难题。他们在一片废墟上重建家园，住着席棚子却不等，不靠，不伸手往政府要，硬是咬着牙，建起了一个全新村庄，这种自强、自立，重建家园，重新回归正常生活的精神，感动了全国各地参加会议的人员，东云门和龙湾头的精神，就是当时远近闻名的五莲精神，这种成为全国库区移民学习和发扬的自力更生，艰苦奋斗的东云门精神，从骨子里传承到作家李忠春的血脉之中！

自小浸润在古文化，传统文化环境中的李忠春，崇尚历史文化名人，崇尚现代学者、专家，文学家，他凭着积极上进的精神考取了全国著名的重点大学——兰州大学。大学毕业后，考取社科院研究生，毕业后成为《人民日报》记者，成为著名的学者作家。

人格魅力的铸成

人格，指个人的尊严，价值和道德品质的总和，是人在一定的社会中的地位和作用的统一。在社会主义社会，每个公民的人格平等，公民人格尊严受到法律保护；从个人来说，以主人翁的态度从事生产劳动，在社会生活中发挥积极作用，自尊自爱，提高道德水平，才能养成高尚的人格，这是文化素养高，心理特征健康，品质品格高尚的文人气质，也是一个人的魅力所在。

铸就人格魅力，最关键的是自身文化素养的积淀和不断提高；再就是文化环境的影响，家庭文化的影响；父母亲言行的潜移默化，家风传承的直观教育和教养等，这些因素对一个人的成长和人格魅力的形成是至关重要的。

作家李忠春自出生，到入学读书，直至参加工作后，浸润在文化底蕴深厚的社会环境之中。李忠春的故乡山东省五莲县，是古文化积蕴深厚的山区县，是北方的南端，南方的北端，是中国古文化的发祥地之一，以丹土文化为代表的六七个古文化遗址的考古发现，中国的先民在5000年前，就活跃在这片古老土地上，是旧石器时期、新石器时期，龙山文化，大汶口文化遗迹。五莲县南部东部受吴越文化影响很深；北部，长城以北是齐文化；西部和西北部完全是楚莒文化，曾经是三国鼎立。汉代曾设昆山县，昆山以西七里，汉代昆山侯国古城址。《前汉书·地理志》载："昆山（县）是琅琊郡51县之一，为侯国。"昆山县历史上存在99年。五莲县在春秋战国前后道教文化，兵学武功文化，方术文化，儒教文化，谶纬之学是发达地区之一，汉代开始佛教文化盛行。全县境内有36座佛寺，3座佛塔，8座尼姑庵，34座道观，3座龙神、仙姑庙，6座神仙庙。

建国前后，五莲是胶州辖区，是青岛文化；后归辖于昌潍专区，潍坊市，属于潍坊文化；1992年底五莲划归日照，属于日照文化。李忠春的家乡东云门村，曾属于莒县，莒北县，后归五莲县所辖，由于北邻诸城，所以受莒文化，诸城文化，五莲文化影响很深。特殊的文化环境和文化背景，养育和造就了作家的文化内涵和文化素养。

宗亲家族文化的浸润教化，孕育着作家的人格魅力。正如在文章《春风化雨润亲人》中写的：

"吾李氏本山西平阳府洪洞县东门里人也，洪武三年（1370）分析大族，东实海滨。"屈指算来，如今已是近650年了。在这近六个半世纪里，我的先辈们为了实现自己的愿望和梦想，栉风沐雨，颠沛流离，从三晋一路走到东海齐鲁，在古密州的潍水河畔扎下根来，在这里繁衍后代，生生不息，留下了不懈奋斗的足迹。我们云门支系的先祖维翰、维正、维庆三兄弟，也是投亲靠友，来到十几里外的古莒州的小山村生活，到我这一辈已是第六代了，历经近一个半世纪的沧桑变迁，如今在这个小山村，也是枝繁叶茂的大家族了。

"狗年新春伊始，通过电子信箱，我敬收到本家爷们树银和族亲们殚精竭虑，呕心沥血，广征博集，精心编撰，荦荦十几万字的《昆阳石屋山阴李家家谱》。拜读之后，百感交集，感慨良多，万端思绪又回到了那片生我养我的土地，枳沟，乔庄，东云门，这些耳熟能详的名字，又回到了我的思绪中，梦乡里。"

"我的父辈都是普普通通的老百姓，没有受过多少正规教育，但他们都有着很好的文化修养，一些为人处事的至理名言，经常挂在嘴上，见于行动。家严经常这样教育我们，忠厚传家久，诗书继世长；兄弟齐心，其利断金；人心齐，泰山移。这些家教族训让我们受益良多。"

更重要的是父母亲的言传身教培养了作家的人格魅力。

人们常说："父爱如山"这是一句大实话。诚如作家李忠春所言："父亲生活在最基层，是普通的老百姓。条件所限，父亲读书不多，也就是粗通文墨，但在我看来，老人有文化，有教养，通情达理，是个明白人，在做人做事上，留下了很多让我们牢记在心，启迪人生的格言"。这些话看似朴实无华，却渗透着深刻的道理，蕴藏着丰富的智慧。

母亲，是世界上最真实，最真诚，最伟大，最疼爱自己的那个人。作家李忠春在《母亲的沉默寡言》一文中说："回忆起老人在世85年时光，我总感到亲切、温暖、慈祥，但回想到老人说过什么感人肺腑的话语，却是少之又少，我脑海中只闪动着老人不停忙碌的身影，好像不曾说过什么话似的。"

母亲小时候读过书，粗通文字，能看书读报。"有句老话说得好：沉默是金。少说多做，不尚空谈，老老实实做人，踏踏实实做事，才是做人的根本，母亲就是这样，默默地随着一切困难，把委屈和抱怨深深地压在心中！""沉默寡言的母亲有着金子般的人品和性格。老人的仁厚、善良、奉献，深深地影响着我们后人。"

受社会文化环境的熏陶，受家庭文化和宗族风气暨父母亲忠厚仁义的性格影响，作家李忠春潜移默化的形成了自己的风格和人格魅力。

作家李忠春在宣传和新闻战线上风风火火，走过了三十多年的风雨路程，给人们留下了很好的口碑，很好的印象。凡认识他的朋友，对他的共同印象是：他具有踏踏实实，一步一个脚印的扎实工作作风；吃苦耐劳，不怕任何困难的工作态度；耿介直白，表里如一的性格特征；热情大度，宽以待人，严于律己的行事风格；无欲则刚，清正廉明的行事风度；清心寡欲，两袖清风的为官形象；道德高尚，清纯，清白，清正，清气的人格魅力；当然对于作家李忠春来说，他的为人处事的优点还有很多，值得他自己尊重和坚持，更值得我们效仿和学习。

铁肩担道义

作家李忠春的篇篇散文，带有浓浓的时代气息，散发着乡土和庄稼的清香味道，来源于故乡故土火热的生活，不仅声振源远于后代，亦不同凡响于当世。掩卷回思，正像刚饮过醇厚浓烈的美酒余冽犹在，清香遍体。

在《春趣集》中，尚选取75篇杂文政论，文字简约，语言简练，议论风生，铿锵有力，抒发心声，针砭时弊，风格鲜明，酣畅淋漓。他的隽永深情，他的江湖道义，他的放诞不羁，率性而为，他的世事洞明而又心存悲悯，端的是阅尽

人世冷暖，遍历世间沧桑，而不改赤子初心，尽显一个知识分子的风骨和文人的社会良知。

为表达对一代伟人毛主席和革命前辈们的敬重，表达对中国共产党带领中国人民实现民族独立人民解放国家富强的敬意，正直耿介的作家李忠春，挥洒如椽巨笔，在中国共产党百年庆典前夕撰写出《潍河岸边的缅怀》发表于（2021年6月5日《人民日报》海外版）；（《这沉甸甸的遐想》——同乡对一位前辈人生心路历程的探寻）（2021年6月24日《日照日报黄海晨刊》）；《心潮逐浪高》（2021年6月《人民日报文学作品》版约改稿，人民网，新华网转发此稿）缅怀中国共产党创始人之一的王尽美。

王尽美1898年出生在大北杏村，他家连续三代是地主家的佃户，父亲在王尽美出生前4个月病逝，祖母给地主家当佣人，母亲靠纺线维持一家三口生计。7岁时给地主家小少爷当伴读。母亲经常给他讲扶弱济困，除暴安良的故事。失学后，村里办起私塾学堂，又有了读书机会，1918年考取了济南第一师范，开始了反帝反封建的活动。1920年，革命先行者李大钊在北京成立了马克思学说研究会，王尽美趁代表山东学生到北大联系事务之机，拜访了李大钊，成为外埠第一批会员，得到刚出版的《共产党宣言》，在李大钊引领下，确定了自己的信仰。1921年7月在上海参加了中国共产党成立会议，接着在燕赵大地、青岛海滨、淄博工矿，开展工人运动，1925年8月19日，因劳累过度，英年病逝于青岛，时年才27岁!

短暂的人生，浓缩了王尽美思想品格和价值追求，成为后人取之不尽的宝贵财富。

"1949年9月，开国大典前夕，毛泽东对参加第一届全国政协会议的山东代表马保三等人说：'革命胜利了，不能忘记老同志啊！你们山东要把王尽美烈士的历史搞好，要收集他的遗物。'毛泽东还回忆道：王尽美耳朵大，细高挑，说话沉着大方，大伙都亲热地叫他'王大耳'。"

1961年，同为一大代表的董必武在路过山东的火车上回忆起王尽美同志，便挥笔写下了"四十年前会上逢，南湖舟泛语从容。济南名士知多少，君与恩铭不老松。"董老深情的用诗句赞颂王尽美与邓恩铭两位山东参加建党会议的"一大"代表。

作家深情而感慨地说："一个伟大而光辉的形象，就像家乡巍巍的五莲山，更像那悠悠的潍河水，风范高耸，精神永远，健壮着莲山儿女的筋骨，滋补着潍河乡亲的生活！你又像一座耀眼的灯塔，照亮着齐鲁儿女前行的路！"

"近日，家乡日照排演的一部现代吕剧《先驱·王尽美》正式上演，消息再次引发我无尽的遐想！耳熟能详的故事，优美动听的旋律，亲切温馨的乡音，和着莲山潍水的风

声涛响,在我的心中激起阵阵波澜,流动着,跳跃着,澎湃着,时而和缓,时而壮阔,时而咆哮!这份思绪,这份情感,是那么沉,那么重!因为它饱含着对前辈短暂厚重人生的敬重,也是后人不应该忘记的初心,应该牢牢记住的使命!"李忠春连篇累牍在报刊上宣传王尽美的事迹,著书立说为王尽美树碑立传,是在宣传中国共产党的丰功伟绩。

随着春天的脚步远去,春趣,春韵,春清音的乐曲,仍然回响在作家脑际,伴随着未来的岁月,唱出更有春趣,更有清新春韵,更飘逸旋律的春清音,回荡在五莲山野,潍河水畔!

壬寅年芒种(农历五月初八)
于济南草芥书斋

(作者为山东著名作家、学者张传生,山东五莲人,中国作家协会会员,中国《金瓶梅》研究会理事,中国《水浒传》学术研究会山东学会副会长,曾任《山东电力报》社社长等多个部门单位主要领导。出版有长篇小说、中短篇小说、散文诗歌、杂文政论、学术理论、历史文化研究等十几部作品)

·附录三·

愿我南开永远青春

李若曦

尊敬的各位领导、各位老师,敬爱的校友们、亲爱的同学们:

大家上午好!

我是来自外国语学院2010级英语专业的本科生李若曦,很荣幸今天能作为学生代表在这里发言。首先,请允许我代表南开大学全体在校生,对77、78级本科生、78、79级硕士生校友代表、我的学长学姐们能够回到母校"重温求学岁月,共襄南开发展"表示热烈的欢迎和衷心的感谢!

在改革开放的前期,我国科教界也曾历经了一次历史性

的转变。1977年9月，教育部在北京召开全国高等学校招生工作会议，决定恢复已经停止了10年的高考制度。于是，在77年末和78年夏天，全国迎来了两次史无前例、规模最大的高考。满怀一颗立志求学的心，许多年轻人终于圆了大学梦，改革开放为他们的人生掀开新的一页。

这两年中，前后共有1927名学生考入南开大学、并于1982年毕业，他们成为了恢复高考以后的首批本科毕业生。此外，1978年至1980年里，先后有104名学生通过研究生考试进入南开大学，并于1982年毕业，成为恢复研究生考试以后的首批研究生毕业生。

九十多年来，南开的道路始终同民族和国家的道路紧密结合，南开人始终把自己的命运同国家和民族的命运联系在一起。无论是在战争年代，还是在建设时期，心系国家，是南开人的作风。而77、78级的学生更是比同时代的任何人都懂得要珍惜这来之不易的学习的机会，比任何人都明白个人命运与国家命运的密不可分。这便是公之精神，公之志向。

78级校友、《光明日报》"文荟"副刊主编韩小蕙曾在文章中回忆自己在南开求学之时无论春秋冬夏都是清晨6点准时起床，6点20分出门，到主楼楼道里读英语或背古诗。她还说道："也许今后中国的历史上，也都不会再出现我们这奇特的'七七级'和'七八级'了。这两届应考的学生中，包括了从1966届到1978届在内的将近20届的高中、初中毕业生。"因为这上大学的机会来之不易，当时很多人的生活就是玩命地学习、学习、再学习。她说这是在珍惜这梦一样美的、一生一世再也不可能有的上学读书机会，榨干分分秒秒，争取在仅有的4年时间里，补上从小学六年级到高中三年级所缺的7年的课程，还必须以优异的成绩，完成大学4年的学业。

那时大部分同学也都如此，平时很少娱乐，连吃饭都是匆匆忙忙的，一门心思发奋读书，真像从精神到身体，都虔诚到家模范到家彻里彻外的苦行僧。所以，图书馆门前才会每天早上都拥满了人，每个南开人都深深知道，"业精于勤荒于嬉，行成于思毁于随"。

正是这种对知识的如饥似渴和求学问的孜孜不倦使您们在各自专业上都收获了扎实的基础知识和学习方法，在各自的工作岗位上发挥了相当大的能量。花开花落，岁月如梭，如今，您们在各个领域均颇有建树，历史注定是饱尝忧患、奋发图强、承上启下、铸就辉煌的一代。

34载春秋，弹指一挥间。今年是1977级、1978级本科生和恢复高考后的第一批研究生校友毕业30周年。漫长的岁月没能改变南开的品格、南开的气质。往届南开师长对学弟学妹们无私的指点和帮助，新老校友间形式多样的互动，更使得南开精神的薪火得以代代相传。

在时过境迁的30年后，当今的南开学子仍然继承77、78级的南开学子的优良学风，用踏实的态度努力践行南开精神。于是我们会发现，马蹄湖畔清晨的读书声没有变、自习室中同学们认真学习的情景没有变、课堂上师生热烈的探讨没有变。先生先行、后生后续，一切都显得那么的纯粹与自然。南开精神不仅成为每一名南开学子大学期间的目标和坚持，更化作我们身上不可磨灭的烙印、贯穿整个人生。

温总理讲道："南开之所以涌现出一大批志士仁人和科技文化俊才，是因为她有自己的灵魂。"作为汇聚优秀青年的高地，南开始终充满朝气；作为培养创新人才的摇篮，南开总是面向未来。这种永远年青的精神，是南开自强不息、愈挫愈奋的集中体现。南开的爱国道路、公能品格和青春精神是南开大学的灵魂，共同建构了历久弥新、宏阔厚重的大南开精神，虽历经九十余年的沧桑岁月而不曾改变。作为新一代的南开青年，我们将以您们为学习的榜样、奋斗的目标，竭尽全力光大南开的公能品格、弘扬南开的青春精神、坚持南开的爱国道路，在中华民族伟大复兴的事业中践行南开人的社会责任，实现人生价值。

最后，愿我南开永远青春！

（这是女儿2012年10月6日在1977、1978级校友毕业30周年返校纪念大会发言稿）

做南开精神的优秀传人
——2014年6月25日在南开大学毕业典礼上的发言

尊敬的各位师长,亲爱的同学们:

大家好!

我叫李若曦,是外国语学院英语语言文学专业2014届本科毕业生。在这个特殊的日子里,能够代表南开大学2014届本科毕业生发言,我感到无比的荣幸。

犹记得四年前,当青涩的我们握着一纸录取通知书、怀着对未来的无限憧憬走进南开园时,我们生命中的一切便与南开这片神奇的土地结下不解之缘。时光荏苒,转眼间当年的稚嫩少年已成为今日身着学士服、手拿学位证的毕业生,无尽追昔,我想大家都会和我一样,有着无限的感慨想要表达,也有千言万语想要对母校诉说。

感谢。回望四年时光,忘不了在迷茫时为我们答疑解惑的师长,是他们的教诲与启发开启了我们智慧的头颅,教会

我们如何做人、怎样做事；忘不了一直以来在电话那端牵挂着我们的父母亲人，是他们默默无私地付出与支持为我们提供了最坚强的后盾；忘不了四年来与我们一同经历成与败、笑与泪的同窗好友们，是在与他们的相处中，我们学会了团结合作、体会到爱与被爱的伟大力量。所有这些，都将成为我们未来发展的不竭动力！

感念。如今的你我走在校园里，看到主楼前的总理像、新开湖畔的梧桐、老图书馆前的灯影、马蹄湖里的荷花，是否会问自己，人生中还有多少个四年能如此辉煌绚烂，又还有多少个春夏秋冬能这般美丽多姿！所以，我最亲爱的同学们，请再去总理像前鞠一躬吧，请再来二主楼自习一次吧，请再去敬业广场晨读一回吧，请再到大中路上、新开湖畔徜徉片刻吧，请再到足球场踢一次球、到三食堂吃一次早餐吧，请再坐一次校车、再逛一次西南村吧！那些年，看似平淡无奇甚至我们不屑于去做的事情，此刻却将成为奢侈的享受。就让我们再一次用心感受南开的一砖一瓦、一草一木，也让母校再一次为我们珍藏这关于梦想、关于奋斗的青春记忆！

感悟。四年前我们带着对于未来的期待与迷茫走进南开园，自此之后，图书馆、二主楼就有了我们埋头苦读的身影，国创计划、百项工程中寄托着我们追求真理的热忱，辩论场上闪烁着智慧的火花，三大球比赛中挥洒着青春的汗水，在校园里我们悟到的不仅仅是知识，更有严谨的治学精神、与人合作的优秀品质以及同学们之间深厚的情谊。与此同时，我们也积极参与了各种社会实践活动，暑期支教、寒假校友寻访都留下了我们坚实的足迹，企业、政府部门中的实习也见证了南开学子探索社会、理论结合实践的有益尝试，许多同学成为了志愿者，以社会主人翁的责任感和使命感辛勤工作。四年来是美丽的南开园见证了我们的成长，使我们能够在这收获的季节破茧成蝶、有所感悟。我们也同时见证了南开的发展。现在，新校区已日渐规模，公共教学楼、图书馆、综合实验楼等主要建筑已完成主体封顶；学校的国际影响力也在日益扩大，已经与国外300多所大学和国际学术机构建立了合作与交流关系,凡此种种,南开的发展让每一位南开人都由衷的骄傲、自豪！

回首四年南开的学习生活，她所给与我们的，是心系国家、服务社会的爱国道路，是"允公允能，日新月异"的"公能"品格，是充满朝气、面向未来的青春精神。公之志向、公之操守、公之襟怀，这正是一代又一代南开人赖以立足的根本。前路漫漫，道阻且长，但我们定会怀揣着青春的理想，怀揣着我们共有的南开梦、中国梦，以青春之我，创建青春之国家，青春之民族，用智慧与汗水书写下自己无悔的青春。

2015年，津南新校区就要投入使用了。相信到南开百年

之时，再回到母校的我们将会看到一个更加富有生机、朝气蓬勃的南开，一个更加威武强大、日新月异的南开。游子远行，勿忘母校；愿我南开，明天更好！

最后，请全体毕业生起立，让我们一起举起右拳向母校南开庄严宣誓：

牢记南开校训，坚守南开精神，诚信做人，扎实做事。拼搏进取，立志成才，报效祖国，为南开争光！

祝福我们的母校南开永远年轻！

谢谢大家！

（该文是女儿代表南开大学2014届本科毕业生在毕业典礼上的发言，原文刊于2014年6月28日南开大学新闻网）

为中华之崛起而读书
——记外国语学院2010级本科生李若曦

南开新闻网通讯员　李娜

我眼中的周恩来奖学金：周恩来奖学金是对恩来精神和南开精神传承者的表彰。

她是由校长推荐赴俄罗斯圣彼得堡参加G20青年论坛的青年学子，在国际大会上发表英文论文，用流利的英语征服专家，一展南开人的风采；她是校学生会副主席、学生党建工作研究会会长，党团工作两手抓，活跃在学生工作的舞台上；她还是田家炳聚光灯下的主持人，时而机智幽默，时而知性睿智。她就是李若曦，外国语学院2010级英语专业本科生，用精彩的四年书写毕业的答卷。

莘莘学子，走出国门

2013年4月17日，对很多学生来说很平常的一天，对于

李若曦而言却意义非凡。这不是她第一次走出国门，却是她第一次以青年学者的身份代表学校走出国门。从北京飞莫斯科，然后跟着同行几位老师和同学在语言完全不通的莫斯科转机，经历了一路奔波，最终他们顺利地到达了圣彼得堡。

一路上，虽说是第一次来到圣彼得堡，古都积淀已久的文化氛围也十分吸引人，但李若曦却完全没有心情欣赏这一切，因为她满脑子都是自己第三天在圆桌会议要做的报告。这种巨大的压力是可以理解的，因为能够参加此次G20青年论坛的各界人士均不是等闲之辈。除去G20论坛中的一些核心人物和企业界精英外，就与会的教授和学生而言，均来自于世界知名大学，而且各校校长能推荐的名额也有限，所以能够参会的老师和学生都是通过了层层选拔才能获得这次宝贵的机会。

大会的第三天上午，在"文化和大众传媒圆桌会议"上，李若曦成功地作了报告。在会前，每一位作报告的青年学者都提交了自己的英文论文，通过了大会委员会审核后便要在相关的分论坛做出报告。在撰写论文时，李若曦并没有选择自己所熟悉的英语语言文学专业，而是选择了更有挑战的领域——"社会化媒体"，把自己的观察和见解凝结成了一篇论文。作报告时，由于先前充足的准备，她并没有紧张，一开始还和现场的专家学者们开起了小玩笑，现场气氛顿时被调动起来。后来，随着报告的深入，现场的每个人都开始认真地思索起来社会化媒体的产生、发展、机遇、挑战……报告结束后，现场的反映异常强烈，许多学者都希望就这一问题和她继续深入探讨。两位来自加拿大的教授向李若曦发了问，问题深刻，同去的南开学生也为她捏了一把汗。但李若曦表现得镇定大方，以流利的英语就两个问题分别清晰、有条理地阐述了自己的观点，得到了现场学者们的掌声和肯定。

小小女生，工作有"道"

4年前刚刚步入大学的李若曦，带着一颗好奇的心加入校会这个大家庭。从曾经的校会文化中心干事，到文艺部部长，从一个初出茅庐的新任部长，到校学生会副主席，3年的校、院学生工作经历使她改变了很多、收获了很多。特别是在担任文艺部部长和副主席的两年中，她聆听着十大的歌声、欣赏着五月的鲜花、领略着三大球的风采、惊叹着魔术剧的神奇。具体来说曾经主要举办了第20、21届"校园十大歌手"比赛、"五月的鲜花"合唱比赛，第24届校长杯三大球开幕式，"永恒的爱"大型魔术剧表演等一系列活动。而在担任学生党建研究会会长期间，她曾经参与举办了南开大学"闪亮之星"评选会，党建创新立项，党支书联席会等许许多多的活动，在实践中积极推动校园文化的建设，同时也悟出了自己的工作之道。

李若曦的工作之道可以总结为3个信条。第一，简单的事情重复做，我们就是专家；重复的事情用心做，我们便是赢家。大一时，可能是简单的贴海报、挂条幅、发传单，但这些都让她感受到越是细小琐碎的事情越是锻炼自己踏实认真的态度，同时，她也发现只有用心思考过，才能更好更快地完成任务。第二，态度决定一切，细节决定成败。责任感是做好工作的基础，而作为一个副主席或是会长，职责不只是完成工作，而是要在前人的基础上将工作做得更好。这就需要从细节着手，倾听同学们的需求，不断完善学生会和党建研究会的工作。她相信，当每一个细节都变得更加人性化、更加简洁高效后，活动质量必定会在整体上有进一步的飞跃。第三，创新永远离不开一颗勇敢的心和脚踏实地的行动。也就是说，要想引领活动创新，不但要有突破成规的魄力，更要求她以工作经验作为创新的源泉，稳扎稳打、循序渐进地改变。

优秀的学业，精彩的生活，一个都不能少

除了学习、学生工作、实践活动外，李若曦还在努力拓宽自己大学生活的新维度。四年以来，无论是"校领导接待日"还是"外语节"开幕式闭幕式，学院学生代表大会还是"Big Bang"大学生日，无论在田家炳、东艺、外院小礼堂还是行政楼会议室，都曾经有她主持的身影。即使是在第二十届外语节开幕式时，田家炳座无虚席，638个席位的现场中还有许多站着的观众，在这样火爆的场面中，她也可以从容应对，在田家炳的舞台上妙语连珠，现场一片欢腾。

尽管李若曦有着如此丰富的大学生活，她却从未想过以牺牲学业为代价。连续三年获得南开大学优秀学生奖学金，三年的总成绩在52人的英语系中排到了第3名。李若曦说，一个学生的主业就是学习，学习好，其他工作和活动没有参与，也至少有了60分；其他工作和活动做得再好、学习不好，也是不及格。而她之所以能够把学习和生活安排好，正是因为她愿意牺牲一部分自己休闲娱乐的时间，合理规划，做一些她认为有意义的事。

大学四年对于李若曦而言，充实而又精彩，仿佛每一天都有它特殊的意义。每当看到学弟学妹时，她也总是很愿意将自己的经历和回忆与他们分享。因为她相信，只要肯付出努力，每个人都可以走过精彩纷呈的四年。

（该文刊于2014年3月14日南开新闻网）

总有一种力量让人泪流满面

李若曦

汶川地震了,汶川老百姓的天塌了。无数份死伤情况的报告接踵而至,把我们的心击打地羸弱不堪。当看到电视上一个孤儿小女孩拽着温总理的手撇着嘴不停地哭时,我的心都皱了。更多的人承受的并非是失去家乡的苦,而是亲人已逝独留一人立于天地间的痛。

然而,倒下的是中华的身,站起来的却是中华的魂!无数光芒从人们体内迸发而出,而这其中总有一道光芒会刺的你泪流满面。

我看见总理站在废墟上凝重的神情。他深情地看着这片土地,如同在看自己的孩子。我看见总理冲着电话那头的空军大喊:"我就一句话,是人民在养着你们!你们自己看着办。"说完,摔掉电话。随后,十五名空军战士默默地从四千米的高空降落。我看见总理温柔地执起一个受伤孩子的手，轻轻地说："孩子，国家和你们一样疼。"

　　我梦见我在听谭千秋老师的课。突然，头顶上的灯管开始剧烈地摇动。顷刻间，教学楼崩塌了。谭老师死命地拽着我和三个同学的手，让我们躲在了桌子底下，自己却紧紧地护着桌子。"砰！"碎石又开始大规模地落下。我轻轻地扯了扯老师的裤腿："老师，你也躲进来吧！地儿够。"回应我的是一声闷响和一道蜿蜒流下的红。我的眼睛好痛。

　　我听见解放军战士奔走的脚步声。我听见碎石被放在远处地上的声音，感觉到身上的重量在快速的减轻。突然，我听见一个战士大吼："这儿有人，快挖！"我听见一个体力不支的战士在被拉走时，悲伤地喊："求求你了，再让我多救一个人吧！"我似乎被人从石块里拉了出来，扑鼻而来的一种汗水的味道。我却觉得这味道好亲切、好温暖——

　　我是地震中受伤的生命，无数双手将我从死神手中夺回来。总理的手、老师的手、解放军的手、亲人的手、志愿者的手——每一份力量都让我泪流满面。

　　不抛弃，不放弃。我们做到了。一场空前的灾难把中华民族牵系在一起，把我们牵系在一起。也许我们的力量微不足道，但我们民族的凝聚力又怎会因一场地震崩塌？！生命，我们一起拯救；家园，我们一起重建。我相信，我们的力量一定可以创造奇迹！

依稀中，我仿佛听见那个为救孩子而罹难的母亲在天国轻轻地说："孩子，我很放心把你交给这片土地，它真的很美。"

我的泪瞬间爬遍了我的颜。

（2008年5月31日）

当我们不在过去的肩膀上流连

李若曦

回忆是最美丽的东西,它晶莹闪烁在我们的脑海里,旖旎的不可方物。回忆是座巨大的殿堂,这里泪水飘落、笑声回荡。回忆是一个高大的巨人,它将我们托起,共同眺望远方的明天。在回忆城中,我看到跌倒的我、失落的我、喜悦的我、开怀的我……而这一切的一切,都使我更加懂得生活。然,我更深切地知道,人不能在回忆中活着,也许只有当我们不在过去的肩膀上流连时,生活之于我们才能更美好。

昨天也许代表着成功的喜悦,昨天也许代表失败后酸涩的泪水。从昨天的风雨中走来,身上难免沾染上那过去的痕迹。但为过去的得意释放无尽的喜悦,或为曾经的失意洒下无尽的泪水,这都是毫无意义的。

英国前首相劳合·乔治有一个习惯——随手关上身后

的门。有一天，乔治和朋友在院子里散步，他们每经过一扇门，乔治总是随手把门关上。"你有必要把这些门关上吗？"朋友很是纳闷。"当然有这个必要。"乔治微笑着对朋友说，"我这一生都在关我身后的门。你知道，这是必须做的事。当你关门时，也将过去的一切留在后面。不管是美好的成就，还是让人懊恼的失误，然后，你才可以重新开始。"

"我这一生都在关我身后的门"，多么经典的一句话！带着对过去的记忆，往往会使我们畏首畏尾，面对当下，我们总是不断地回头，寻找类似的状况，可是却忽略了一个最简单的道理——生活，是没有例题的。当我们站在过去这个日积月累的巨人的肩膀上时，我们却忘记自己早已离现实的地面很远了。我们用俯视的角度，自作聪明地审视着当下，却不知道生活这道题，只有平角才有解。

记得当代大提琴演奏大师帕勃罗·卡萨尔斯在他93岁生日那天说过一句话："我在每一天里重新诞生，每天都是我新生命的开始。"其实，是过去使这位大师凝练出这样一句精辟的道理，也是过去，让大师毅然决然地跳下巨人的肩膀。

我们在每一天新生，然后放下过去沉重的包袱，投入到新的生活中。我们向前看，昨天的回忆也许使我们更懂得生活的真谛，但美好的明天才是我们真正应该关心的。这就是大师想要告诉我们的一个朴实无华却又复杂难懂的道理。

跳下巨人的肩膀，我拍拍身后的灰尘，决意踏上新的征程。昂首阔步，我高唱着青春的旋律，彩色的发带在风中飘扬。目视前方，我放弃回头的权利，这一次我选择为明天而活！

（2009年8月29日）

给梦想一次绽放的机会

李若曦

曾经听过这样一个故事,上帝为人类垂下一座梯子。有人看了看就走,因为他认为这条路必然是无尽坎坷且无法到达终点的。有的人却甘愿舍命一试,终于爬上了顶峰。

诚然,追求梦想的路必然是困难重重,但是错过了梯子的人却只能一辈子活在自己对梦想的憧憬中,再也没有掀开天堂一角的机会。那么,何不给梦想一次绽放的机会呢?

有一个找工作的年轻人来微软分公司面试,总经理甚感疑惑,因为公司并没有对外打广告招人。年轻人说自己是进来碰碰运气的。经理很欣赏年轻人的勇气,于是便给了他面试的机会。

然而,令经理失望的是,年轻人的中专学历远不及微软本科的底线,而且,他对软件制作也只能算是略懂皮毛。面试中，双方几次陷入僵滞的尴尬局面。然而，经理十分赏识年轻人勇敢，于是允诺他两个星期后再给他一次机会，并要求他到那时掌握软件的相关专业问题。年轻人并未选择放弃，但两个星期却要完成大学四年的学业毕竟太过仓促。年轻人虽然并未达到要求，但经理却又给了他一次机会，让他用一个星期再去准备。就这样经过一次又一次的面试，经理终于在第五次时录用了年轻人。在众人疑惑的目光中，经理给出了答案："因为他勇于挑战，他不放过哪怕万分之一的机会，这说明他具有强者的素质。"

那么什么样的人才能成为强者呢？惧怕梯子的人不能，担心跌倒的人不能，害怕失败的人不能。"六六六"农药的研制者经过了六百六十六次实验，才研制出这样闻名中外的特效杀虫剂；陈景润为了证明"哥德巴赫猜想"，光草稿纸就用了几十麻袋；居里夫人研究镭时，更是牺牲了自己几千亿的新生皮肤细胞，用枯槁的面容去迎接一次又一次的实验⋯⋯

我不相信他们没有为这一次又一次的失败畏惧过。我也能理解那种对未来、对梦想的不确定能给他们带来难受的滋味。然而，是勇气使他们坚持自己探索的路。即使这条追梦之路可能没有一个理想的结局，但他们仍然选择给梦想一次绽放的机会。

（2009年8月20日）

·代　跋·

缘分与梦想
——关于新书《春趣集》的题外话

我的第三本散文杂文作品集《春趣集》，近日由中华工商联合出版社出版。

新书是在已经出版的《人事与本事》、《深情浅论》两本书的基础上，精选了原先在《人民日报》《人民日报海外版》《中国青年报》《散文》《作家文摘》等中央级大报和《人民网》《新华网》等中央主要网站上发表过的散文杂文及部分评论作品，重点增选了近些年来发表的部分散文杂文作品、书评和序言等。编辑、审阅全部书稿后，感觉意犹未尽，再写以下简单的说明、解释和介绍，作为本书的跋。

人民日报的"文学双子星座"

作为党中央机关报，人民日报是全国最高党报，是中国新闻媒体"第一方阵"，是新闻人向往的神圣殿堂。研究生毕业就能来到这里工作，是我的人生一大幸事，因为这里有实现自己人生追求和理想的得天独厚的条件。人民日报文艺部主办的"副刊"和"文学作品"两个版，在我看来，它们就是报社文学阵地的"双子星座"，为报社文学爱好者提供了广阔的舞台，社会上各路文学精英也是趋之若鹜，纷纷以在这里施展拳脚为荣。在所发表的各类作品中，我最喜欢和看重的，就是发表在这两个版的散文和杂文作品。2006年8月12日发表在人民日报文学作品版上的散文作品《通往家乡的路》，给我留下了很深的印象。记得当时人民日报社文艺部副主任王必胜（中国作家协会会员，著名作家和文艺评论家）评论说，《通往家乡的路》语言优美，文采斐然，结构精巧，情深意切，真挚感人。这些当面口头表扬的话，我明白有些过誉，但还是给了极大的鼓舞激励！

杂文散文作品入选"国家试题库"

2007年11月16日，人民日报副刊发表杂文作品《'走路'与'观景'》，2016年10月31日，人民日报副刊发表散文作品《犹记少年春趣》。这两篇作品发表以后，产生的

的反响出乎我的意料。很长时间以后，我偶然在网上看到，各地学校考试的试题上，这两篇作品竟然和名家名篇一起，作为各地学校试题范文使用了很久。两篇作品不仅收入人民教育出版社编写的试题库，还收入教育部编辑的试题库。多年来，这两篇作品一直被全国各地学校考试不断选用。

新闻作品进高校写作教材

几十年新闻生涯，采写了大量的新闻评论作品，曾在人民日报一版的名牌栏目《今日谈》，在人民日报海外版二版的著名栏目《自由谈》，及十几家中央级和省部级党报和各种刊物上，发表了大量评论文章，在人民网上还曾开设个人评论专栏，入选过人民网十大评论员。

有几十篇新闻作品获得国家级、省部级新闻奖，以及报社新闻奖。

采写的新闻通讯、新闻评论、业务研究等作品，大部分收入《人事与本事》一书，其中的分析性报道《警惕，道口之祸！》一文，因结构精巧，收入了高校通迅写作教材。评论作品《功夫在哪里》因精言简炼，逻辑严谨，短小精悍，作为范文，入选《中学议论文写作教程》一书。

有些新闻作品虽然产生了很好反响，但因为篇幅所限，没有收入《人事与本事》一书。第二本书《深情浅论》再次做了一些压缩，增加了新的散文作品。这本《春趣集》，就是前两本的精品和近些年新作品的合集。

实习生采写的通讯配评论入驻人民日报"豪华总统套房"

1986年春，我还在中国社会科学院研究生院读书，学校组织我们到人民日报社实习。5月初，报社安排我和另一位同学，以实习生身份，到新疆克拉玛依油田采访了几个油队的几名主动要求到边疆工作的大学毕业生。大学生的事迹和奉献精神深深感动了我。采访结束后，在乌鲁木齐宾馆的房间里，连夜赶写了一篇大学生扎根边疆报效国家的人物通讯。我还满怀激情，配写了一篇本报评论员文章《到艰苦的地方去建功立业》，用信寄往北京总部。能不能用，怎么用，我们自己心理也不明白，更不敢有什么奢望。在新疆停留时，偶然在收听中央人民广播电台早上的《新闻和报纸摘要》节目时得知，作品竟发表在有新闻界"豪华总统套房"之称的人民日报5月17日的头版头条。直到现在，新闻界还有一个形象的说法就是，能上人民日报单篇的头版头条是进驻"总统套房"，再配上一篇评论，那就是进驻了"豪华总统套房"。而这种机会，一直是人民日报社、新华社和首都各界新闻人士们梦寐以求的，非常难得，当时我们心情之激

动，是可想而知的！

散文作品获"文学奖"，被《作家文摘》转发

《犹记少年春趣》发表后，《散文》海外版杂志很快转发，此后还获得山东省作协与中共日照市委联合主办的首届刘勰杯散文奖。

2021年7月份写同乡、党的一大代表王尽美的长篇散文《心潮逐浪高》，引发强烈反响。7月13日《中国青年作家报》头版头条首发后，有中国"文学殿堂"之誉的《作家文摘》很快转发，人民网、新华网、新浪网、大众网、倚栏网、石头网等十几家主流网和散文专业网站纷纷转发。

人民日报老社长亲笔题写书名

我的老领导，人民日报社原总编辑、社长邵华泽老先生，是著名理论家、评论家，新闻界耆宿，是著名政治家和社会活动家，原中共中央委员、中华全国新闻工作者协会主席、中国人民解放军中将，更是享誉社会各界的著名书法家。老人不顾耄耋高龄，欣然挥笔，题写书名，为本书增光添彩，让我深受感动！

插图让新书妙趣横生趣味无穷

这本新书一大特点，是请画家刘新先生特意画了一批插图。刘新先生是中央电视台农业频道的特聘画师，画风独特，有浓郁的乡村和生活气息，近年来在画家圈子中很活跃。刘先生这次特意画的十几幅插图，乡村风格鲜明，充满昂然春意，人物栩栩如生，意境妙趣无穷，思想艺术俱佳。这些画作收入书中，使得文画相映成趣，艺术魅力互生，增添了新书的可读性、趣味性！

幸运的是缘分不懈追求的仍是梦想

作为上世纪八十年代初的中文系大学生，我深深感到，自己是时代的幸运儿，是命运的宠爱者。自小就喜欢文字，敬爱文学，爱写点小玩意，常得到老师的表扬。这种爱好，在特意选择的职业中得到了满足。怀着深深的感恩和浓厚的兴趣，在党中央机关报工作二十多年，当过记者和分社社长，参加过党的十五大等历史性会议报道，写过一些反响强烈的深度报道和其他体裁的新闻作品；也当过编辑，还在业界很有影响的一家报社任过总编辑。这种幸运的缘分，职业条件的便利，催生、滋长、壮大着自己的文学梦想。几十年来，无论岗位怎么变化，在尽职尽责干好自己本职工作的同

时，永远没有改变对文学的敬爱和不懈追求，始终追求自己的文学梦想！今后，这种梦想还会延续下去，而且可能更加强烈，更加清晰！已是耳顺之年，这本小册子既是献给自己的花甲礼物，更是对开启退休生活的激励鞭策！

2022年夏末秋初